아름다운
만남
소중한 인연 50년

이도준
동기회 회장

존경하는 성동고등학교 제23회 졸업생 여러분.

졸업 50주년을 맞아 성동고등학교 23회 동기회의 기념사업으로써 우리의 아름다운 추억과 이야기를 담은 작품집인 『아름다운 만남, 소중한 인연 50년』이 발간되었습니다. 이 소중한 작품집은 우리 모두의 연결고리를 강화하고, 성동고등학교 23회 동기생들의 영광스러운 업적을 기록으로 남기는 의미에서 큰 의미를 지니고 있습니다.

이 작품집은 우리가 함께했던 풋풋했던 시절의 그 노래, 그 향기, 그 약속들을 담고 있습니다. 성동고등학교에서의 시간은 우리 인생에서 별처럼 빛나는 소중한 시간들이었습니다. 이 작품집을 통해 우리의 청춘 세월을 돌아보며 지난날의 정열을 다시 한번 느껴보고, 그 소중한 추억을 공유하고자 합니다.

작품집에는 우리의 성장과 성취, 우리가 이룬 꿈들이 담겨있습니다.

여러분이 선물한 소중한 이야기들은 우리의 다양성과 열정을 나타내며, 이 작품집은 여러분의 모든 노고와 기여에 의해 가능했습니다.

지난 50년 동안 우리들은 세상을 더 나은 곳으로 만들기 위해 노력하였으며, 이 작품집은 그 노력의 결과물이자 영원한 기록입니다.

우리는 오늘 우리의 기념 작품집인 『아름다운 만남, 소중한 인연 50년』을 발간합니다. 이 작품집은 우리의 삶과 역사를 담은 우리들의 소중한 문화유산이자, 우리의 다양한 재능과 창의력을 보여주는 멋진 예술작품이며, 우리의 공동체와 정신을 나타내는 귀한 자료집입니다. 이 작품집은 우리의 후손들에게 전해줄 수 있는 귀한 선물이라고 생각합니다.

이 작품집을 만들기 위해 노력하고 고생한 편집위원회의 동기들께 특별한 감사의 말씀을 드립니다. 또한 이 작품집에 글과 사진을 기고한 60여 명의 동기들께도 감사의 말씀을 드립니다. 또한, 이 작품집을 읽고 감상하고 공감해 줄 동기들께 감사의 말씀을 드립니다.

여러분의 동참으로서 이 작품집은 더욱 풍성하고 아름다운 결과물이 되었습니다.

성동고등학교 제23회 졸업생 동기 여러분께 축하와 감사의 말씀을 드리며, 앞으로도 여러분의 삶이 행복으로 가득하고 성공의 길이 계속해서 이어지기를 바랍니다.

감사합니다.

송수근
총동문회 회장

『아름다운 만남, 소중한 인연 50년』. 정말 아름답고 마음에 와닿는 문구입니다.

안녕하세요. 성동고등학교 33대 총동문회 회장 송수근 인사 올립니다.

학교를 졸업한 지 50년이 지났음에도 불구하고 모교에 대한 관심과 친구에 대한 동기 애를 실천하는 선배님들에 대하여 다시 한번 존경과 감사의 말씀을 전합니다.

우리 모교는 1세기에 걸친 유구한 역사와 함께 각계각층에서 국가와 사회에 이바지하는 많은 동문을 배출한 명문 공립학교로 저희 모두는 항상 자긍심을 갖고 열심히 모든 일에 최선을 다하는 생활을 해왔습니다. 여기 참여해 주신 선배님들 또한 졸업한 지 50년이 지났음에도 사회 각계각층에서 최선을 다하면서 우리들의 마음에 고향 "성동"이라는 단어를 잊지 않고 생활하셨을 것을 믿어 의심치 않습니다.

졸업한 지 50년이 지나, 오늘 작품집을 통해 함께 하시는 모습을 보니 선배님들이야말로 누구보다 성동을 아끼고 사랑하는 마음을 행동으로 표현하는 실천가라고 생각합니다. 이 지면을 빌려 진심으로 드릴 말씀은 우리가 성동고를 졸업했기 때문에 이 자리에 있다는 말씀을 강조하고 싶습니다. 우리는 모두 "성동"이라는 깃발 아래 하나가 되어 동기회의 발전은 물론 모교의 발전을 위해 최선을 다해야 합니다.

바쁜 일상생활 속에서 총동문회를 활성화하여 많은 동문을 이끌기에는 어려움이 많습니다. 그러나 저는 동문회가 조금씩 발전하고 있으며, 올해보다 내년이 훨씬 더 발전할 수 있을 것으로 기대하고 있습니다. 여기 계신 23회 선배님들을 모시고 더 높이, 더 멀리, 더 많이 발전할 수 있는 성동을 만들어나가겠습니다. 다시 한번 성동의 정의, 실력, 단결을 마음속에 되새기면서 항상 선배님들의 노고에 보답하도록 노력하겠습니다.

23회 선배님들의 졸업 50주년 기념 작품집 발간을 진심으로 축하드리며, 댁내 가정의 평화와 건강 그리고 행복이 충만하기를 기원합니다. 끝으로 발간을 위해 힘써 주신 23회 회장님을 비롯한 집행부 및 관계자 여러분께 수고하셨다는 말씀 전합니다.

우리 모두 마음속으로 『아름다운 만남, 소중한 인연 50년』을 외치면서 뜻깊은 졸업 50주년을 함께 즐겨 주시기를 바랍니다.

동문 선배님들! 모두 즐겁고 행복한 나날 되세요. 감사합니다.

송재복
은사

"盡人事 待天命" 다가오는 운명을 피할 수 없듯이 우리에게 주어진 현실을 사랑하고 노력할 때 시련은 아름다운 꽃으로 승화되어 피어날 것은 의심의 여지가 없습니다.

가기도 하지만 오기도 하는 시간 속에서 우리 모두는 순례자임을 자처하고 더 열심히 앞만 바라보고 걸어가야 될 것이 확실합니다.

우리 모두는 지나간 시간 동안 누구나에게 주어진 모든 시간들에 감사해야 합니다. 그 속에서 이루어진 새로운 만남과 이별들에 감사해야 합니다. 사람들과의 새로운 만남은 삶에 행복을 주었고, 우정의 행복을 누리게 해주었고, 지상의 순례자임을 깨닫게 해주었습니다. 좋은 책들은 정신과 영혼을 풍요롭게 했고. 음식은 육신을 지탱하는 영양분이 되었습니다. 제가 아직 건강해서 감사할 수 있어서 더욱 감사합니다.

감사의 보석들이 더 많이 박힌 가슴과 가슴으로 사람들을 만나 진정 감사 밖에 달리 할 말이 없는 아름다운 세상을 꿈꾸어 보는 것만으로도 우리는 행복합니다.

저마다 살면서 수없이 경험하는 만남과 이별을 잘 관리하는 지혜만 있어도 삶이 좀 더 여유롭지 않을까요? 웬만한 일은 사랑으로 참아 넘기고 이해와 용서로 헤쳐나가는 노력을 멈추지 않으면서 말입니다.

인간관계의 어려움은 서로의 다름을 못 받아들이는 데서 오는 경우가 많습니다. 얼굴과 말씨, 표정과 웃음, 취미, 생활 습관과 인생관이 서로 다른 사람들이 경직된 부분들을 부드러운 친절과 유머로 길들이고, 이질적인 동료의 도움을 받는 게 현명한 일일 것입니다.

새해 새봄을 맞으면서 행복하세요! 기쁘고 즐거운 시간을 많이 보내세요! 좋은 일만 가득하시길! 하는 덕담을 수도 없이 듣는 게 좋습니다. 올 한 해 내가 결심한 것 중에 하나는 하루 한순간이라도 소중히 여기며 이룩해 나가기를 다짐하고 노력하다 보면 참으로 많은 기쁨들이 여기저기에서 달려오게 됩니다. 아침에 눈을 뜨면 심장이 뛰고 있고, 숨을 쉬는 것에 감사하고 기뻐하며, 소박한 상차림이지만 먹을 수 있는 은혜에 감사하며 새롭게 기뻐하게 됩니다. 마주 앉거나 옆에 있는 동료가 나와 다른 점을 재미있게 받아들이며 기뻐하게 됩니다. 짬짬이 좋은 책을 읽거나 음악을 듣고 산책도 할 수 있는 시간도 기뻐하세요.

마음에 맞는 사람만 사랑하는 것은 누구나 할 수 있습니다. 그러나 마음에 안 들고 못마땅한 사람이라도 사랑의 사람으로 바뀔 수 있다면 아름다운 승리가 아닐까요? 좋은 일, 긍정적인 말, 밝은 말을 더 많이 하고 사는 사람이 되기를 바랍니다. 친절한 말은 의기소침한 사람에게 큰 힘이 되듯 친절과 유머로 생활해 나가는 것은 매우 중요합니다.

성동고등학교 제23회 졸업생 여러분의 "아름다운 만남 소중한 인연 50년" 기념 작품집 발간과 졸업 50주년 행사를 진심으로 축하합니다.

박금출

아름다운 만남, 소중한 인연 50년

얼마나 행복한 일인지,
건강하게 오늘 하루 동안 아무 탈 없이 지낼 수 있다는 것이,
사랑하는 가족들과 얼굴과 얼굴을 맞대고,
마음과 마음을 부비면서 저녁 식탁 오렌지 등불 아래,
모여 앉을 수 있다는 것이

모든 만남이,
만날 수 있는 일상의 작은 의미들이 얼마나 큰 기쁨인지,
왜 항상 스치는 모든 일에 감사하고,
하루하루를 소중히 되새기며 살아가야 하는지,
내 마음의 일기장에 하나둘씩 동그라미로 그려본다

초록별도 아기 달빛도 숨죽이고 지켜보는 이 밤,
귀뚜리도 뒤척이는 이 밤에,
잊혀지면 그리울, 가장 그리워할 이름 그 이름들을
그 이름이 내 곁을 떠나가면,
가장 불러보고 싶을 얼굴, 그 얼굴들을

[삶의 학교에서 일상의 크고 작은 추억과 만남들은, 시간이 흐를수록 행복과 사랑의 탑들로 쌓이고 쌓여가며 훗날 그리움으로 남겨진다.

까까머리 하얀 깃, 검은 챙 모자, 검정 교복 입고 성동의 새 종소리 교가 합창하던 왕십리의 천사들
겨울철이 돌아오면 점심 도시락 씨뻘건 조개탄 난로 위에 올려 누룽지 만들어 먹으려던 선의의 경쟁자들
학생 규정 넘어 머리 기르다 걸려 바리캉으로 고속도로 건설했던 수모의 현장들
수업 시간에 라면땅 단체로 사와 몰래 먹던 뽀빠이들의 간식 시간들
일생 푸른 소나무 벌레 송충이 잡다 벌집 건드려 단체로 쫓겨 다니며 자연 환경 지킨 파수꾼들
수업 시간에 교문 넘어 도망치다 쌕쌕이 선생에게 뒷목 붙잡혀 오던 철부지 악동들

수업 시간보다 교련 열병식 준비에 더 열중하던 효창공원의 애국
자들

매년 돌아오던 여름 겨울 방학이면 꿈과 목표도 높고 할 일도 많았
지만 어느새 지나쳐 버린 아쉬운 발전의 시간들

경주 수학여행에서 잠꾸러기들 새벽잠 깨워 토함산 해돋이에 함께
올라 소리소리 지르던 우리의 정겹던 새내기 추억들…]

이름을 부르면 가슴 설레이는 친구

생각만 해도 꿈속 가득 차오르는 친구

내 안에서 그대는

샛별이 되고, 초승달이 되고, 지지 않는 노을이 되네

항상 등불이 되어주는 나의 친구여

그 무엇과도 바꿀 수 없는 그대는, 신의 선물이라네

[성동고 졸업 50주년을 기념하는 오늘 이 소중하고 귀한 만남의 시
간에서, 떠나가면 그리울 가장 그리워할 이번 생의 우선순위들을 불
러본다.

'어머니 · 아버지, 고맙고 감사합니다. 사랑해요!'

'나와 함께해 준 아내와 자녀들, 정말 고맙고 사랑합니다.'

'스승님과 선후배 그리고 친구들, 덕분에 감사합니다. 사랑해요!'

추억의 성동 23회 졸업 앨범 속에 보이고 떠오르는 성동고 친구들의 반가운 얼굴과 정든 이름들을, 오늘 이 소중하고 귀한 만남의 광장에서 하나둘씩 가만히 불러본다.

병철, 도준, 연표, 제민, 병무, 용준, 재선, 구중, 석환, 대열, 건수,
길권, 동순, 창훈, 세훈, 재학, 경수, 일건, 대희, 성열, 종선, 경욱,
권희, 상호, 성규, 재우, 용순, 우용, 건형, 진환, 영수, 병휘, 암중,
장현, 상만, 성천, 재수, 일모, 문경, 명진, 성오, 태욱, 성환, 종향,
영환, 성수, 찬, 용남, 경용, 일호, 원식, 성훈, 대우, 성진, 관수,
학문, 창세, 한용, 헌웅, 철준, 영남, 찬익, 상기, 태현, 유신, 인석,
문교, 석규, 성호, 상규, 재극, 봉준, 봉석, 천의, 명복, 현성, 명복,
세일, 명환, 억, 진기, 기원, 광석, 성국, 찬응, 택석, 성근, 흥수,
동석, 재근, 대근, 봉주, 문국, 현성, 동철, 명국, 창원, 기준, 중진,
연상, 호규, 영식, 경남, 희원, 두희, 명식, 필성, 덕영, 성관, 동제,
관표, 기선, 건상, 성근, 찬상, 00, 00, 00···

'성동고 23회 친구들아, 그동안 만나서 반가웠다.' 우리 60주년에도 건강하고 행복한 모습으로, 다시 만나고 또 만나자고 약속 약속을 해보자!]

차례

제1부 들숨과 날숨

제2부 지혜로운 삶에 귀 기울이면

제3부 발 가는 대로 마음 흐르는 대로

제4부 시선, 그 너머에 감춰진 의미

제5부 글의 향기, 마음을 품어 안다

제6부 추억의 사진첩

제7부 오행시 퍼레이드

모임 동정

다시 보는 행사 소식

졸업 동기 명단

제1부

들숨과 날숨

몰랐던 사실

김근황

1984년에 도미하여 대학원, 건축 잡역부, Fast food restraunt를 거쳐 Dental lab business(치기공업소)를 운영하다가 은퇴를 준비 중이다. 지금은 세계를 구경하며 일기장 한 권을 준비하고 있다.

아직도 할 수 있답니다.

평상시와 같이 하루의 일과를 시작하기 위해서 일하면서 들을 만한 거리로 유시민의 알릴레오를 틀었다. 오늘의 주제는 "모든 것이 유전에서 시작되는가, 아니면 후천적 환경이나 반복 학습에 의해 삶이 결정되는가"라는 것이었다. 듣던 중 깜짝 놀랄만한 사실을 알게 됐다. 깜짝 놀랄만하다는 말은 나의 습관적 사고방식을 바꾸어 놀만한 사실이기 때문이다.

강연자는 박문호 박사라는 사람인데 특이한 경력의 소유자다. 이분은 전자학을 공부하다 생물학으로 박사 학위를 취득한 분이다.

결론을 먼저 말하자면 부모에게서 유전된 유전자에 의해 삶을 영위되는 것이 아니라, 어떤 유전자를 얼마나 자주 반복해서 사용하느냐에 따라 반복된 유전자의 생산 단백질의 양이 많아진다는 것이다. 반대로 아무리 좋은 유전자를 부모로부터 받았다 해도 사용하는 횟수가 적으면 나중엔 유전자 생성 단백질이 감소되다가 생산을 중단한다는 것이다.

이것으로 나의 오랜 의문은 풀렸고, 자식 교육에 미비한 점을 고쳐 손주들을 잘 유도할 수 있을 것 같다. 오해를 불식시키기 위하여 자식들이 싫어할 수 있는 손주 교육에 참여하겠다는 것이 아니라, 그들을 자연스럽게 유도한다는 의미이다. 이 논제는 여기선 생략하겠다

나는 국민학교 4학년까지는 남의 주목을 받을 만큼 똑똑하다는 소리를 들었다. 5학년이 들어서면서 반 아이들이 거의 바뀌었고, 나보다 낫다는 친구들이 몇몇 우리 반에 들어서면서 그저 평범한 아이로 바뀌어 갔다. 더군다나 인천서 서울로 5학년 때 전학 온 후로는 존재감을 느끼지 못하며 살았다. 이는 군대 가기 전까지 그러했다.

군에 가서 철이 들었다. 해서 실제적 나의 삶에 대하여 생각하게 되었다. 대학에 진학하지 못하면 평생 동안 열등감에 싸여 살 것 같은 생각이 들었다. 군 생활 33개월 17일 동안 틈을 내어 중고등학교 영어, 수학을 독학하여 제대 후 나는 대학생이 됐다. '삶이 5년이나 늦고 있다'라고 생각했기 때문에, 합격하면 열등감도 없어질 것이니 학교는 다니지 않을 작정이었다. 대학입학이 내게 '나도 하면 되는 구나'라는 자신감을 심어주었다. 나는 기회가 있어 미국 유학을 시작했다. 이는 육체적, 정신적 어려움뿐 아니라 경제적으로도 압박이 가해졌다. 허나 이미 내 유전자 속엔 하면 된다는 사실이 계속 반복되고 있었다. 나는 인지하지 못했다.

유학생활을 포기할 수밖에 없었다. 모든 것을 빨리 지워버리고 노

가다를 시작했다. 같이 일하시는 한국 미장이 어르신께서 조언을 주셨다. "노가다는 년에 40주를 일하기가 어렵다. 돈이 벌릴 땐 많이 벌려 술 마시고, 일 없을 땐 한가해서 술 마신다." 하시며 젊은이 영어도 꽤 하두만 다른 일을 찾아보라는 충고를 하셨다. 이때 나는 1년이 52주라는 것도 몰랐다.

미련없이 새 일을 찾았다. 내 유전자 단백질은 변화하고 있었다. 주저하지 않았다. 새 일이란 치과의사에게 납품할 이빨을 만드는 일이다. 이것을 한국말론 치기공, 영어로는 dental technician이라 한다. 다른 뾰족한 방법이 없었고, 이미 부양해야 할 처와 애가 있어서 바로 구걸하다시피하여 일을 배웠다. 배우는 데 시간이 몇 년 걸리는 정교한 일이었다. 거기에 공부를 해야 자격증을 갖게 된다. 오해를 불식시키기 위해 말한다. 자격증이 없어도 기술만 있으면 미국서 일을 할 수 있다. 허나 qualified license를 획득하면 지식적으로 신뢰를 받기 때문에 일자리를 용이하게 얻을 수 있고 개인 사업도 용이하다. 나는 손기술은 시간이 걸릴 것으로 간주하고 필기시험부터 준비하여 1차 필기시험 합격증을 땄다. 이것은 이미 생성되고 있는 유전자 단백질 생산 공장에 빈도수를 한 번 더 보탠 것이었다. 그땐 몰랐다.

배운 지 6개월 만에 내 사업을 시작했고, 가가호호 방문하면서 의사를 구하러 워싱톤 일대를 샅샅이 뒤졌다. 세일즈를 시작한 지 1년 6개월 쯤 지나 첫 손님을 잡았고, 3년 후에 생활하기에 충분한 수입이 생겼다. 그 3년간 남의 집 일도 하며 기술을 쌓았다. 실기시험의 합격과 동시에 Licence 자격증도 획득하게 된 것이다.

이런 일련의 일이 내 의지력에 의하여 이루어진 것으로 생각했었다. 허나 사실은 반복되는 성취의 빈도수 때문에 내 유전자는 그 유전자의 단백질 생산량을 계속 증가시키고 있었다. 다시 말해서 남이 보기엔 대단한 것처럼 보이나 행하고 있는 자신은 과량의 유전자 덕분에 그리 어렵지 않았다는 것이다.

이러한 사실이 수긍되지 않는다면 한 가지 예를 더 들까 한다. 치기공사업은 매우 예민하기 때문에 전문적인 기계를 사용한다. 매우 불편한 점은 보수, 수리비가 엄청나게 비싸다는 것이다. 하루는 마음먹고 기계를 뜯어내어 손기계 한 개를 고쳤다. 다음은 용광로, 모든 절삭기계를 내 손으로 30년간 고치며 사업을 해왔다. 어떤 이는 기계과를 졸업해서 그렇다고 하지만 기계과에선 원리를 가르치지 기계 부품을 가르치지 않는다. 더군다나 찌그러진 자동차를 고치는 공장에 취직했다가 기술이 향상되지 않는다고 3개월 만에 가르쳐주던 지인으로부터 쫓겨도 나봤다. 이러는 사이에 형태가 다르더라도 뭐든지 해보면 언젠가는 되더라는 내 유전자가 계속 증가되고 있었다. 나도 모르는 사이에.

미국 올 때 내 수중에 97불을 지참했었다. 물론 더 보태어 줄 이가 없었기 때문이다, 지금은 그 양산된 유전자 단백질 때문에 두 아이를 그 비싼 사립대학에 매년 5만 불씩 8년을 내고도 불편 없이 살고있다.

말년에 집 한 채를 팔아 수중에 웬만한 현찰이 생겼다. 평생 은행이자 외엔 금융이라는 자체를 생각할 겨를이 없었다. 어느 날 미국 뉴스에 inflation이 18% 증가했다고 발표됐다. 그러려니 했다. 그러나 다음 말이 나를 경악케했다. 18% inflation이란 뜻은 네가 소유하고 있는 현금이 매년 18% 감소한다는 것이란다. 사람이 언제 죽을지를 모르기 때문에 노후에 쓸려고 모아 온 돈이 날아가고 있는 것이다. 여러 궁리 끝에 주식을 공부하기로 마음먹었다. 이 용기도 숙달된 유전 단백질 때문일 게다. 일 년 반 거시경제를 공부하고, 8개월 실전 경험을 듣고 잃어도 될 작은 금액을 주식시장에 던지기 시작했다. 3년이 지난 지금 투자액의 52%를 이익으로 얻고 있다.

두렵기는 마찬가지다. 군에서 독학을 하려고 마음먹었을 때, 대학을 계속하려고 했을 때, 미국 유학을 결정했을 때, 학업을 중단하고 노가다를 시작할 때, 기술직으로 전환했을 때, 주식을 시작하려 마음 굳혔을 때, 이 모든 것은 다른 종류에 일이었다. 그러나 내 몸속에 유전자는 개발되고 있었고, 더욱이 새로운 분야에서 긍정적 사고를 유발시키는 유전자와 지속적으로 하면 되더라 라는 유전자는 계속 발전하고 있었던 것이다.

오늘 생물학자에 이 이야기를 듣고, 힘이 나서 새로운 가을 찾아 나서려 한다. 훌륭한 유전자를 받아서 성공적인 삶을 하는 게 아니라, 내 의지로 새로 키운 유전자가 나의 삶을 발전시키고 또 그 의지력을 더 향상시켜 더 나은 삶을 유지한다는 것이다. 동기분들도 나이에 따른 육체적, 정신적 감퇴 현상에 주눅들거나, 감화되지 말고 더 젊게, 더 힘차게 새로운 삶을 계획해 봅시다. 아직도 할 수 있답니다.

내 인생의 화양연화

김덕영

1982년부터 1992년까지 주식회사 한화에서 근무하다가 주식회사 홍림을 창업하여 대표이사로 재직 중이다. 유도인이며 2017년 11월 서울컵 유도대회 금메달 수상, 2023년 5월 전북 고창 아시아태평양 마스터스 국제유도대회 금메달 수상 등의 경력이 있다. 2022년 10월에 서울시유도회 부회장으로 취임한 후 활동 중이다.

'화양연화(花樣年華)' 왕가위 감독 양조위 장만옥 주연의 홍콩영화!

인생의 가장 아름답고 찬란한 시절은 사랑하는 시절이라고 했던가, 남녀 주인공의 매력과 중년의 중후한 사랑, 그런데 본질은 옆집부부와 맞바람이 아닌가? (스와핑).

얼마 전 비례대표 모 의원의 청담동 술자리 국회 발언 때문에 조선 제일검 법무장관이 '화양연화'를 소환하면서 화제가 되었었다. "내 검사 인생의 '화양연화'는 (지난)정권 초… 그때는 나를 지지." 냉철한 줄 알았는데 뜻밖에 이런 멋있고 감성적인 문구를 자기 의사 표현에 동원할 줄 아는 인성의 소유자로 이런 면이 있었나 새삼스레 돌아보게 한다.

장관의 이 발언 덕분에 소설, 수필, 기행문, 수기 등등에서 단골 소재로 나오며 세간의 주목을 많이 받게 되는 사자성어 '화양연화'. 나 또한 스스로를 되돌아보며, 내 인생의 '화양연화'는 언제였던가? 자신에게 물어보았다. 유년, 소년, 청년, 중년, 장년, 노년을 거치면서 어느 한 순간도 치열하지 않은 때가 없었던 것 같은데 어디 한번 뒤돌아보기로 하자.

나는 전후 시대의 최초의 베이비부머 세대로 1955년 음력 11월 서울 장충동에서 이북에서 월남한 피난민 가정에서 태어났다. 청구 초등학교를 거쳐, 성동중학교에 입학하고 고등학교를 졸업할 때까지 나는 뚱뚱하고 굼뜬, 그저 그런 조용하고 겁 많은 내성적인 학생이었다.

자라면서 학교행사로 송충이 잡기, 쥐 퇴치 행사에 동원됐고, 군 입대 시 훈련소 이등병 계급이 집안에서 가장 높은 군대 계급이니 기댈 지연이나 학연이 있을 리가 없고.

입시지옥과 데모, 학교 정문에 배치된 장갑차를 보았고 계속된 휴교 조치, 그러나 등록금은 정상적으로 내야 하는 혼돈의 소용돌이 시대를 뚫고, 드디어 취업하여 미력하나마 대한민국의 성장에 힘을 보탰다 자부해 본다.

아르바이트로 과외공부를 지도했던 여학생의 친구인 집사람을 만나 군대 제대 후 사랑을 하고, 결혼을 하고, 취업을 하고, 소중한 아이들을 갖게 되었던 그 시절이 아마 내 인생에 가장 젊었고 행복했던 시절이 아니었나 생각해 본다.

그러나 항상 행복 뒤에는 한 고비 고통이 뒤따라온다고 하였나? 신분 상승과 성공에 목말라 앞날의 꿈에 대한 도전으로 젊은 시기에 일찍 퇴직하였고, 가보지 않은 새로운 길에 과감히 도전하였으나 힘들고, 가난하고, 뭘 해야 할지도 모르겠던, 앞날에 대한 심리적으로 불안정한 시기도 있었다.

창업 후 생업전선에 내몰리며, 우유부단하고 그저 그런 조용한 성격은 즉시 큰 도전을 받게 되었고, 사업에는 적절한 성격이 아니라는 판단을 하게 되었다.

당시에는 영업이 술좌석인 관계로 매일 주유천하를 하였고, 이때 정신을 잃을 정도로 술 마시고 반복되는 실수로 처절한 실패와 반성을 겪었다. 깊은 반성 후 대인관계에 에서 '어느 누구와도 자신 있다'는 긍정적 사고방식의 전환을 위해 심신을 단련하며 부단히 노력하였다.

사우디 사막에서 4년을 보내고 중국에서 10년, 동남아, 유럽, 미주 대륙, 러시아 모스크바, 연해주 블라디보스토크, 하바롭에서 고객이 부르면 혈혈단신 악명 높은 밤기차와 장거리 버스를 타고 도시에서 도시로 어디든지 겁도 없이 혼자 헤매고 다니던 시절, 믿는 것이라고는 긍정적인 사고방식과 성실함 그리고 건강한 몸 하나 믿고 불가능

에 도전하던 때도 있었다.

지성이면 감천이라고 했나! 제59회 무역의 날 1천만 불 수출의 탑과 대통령 표창을 수상하며 감격의 눈물을 흘린 적도 있었다.

어느덧 나이가 70을 바라보고 사업이나 가정에서 원숙기에 접어든 지금, 아침에 눈을 뜨고 신선한 공기를 마시며 지저귀는 새소리와 함께 일출로 붉게 물든 새벽하늘을 바라볼 수 있고, 매일 회사에서 해야할 일이 있고, 이른 새벽 아들 손자뻘의 젊고 어린 유도 수련생들과 함께 어울려 수련할 수 있는 지금이 내 인생에서 가장 아름답고 행복한 하루하루가 아닐까 생각해 본다.

그러나 어느 노래가사 중 '우리의 최고의 순간은 아직 오지 않았어' 그래 맞다. 아직 오지 않았다, 서쪽 하늘을 벌겋게 물들이며 지는 낙조와 나뭇잎 사이로 반짝이는 햇살을 바라보면 세상은 그 얼마나 아름다운가! 우리는 그저 앞만 보고 너무 허위허위 달려온 세대로, 자연의 아름다움을 만끽하지도 못하였으나, 세상은 너무 아름답고 보아야 하고 겪어야 하며 각자의 버켓에 채워야 할 리스트들이 너무 많다.

박경리는 "옛날의 그 집"에서 '대문 밖에는 늘대 여우도 있고 까치 독사 하이에나도 있었지 모진 세월가고 아아, 편안하다, 늙어서 이리 편안한 것을, 버리고 갈 것만 남아서 참 홀가분하다'라고 했고, 천상병은 "귀천"에서 '아름다운 이 세상 소풍 끝나는 날 가서, 아름다웠다고 말하리라'라고 한다.

이들에게서 관통하는 하나의 똑같은 맥락은 젊은 시절의 치열함과

열정 그리고 후반기의 조용함과 편안함을 노래하고 있다. 그리고 다들 지금 이 순간이 가장 행복하고, 남은 인생 후반기를 잘 마무리하는 것이 더욱 중요하다고 말한다.

그래, 우리의 최고의 순간은 아직 오지 않았다. 즐기자. 세상 모든 것의 아름다움을, 그리고 무병장수하고… 그저 인생은 잘 놀다가는 소풍과 같은 거니까….

인터넷을 통하여 '화양연화'를 검색하다 접하였던 작가 송정림의 '내 인생의 화양연화' 본문 중 한 구절을 인용해 본다.

"오늘 이 시간이 내 생애 가장 멋진 날, 가장 황홀한 시간입니다. 오늘은 내 생의 절정이고, 새로운 '시작의 날'이며, '한창때'입니다. 오늘은 내 남은 생에서 가장 젊은 날, 내 인생의 가장 아름다운 꽃봉오리, '화양연화'입니다."

그리고 지난달 신문 사설에서 본 드라마 '눈이 부시게'로 제55회 백상예술대상(2019년) 대상을 받은 배우 김혜자가 드라마 대본으로 대신하여 작품 이상의 감동을 선사한 수상소감을 소개하여 본다.

"대단하지 않은 하루가 지나고 또 별거 아닌 하루가 온다 해도, 인생은 살 가치가 있습니다. 후회만 가득한 과거와 불안하기만 한 미래 때문에 지금을 망치지 마세요, 오늘을 살아가세요. 눈이 부시게, 당신은 그럴 자격이 있습니다."

열심히 살아온 우리 성동 23회 동기들에게, 나도 "하늘 한번 바라보면서 크게 웃고 큰 힘 한번 내보시라" 권하여 본다.

진주살이의 어느 하루

김용준
경기도에서 35년 간 교직을 수행하면서 가평고등학교 교장을 역임하였다.
'무엇을 하고 있는가'에 방점을 두고 불교 공부와 사찰에서 봉사를 하고 있
다. 곳곳을 걸으며 보는 여행을 즐기고 있다.

2022년 초, 가족들에게 진주에서 두 달을 살겠다고 하니 모두들 의
아한 눈으로 나를 본다. '여기저기 다니며 잘 지내고 계신데. 왜?' 나
는 '그냥' 하니 집사람과 아들 내외는 와! 하며 웃는다.

8월부터 10월. 자가용 없는 '느림의 삶'을 하기로 정한 후 떠났다.
먼저 이불과 필요한 물품은 택배로 보낸 후 버스를 이용하려는데 진
해에 살고 있는 큰아들이 KTX로 창원역으로 오라고 수 차 전화한다.
자기가 숙소까지 모셔다 준단다. 야. 혼자 가도 불편하지 않아 하니
아들은 더 소리를 지른다. 경남에 왔으면 제가 해드려야지요. 그렇구
나. 준다고 할 때 받아야지 하며 떠난다. 집 중심으로 생활한 내가 배
낭 메고 뻘쭘하게 서 있으니 큰아들이 안쓰러운지 묘한 표정을 짓는
다. 두 아이를 키우기에 허덕이는 아들에게 '자식. 너도 내 나이되 봐
라. 자유가 얼마나 좋은지' 속으로 되뇌이며 대형 마트를 향하는 아들
을 따라간다.

진주시 반성면 정수마을. 진주시내에서 버스로 20여 분 걸리는 논과 하우스, 축사들이 있는 조용한 시골이다. 대중교통을 이용하는 '느림의 생활'이 시작된다. 짐을 정리한 후 정류장에 부착된 마을버스 배차 시각을 메모한다. 배차 간격 1~2시간, 막차는 오후 7시. 차를 놓치면 작열하는 태양 아래 정류장에서 마냥 차를 기다려야 한다. 아니면 시내에서 2시간 이상 걸어야 한다. 내 생활의 시각은 버스 배차표에 맞춰 움직인다.

어제 자다 깨기를 반복하다가 아예 일어나 책을 보고 새벽에 잠드니 환경이 바뀌어 몸이 적응하지 못했나 보다. 일어나 밖을 보니 여명에 산록이 붉다. 숙소를 나와 걷다 보니 되돌아가는 길을 잃었다. 어느새 떠오른 햇살이 따갑고, 아침 나절 가볍게 걷고자 한 길이 된 걸음이 되고 말았다.

그래도 마음은 여유롭다. 가다 보면 길 나오고 걸어가면 되지. 낯선 마을로 들어가니 벌써 논 한가운데서 농약을 치는 서너 명의 농부

들이 보인다. 해 뜬 직후부터 일하는 부지런한 분들이다. 논길을 걸어 둔덕 경사진 풀숲 속에 들어서니 놀라 튀는 큰 개구리를 보고 '아, 뱀이 있겠군' 생각하니 무서움이 들고, 20m 정도의 풀 우거진 언덕 오르기에 서툴고 마음이 바쁘다. 순식간에 몸이 한쪽으로 쏠리며 넘어지고 일어나 올라 가니 시야가 넓어진다. 공사 중인 자전거길에 이르니 저수지 둑이 보이고 숙소가 보여 마음이 편하다.

더운 기온과 햇살이 따가운 한 낮. 팬티 바람에 에어컨 켜 놓고 TV와 책을 보다 졸다하며 한낮을 보낸다. 늦은 오후. 마을에서 사권(?) 10여 세 위인 분이 찾아와 이웃 면의 카페에서 시원한 커피를 하잔다. 며칠 전 환담하다가 가까워진 분이다.

한가하고 조용한 카페의 주인은 불러야 나와서 눈인사하고 커피머신을 만진다. 테이블 5개인 공간과 주방 옆에는 살림집이란다. 이 더운 오후에 장화 신은 나이 지긋한 분 3~4명이 진한 사투리로 이야기 나눈다. 도시와 달리 이곳 카페는 사람내음이 난다. 일 하다가 와서 큰 소리로 나누는 대화(하모, 하모 등)에서 이방인은 그들의 일상을 본의 아니게 알게 된다. 봉지 커피에서 아메리카나로 바뀌었고 농촌의 커피 선호는 도시 못지 않은가 보다.

이 반성면에 있는 유력한 성씨 가문에서 짓는 사당을 가자고 한다. 차가 없는 내가 난색을 표하자 자신의 트럭으로 간다고 하며 서두른다. 70대 후반인 그는 움직임이 날렵하다. 약 20여 분 가니 조성 중인 한옥 건물들이 보인다. 재실, 사당, 서원 등을 갖춘 규모가 제법 크다. 항공사진을 보니 이 지형이 물고기 모양이라 좋은 터란다. 너른 공간에 큰 규모의 한옥 공사에서 가문의 재력을 알 수 있다.

　숙소는 이반성면의 폐교를 마을 주민들이 5~7평 규모의 원룸들로
재건축하여 공동 운영하고 있다. 해 지고 밤 깊어 오가는 사람들 없
는데 운동장이 밝고 사람들 소리에 나가니 야구 경기장처럼 큰 조명
등을 켜 놓고 여러 사람들이 그라운드 골프를 치고 있다. 낮에 더워서
밤에 친단다. 우리나라의 경제가 이렇게 발달하였구나. 국토의 말초
신경에 해당하는 시골 촌락까지 야간경기를 할 수 있는 시설을 갖춘
경제를 가진 우리는 분명 잘사는 나라이다.

　늦은 밤, 숙소 베란다에 앉아 맥주 한 캔 따 마시며 어둠에 잠기니
모기들이 오간다. 내가 혼자 있으니 집사람도 혼자이지. 그녀도 나처
럼 외로움을 찾고 있을까.

옛 친구들을 생각하며

김인열
미국 테네시 주 북쪽 레이크힐 골프장 대표이사이며, 리더와 리더십에 대한
연구와 저술을 하고 있다.

옛 친구들을 생각하며 기억들을 적어본다.

오늘 내가 감사히 살고, 행복한 마음이 드는 것은 모두가 다 너희들, 옛 친구들이 나를 이끌어주고 위로하고 격려한 덕분이라는 것을 고백한다.

함께할 수 있었음에,

공감하고 어울릴 수 있었음에,

다시 한번 고마움을 전하면서…

오랫만에 한국 방문이다.

이병철 회장을 만나서 치과 크라운을 하루 만에 만들어 달라고 부탁을 했다. 그리고 친구들의 전화번호를 받아서 먼저 이현성에게 전화를 했다.

"현성아! 혹시 나를 기억할 수 있겠니?"

40년 만에 하는 통화이다.

"너 인열이! 그래 너 기억 나."

가장 남루한 교복을 입었던 학생으로, 청바지도 아니고 어떻게 빛이 누렇게 바랜 교복을 매일 입고 다닐까?

물어보고 싶었었다. 그때도 그것이 이해가 안되었었지…

맞아! 부잣집 아들이 어찌 이해가 됐겠니.

그래도 기억을 해주니 고맙다.

그리고 우리는 설렁탕집에서 소주를 마주치며 재회를 했다.

박금출 원장과는 치과 치료를 겸해 40년 만에 만났다 초등학교 때부터 동창인 금출이는 말 잘하는 연설대장, 앞장 잘 서는 나서기 대장으로 그 때부터 살아왔다.

(초등 6학년 때) 시골에서 자란 우리는 서울의 명문 중학교 입학을 위해 주말이면 선생님 집에서 특별과외를 했다.

어느 날, 초등학교 뒷산에 간첩이 나타났다고 TV 뉴스에 나오자 금출이가 나섰다.

"(과외를 위해 선생님 집에 모인 남녀 6학년생 10명 앞에서) 지금 우리가 한가하게 공부할 때가 아니다. 국가가 위기에 처했다. 학교 뒷산은 우리의 놀이터. 우리가 누구보다 간첩이 숨은 곳을 잘 안다. 잡으러 가자."

우리 10명은 수업을 빼먹고 학교 뒷산으로 달려갔다.

그다음 날, 금출이는 대표로 선생님한테 야단을 맞았다. 아! 리더는 저절로 되는 것이 아님을…

　단짝인 김석호가 홍콩독감에 걸려서 일주일째 결석이라고 선생님이 말씀하신다. 문병을 가자고 하니까 친구들이 전염된다고 말린다.

　빼빼 마른 석호. 아! 얼마나 아플까?

　난 혼자서 찾아갔다. 휘경동으로…

　(가는 길에 문병을 가니까) 선물로, 재산을 털어 사과 두 개를 샀다.

　석호가 누워있을 줄 알았더니 거실에서 TV를 보며 깔깔대면서 나를 반긴다.

　"아니 독감이라서 찾아왔는데?"

　"독감은 무슨 그냥 목감기야. 목이 부어서 말이 잘 안 나와서…. 이 기회에 학교 빠지는 거지."

　우리는 석호 여동생 석희가 가져다주는 과자를 먹으며 한바탕 웃고 말았다.

　아! 사실은 나도 석호의 이쁜 여동생이 보고 싶어서 찾아간 걸 고백하면서…

겨울방학이 되었다.

착한 친구, 나의 가까운 친구 연상이가 스케이트를 타러 가자고 한다.

"미안해. 나는 스케이트가 없어."

"그래. 인열아. 내 것을 싸게 팔 테니 사라. 한 달된 것인데 반값에 줄게. 나는 잃어버렸다고 하면 아버지께서 또 사주실 거야. 너와 나는 키도 같고 발 사이즈도 같잖아. 스케이트장에 가면 여학생들 많이 와. 같이 가자. 이번 일요일에…"

"참 고마워, 연상아! 네가 나를 많이 생각해 주어서…. 내가 돈을 마련할 테니까 한 달만 기다려."

아! 그러나 고학생인 나는 그 돈을 모을 수가 없었다.

그리고 그 겨울은 빨리 지나갔다. 아쉽게도…

스케이트도 못 타고, 여학생도 못 만나고…

은퇴의 때와 노후생활이 자유로운 삶

손명식

미국 뉴욕 거주. 제자들과 함께 공동광고하는 웹 wet cleaners USA.com을
운영하고 있고, 유튜브 "월간 세탁인 손명식"에서 교육강좌를 진행 중이다.

벌써 고교를 졸업한 지 50년이 흘러가는구나.

같은 세대를 함께 살아온 동창 모든 이에게 수고했다고 칭찬해주고
싶고 앞으로도 좋은 일만 보고 듣는 행복한 노후들을 보내시라고 기
도합니다.

저는 1999년을 마감으로 고국 생활을 마무리하고 미국 뉴욕으로
이주하여 인생 후반기를 보내고 있습니다. 벌써 23년째구만.

45세 늦은 나이에 이민 와서…

동트면 밭에 나가 밭 갈고, 물주고, 땀 흘리고, 해지면 집으로 돌아
와 발 씻고, 집사람과 저녁해 먹고, 오손도손 사랑나누다 잠들고, 다
시 동트면 밭에 나가길 24년째 반복하지만 그 외 어떤 스트레스도 없
이 자유롭고 밋밋한 삶을 살고 있구나.

나와 같은 이민자가 새로운 삶의 터전에서, "무엇을 하고 살까"가
제1의 해결 문제였기에 남들과 달라야 경쟁에서 이긴다라는 신념으

로 같은 세탁소라도 각종 유해케미컬(석유. 펄크 등)로 세탁하는 것이
아니라 물과 비누로만 하는 새탁을 도전하였다.

1. 아무도 하고 있지 않았다.

2. 미국의 철저하고 강력한 환경규제에서 자유로웠다.

3. 손님에게 속옷같이 깨끗하게 빨아 입으세요 라고 깊은 어필을
할 수 있다.

물론 모두가 우려하는 옷의 변형은 절대 없어야 했으며 프래쉬하고
냄새가 없어야 했고 새 옷처럼 부드러움이 유지되어야 했다.

한국에서의 무역회사 재직 시 습득한 각종 의류 제조 노하우가 절대
적으로 기초가 되어 그 방법을 발견하고 발전시켜 오늘에 이르렀다.

많은 동종 세탁인에게 찬사를 받고 중요한 건 손님들에게 새로운
세탁문화를 선물하였고 그 품질에 매료된 손님들은 갑절의 세탁비를
지불하고도 30분씩 운전하고 찾아준다는 것이다.

일반 세탁소에서 취급하는 전 품목이 가능하며 같은 시간에 대량생산이 가능하다는 것이다.

인생 후반기에 후배들을 양성하며 은퇴의 때와 노후생활을 걱정 않하는 축복을 주신 그분께 감사하며 기쁜 소식을 친구들과 나눈다.

영원한 현역을 위하여 건강합시다.

삶, 그 무게

윤한용

목포대학교 공과대학 기계공학과 교수로 재직하였으며, 재직기간 중 주요
보직으로 도서관장, 공과대학장을 역임하였다. 2020년 2월 정년퇴직하여
명예교수로 있으며, 현재 경기도 고양시에 거주하고 있다.

나와 띠 동갑인 형이 폐암으로 고생하다 작년 이맘때 먼 길을 갔다.
팔순을 맞이 하고….

인생 참 씁쓸하다.

'황해도 평산군 문무면 한정리 69번지'가 우리 부모, 형제의 원적이
다. 황해도에 살던 아버지 어머니는 아버지가 일본의 군대 차출을 피
하기 위해 만주로 이주했다. 거기서는 그럭저럭 괜찮게 살았던 것 같
다. 그때 장남인 형이 태어나 형의 출생지는 만주가 된다.

만주에서도 일본 헌병의 눈을 피하기가 어려워지자 아버지는 모든
걸 다 내던지고 다시 가족을 데리고 황해도로 돌아왔다. 거기서 태어
난 사람이 큰 누나라, 큰 누나의 출생지는 황해도다.

아버지는 농사를 짓지는 않았고, 친구가 서울 방산시장에서 큰
상회를 운영했기에 황해도와 서울을 오가며 장사를 했던 것 같다.

그러다 6.25동란이 일어나기 직전 직계가족만 데리고 남하하여 서

울에 자리를 잡았다.

그러다 동란이 일어나자 이곳저곳 피난을 다녔다고 한다. 전라북도 어딘가까지 피난 내려갔다가 올라오면서 수원에서 작은 누나가 태어나 작은 누나의 출생지는 경기도다. 난 원주에서 태어났으므로 출생지는 강원도다. 동생은 서울에 다시 정착하면서 청량리에서 태어났으므로 그의 출생지는 서울이다. 우리 5남매의 출생지는 이렇게 제각기 다르다.

아버지가 만주에서 돌아오지 않았으면 우리는 조선족으로 중국의 한 소수민족의 일원으로 살아가고 있을지, 한국으로 입국하여 조선족 근로자의 삶을 영위하고 있을지 모를 일이다.

또한, 북쪽에서 남쪽으로 넘어오지 않았으면 우린 북한사람으로 그곳에 그대로 살고 있을지, 탈북 하여 남한이나 해외 어딘가에서 살고 있을지 그것도 모를 일이다.

피난 중 전북에서 그냥 살았으면 호남 사람, 원주에서 그냥 눌러 앉았으면 강원도 사람으로 살아가고 있었으리라.

가족을 이끌고 수천리 길을 헤매던 그 당시 아버지의 삶의 무게는 어느 정도였을까? 나로서는 가늠이 안 된다.

아버지는 맨몸으로 우리 직계가족만 데리고 월남하였기에 지방을 돌아다니면서 장사를 했다. 제대로 끼니를 챙기지 못하면서 고생하던 아버지는 병을 얻게 되었다. 지금이야 약 몇 개월 먹으면 고칠 수 있는 병이지만, 그 당시엔 약이 별로 없던 시절이라 몇 년을 고생하다 지금의 나보다 훨씬 젊은 나이에 돌아가셨다.

아버지가 병석에 누워 있을 때부터 우리 가족은 찢어지게 가난한 삶을 살아가게 되었다. 가까운 친척 하나 없던 우리 가족이기에, 우리는 그저 우리의 힘만으로 살아가야만 했다.

지금은 경동시장이나 청량리시장이 일체가 되다시피 됐지만, 당시엔 청량리로터리 부근만 청량리시장이었고, 경동시장은 경동시장로터리에 자그맣게 자리 잡고 있었다. 지금은 사라졌지만 경의선의 출발역인 성동역이 현재의 제기동역 부근에 있어서 경기 북부에서 도착하는 농산물이 경동시장에 모였다. 어머니는 병든 아버지 대신 자식을 먹여 살릴 돈을 벌어야만 했다. 아무 밑천이 없던 어머니는 약간의 돈을 빌려 경동시장에서 고사리, 도라지 등의 나물을 사다 고사리는 삶고, 도라지는 껍질을 까고 가늘게 잘라서 청량리시장에서 좌판을 놓고 장사를 했다.

형은 종로통의 상회에 사환으로 나가 살면서 풀칠할 입을 하나 덜었고, 큰누나는 어머니 대신 주부의 노릇을 했다. 그 탓에 형과 큰누나는 제대로 된 공부를 할 수가 없었고, 나머지 셋은 그 덕에 그럭저럭 학교를 다녀 공부를 할 수가 있었다. 공부를 무척 잘했던 작은 누나의 영향으로 큰 용은 아니지만 개천에서 용이 나는 경험을 할 수가 있었다. 그 과정이 지난(至難)했음은 부언할 필요가 없겠다.

1980년대 중반에 나는 외국에 장기 체류 중이었다. 그 시절에 한국에서는 국민들을 감동의 도가니로 몰아넣었던 이산가족 찾기 프로그램이 한 방송국에서 진행되고 있었다. 우리 아버지 어머니도 부모형제를 모두 이북에 두고 내려온 이산가족이기에 그 대열에 합류했다. 큰 매형이 이북의 친척을 찾는 등록을 하려고 등록 현장에서 서류를 작성하고 있었는데, 마침 뒤에서 보고 있던 사람이 찾는 내용이 비슷하다 하여 내용을 맞춰보니 큰 이모님 쪽이라 하더란다. 이모님은 어머니를 찾아 이북에서 내려와 살고 있었는데 어머니는 이를 전혀 알지 못했다 한다. 외국에서 듣게 됐던 그 소식은 내겐 참으로 엄청난 감동이었다.

세월이 흘러 나도 노인 소리를 듣는 나이가 되었다. 3, 4년 전 즈음인가로 기억된다. 아버지 기일을 맞아 형 자택에서 제사를 지내고 음복을 하던 중 참으로 생각지도 못했던 얘기를 형으로 부터 듣게 되었다. 아버지가 병석에 있어서 찢어지게 가난할 때 나를 해외에 입양을 보내려고 가족들이 심각하게 고려해 본 적이 있었다고.

그 얘기를 들었을 때의 내 마음을 뭐라 표현할 수가 없다. 만일 그 일이 실행되었다면 난 해외에서 어떤 삶을 살아가고 있을까? TV에서 종종 나오는 외국어로 부모 형제를 찾는 사람의 모습을 내가 하고 있을지도 모르겠다.

제사 때나 사진으로 만나는 젊은 시절의 모습 밖에는 아무 기억도 없는 아버지, 여자 혼자의 몸으로 5남매와 살아내느라 모진 고생을 하다 10여 년 전 홀연히 하늘로 가신 어머니가 불현듯 그립다!

슬기로운 은퇴생활

은진기

공군에서 16년간 전투조종사 생활을 했다. 그후 아시아나 항공에서 기장으로 27년 동안 근무하다가 43년간의 비행 생활을 마치고 지금은 목동에서 은퇴 생활을 즐기고 있는 중이다. 동기 산악회원이며, 서부모임 회장을 맡고 있다.

괜찮아,

이만하면 나쁘지 않게 살았잖아,

이젠 땅을 딛고 살게 되었어.

나는 16년간 공군에서 전투 조종사로서 조국의 하늘을 수호했고, 27년간 항공사에서 기장으로서 비행했다. 43년간 하늘에서의 일을 마치고 2021년 1월 초에 은퇴했다. 비행할 때는 막연하게 은퇴 후의 삶을 동경하기도 하고, 은연중에 두려움을 느끼기도 했다. 은퇴 전에는 몇 곳에서 같이 일하자는 제의가 있었다. 엄밀히 말하자면 코로나 사태가 터지기 전이었다. 물론 나의 경력과 관련 있는 전문적인 항공 분야였다. 지방에 있는 대학의 항공 운항과에서 학과장으로 올 의향이 있느냐는 문의도 있었다. 내가 무슨 큰 학식이 있겠으며, 훌륭한 강의를 기대하며 오라고 할 리는 없다. 운항본부장으로 일한 경력을 활용하여 졸업생들의 취업에 도움이 되리라는 생각에서 제안한 걸로 받아들여졌다. 그렇다면 현재 회사에 재직하고 있는 후배들에게 아쉬운 소리를 하고 그들을 부담스럽게 할 수밖에 없을 것이다. 현직에 있을 때 가장 싫어하던 부류의 일을 권유받은 것이나 다름없다고 판단했다. 며칠 생각하다가 정중하게 고사했다.

　은퇴한 다음 날 아침을 기억한다. 아침에 일어나니 생경하다는 느낌이 든다. 스마트폰에 저장된 비행 스케줄은 텅 비어있고, 이젠 어제와는 다른 생활에 접어들었다는 현실감이 느껴진다. 새로운 생활의 패턴을 정립해야겠다는 생각이 들었다.

　오전 시간에 독서하기로 했다. 집 주변에 걸어서 다녀도 될 정도의 가까운 도서관을 발견했다. 주민센터에서 운영하는 곳으로 규모가 작지만, 다소곳했다. 도서 대출을 할 수 있는 회원증을 만들어 책을 빌려보기 시작했다. 예전보다 훨씬 기억력이 감퇴 되었다는 사실을 감안하여 독서 한 흔적을 만들 필요가 있었다. 독서 노트를 준비했다. 독서 하면서 등장인물 이름을 적고, 줄거리를 간략하게 기록한다. 기억해야 할 좋은 문장도 적는다. 책을 덮고 난 후에 기억을 되살리지 못했던 과거를 반복하고 싶지 않았다. 그랬더니 훨씬 기억력이 향상된 듯싶고, 후에 되살리고 싶은 내용은 독서 노트를 이용하여 가능했다. 먼저 소설을 읽어 독서에 대한 흥미를 일깨웠다. 그리고 최신 발간된 서적을 읽기 시작했다. 워낙 많은 분야의 서적이 홍수같이 쏟아져 나와서 선별하여 읽는 분별력도 중요하다고 생각했다. 이때 읽은 서적이 "넷플릭스" "테슬라" 등과 같이 트렌드를 이루는 내용이 주를 이루었다. 다음 단계로는 고전을 읽었다. 예전에 읽었던 고전을 나

이가 들어 다시 읽으니 전혀 다른 내용을 보는 듯했고, 감흥도 새로웠다. "죄와 벌"을 비롯하여 "좁은 문" "젊은 베르테르의 슬픔" "전원교향곡" "그리스인 조르바" 등을 리스트를 작성하여 읽었다. 독서에 자신감이 생기면서 조금 더 어려운 책을 보기로 했다. 그래서 그간 미뤄두었던 마키아벨리의 "군주론"을 펼쳤다. 일에 대한 스트레스가 전혀 없는 상태에서 보는 책은 생각보다 쉽게 읽혔다. 용기를 내어 지겹기 짝이 없는 괴테의 "파우스트"도 2권을 모두 읽었다. 다소 어렵기도 하고 내용이 이해되지 않는 부분이 있었지만, 괴테가 평생을 들여 집필한 소설을 완독했다는 기쁨이 있었다. 이렇게 해서 2년간 읽은 서적이 100여 권이다. 간혹 독서 노트를 펼쳐서 내용을 재확인하는 것도 좋은 공부가 된다. 오전에 갖는 3시간 독서는 내게 자신감과 성취욕을 심어주는 원동력이 된 듯하다. 자신에게 약간의 스트레스를 주는 행위는 어떤 면에서 긴장감을 유지한다고 믿는다. 예전에 비행 시에도 영어를 그런 방식으로 이용하곤 했다. 독서를 하면서도 무언가에 대한 허기가 가시지 않음을 느꼈다. 그나마 조금 있던 영어 회화의 능력이 망각 속으로 사라지는 현상이 아쉽기도 했다. 하루 30분간 영어 공부를 하기로 했다. 그 이상 하면 꾀가 나기 시작할 것이다. 하기 싫은 일은 항상 먼저 해야 한다. 그 후에 마치 관문을 통과한 사람에게 선심을 쓰듯 독서를 한다. 요즘은 영어 회화 능력을 발전시키기 위해서 여러 부류의 책자를 보고 있다. 직장인을 위한 비즈니스 회화책은 세 번을 완독하기도 했다. 치매를 예방하기 위해서라도 영어 공부는 지속할 생각이다.

　오후 시간은 운동하기로 했다. 어떤 운동을 할 것인가에 고민이 많았다. 한때 동기생들의 테니스 모임에 자주 나갔는데, 항상 부상의 위험에 노출된다는 생각이 들었다. 갑작스러운 회전이 많고 급격한 동작이 필요하여 아킬레스를 다치거나, 관절이 손상된 친구도 있었다. 어느 날인가 테니스는 내게 무리한 운동이라는 인식이 들어서 참여하지 않기로 했다. 배드민턴은 예상외로 과격한 운동으로 알려졌다. 점프해서 스매싱하는 운동 특성상 무릎 부상이 많았다. 운동에 대한 중독도 심하여 무릎 수술을 하고서도 배드민턴을 하는 사람이 많다고 한다. 탁구는 장점이 많은 운동이다. 실내 운동이라서 춥고 더운 기후의 영향을 받지 않고, 눈비가 오는 등 기상도 상관이 없다. 탁구는 유산소 운동으로는 최상이지만 부상의 위험은 적다. 간혹 무릎관절을 위해 보호대를 착용하는 사람이 있지만, 소수에 불과하다. 그래서 탁구를 하기로 결론을 내리고 클럽을 물색했다. 기왕이면 체계적으로 배우고 지속적인 운동이 되도록, 비용이 좀 비싸더라도 사설 탁구

클럽을 가기로 마음을 정했다. 주변의 소개로 탁구클럽을 정하고 등록했다. 일주일에 두 번 탁구 레슨을 받고, 보통 때는 회원들과 탁구를 한다. 공을 주고받는 형태의 랠리를 하다가 몸이 풀리면 게임을 한다. 오전에 책을 보다가 집에 갈 때면 눈에 초점이 맞지 않을 때가 많다. 사물이 겹쳐 보이는 현상을 극복하고자 조리개를 돌리며 집에 가곤 했다. 그런데 탁구를 하며 빨리 오가는 공을 봐서인지 탁구 후 집에 올 때는 그런 현상이 없다. 시력 회복에도 탁구가 도움이 되는 듯싶다. 또한 상대방이 있는 탁구는 경쟁심 덕분에 훨씬 묘미가 있다. 유산소 운동의 장점 중 하나는 체중조절이다. 비행하던 시절에 비하여 체중은 5킬로 정도 줄었다. 감량되니 몸이 훨씬 가볍게 느껴지고 편하다.

재미를 느끼고 탁구에 몰두하는데, 샤워하고 난 모습을 거울에 비춰보고 무언가 부족한 점이 발견되었다. 유산소 운동에 몰두한 결과 근육이 점점 빠지고 있다는 사실을 느꼈다. 나이가 들면 근력운동에 소홀하지 말아야 하는 게 정설인데 그간 이 사실을 간과했다. 노인이 다쳐서 고관절이 손상되면 걷지 못하게 되어 근육 소실로 수명이 크게 단축된다고 한다. 나는 근육질 몸매는 원하지 않지만 단단한 몸은 유지하고 싶다. 그래서 예전에 다니던 피트니스센터에 등록했다. 유산소 운동인 탁구와 더불어 적절한 근력운동을 병행하고 싶은 마음에서다. 결론은 일주일에 두 번, 수요일과 토요일 오후에 피트니스센터에 다니기로 했다. 예전에 피트니스센터에 다닐 때는 근력운동을 하고 트레드밀에서 뛰었는데, 탁구장에서 충분하게 유산소 운동을 하는 관계로 굳이 뛸 필요까지는 없다고 생각했다. 더구나 트레드밀에서 뛰는 게 무릎에 무리가 오는 듯한 느낌을 받았다. 요즘은 1시간 20분 정도를 근력운동에만 몰두한다. 근력운동을 하는 기구의 중량도 종전의 무게를 회복했다. 시간이 지나면서 예전의 단단한 몸으로 돌아오고 있는 느낌이 든다. 그리고 한 달에 두 번 정도 등산을 한다. 쓰지 않던 근육을 사용해서 뻐근하지만, 친구들과 땀 흘리는 것이 좋고 뒤풀이도 즐겁다. 또한 두 번 정도 사이클링을 한다. 좋은 날씨에 상쾌한 바람을 맞으며 속도감을 느끼는 묘미는 색다르다.

은퇴 후 가장 중요한 관계는 부부 사이라고 생각한다. 아내는 사람을 피곤하게 하는 성격이 아니라서 크게 신경 쓰고 살지는 않았지만, 아내도 보고 듣는 게 있어서 비교는 하고 있을 것이다. 일단 가사의 분담을 먼저 거론했다. 내가 제 발 저린 듯이 얘기를 꺼냈다. 나는 객관적으로 평가하면 게으른 사람이다. 그동안 가사를 도와준 적도 없는 편이고, 수동적이다. 어쩌면 우리 세대가 모두 그랬다는 식으로 묻혀가고 싶은 마음이 있지만, 사실은 사실이다. 일단 매주 한 번 하는 재활용 분리수거를 내가 하겠다고 했다. 오가다 보면 남성들이 분리수거 하는 광경을 많이 목격한다. 애써 못 본 척했지만, 이제는 나도 무언가 가정에 도움이 되어야 한다는 생각이 들었다. 그런데 그것으로는 부족하다고 느꼈다. 그래서 하기로 한 일이 실내 청소다. 일요일이 되면 아침에 재활용품 분리수거를 하고 진공청소기를 돌린다. 마치 의무사항을 이행하듯이 한다. 그러면 아내는 화장실 청소를 시작한다. 그나마 이렇게라도 도움을 주니 마음이 조금 편하다. 아내는 그간 내가 일한다는 구실로 모든 가사를 혼자서 도맡았다. 이제는 그 틀을 서서히 변화시켜야 한다고 느낀다.

부부관계에 있어서 가장 중요한 사항은 서로의 생활을 침범하지 않는 문제라고 생각한다. 아내도 본인의 사생활이 있고, 여태까지 가져왔던 아내만의 모임도 있다. 아내가 해왔던 생활을 존중하는 게 부부 간 최소한의 배려라 느낀다. 아침에 우리는 집에서 같이 나와 나는 도서관으로 아내는 탁구장으로 향한다. 그리고 1시경에 집에서 다시 만난다. 내가 지금까지 마음에 걸리는 사안은 끼니 해결 문제다. 우스운 얘기로 집에서 세끼를 해결하는 남자를 "삼식이 **" 두 끼는 "두식이 놈" 한 끼는 "일식이 분"이라고 한다. 그만큼 남편의 끼니에 대한 아내의 부담을 우스개 얘기로 표현한 것이다. 나는 아직 세끼를 아내에게 의지하고 있다. 물론 약속이 있으면 다르지만, 평소에는 그렇다. 아침은 아주 가볍게 먹는 편이다. 빵 조각에 우유, 그리고 과일 정도다. 점심도 가볍게 먹는 편이지만 어차피 둘의 점심을 위해서 아내는 시간에 늦지 않게 와야 하는 번거로움이 있다. 일주에 한두 번 아내는 점심 약속이 있다. 그런 때 나는 가볍게 점심을 밖에서 잘 사 먹는다. 세계를 다니며 매식하던 나로서는 점심을 사 먹는 일은 하찮은 일이다. 드물지만 저녁 식사를 혼자 해결할 때도 있다. 언젠가 아내에게 점심은 내가 스스로 해결해도 괜찮겠다고 얘기한 적이 있다. 직접 요리하여 먹는 자체를 번거로워하는 나를 잘 알고 있는 아내는 그러지 않아도 된다고 한다. 부담을 덜고자 간혹 도서관에서 오는 길에 피자를 주문하여 오기도 하고, 햄버거를 사 오기도 한다. 최대한 서로의 불편을 줄이는 일이 지속 가능한 좋은 부부관계를 만든다고 생각한

다. 집에서 저녁 식사를 할 때 탁구를 마치고 오는 길에 간혹 먹거리를 사 오기도 한다. 자전거를 이용하여 탁구장을 다니기 때문에 기동성이 좋은 편이다. 가까운 시장에서 닭강정을 사기도 하고, 두 사람이 먹을 정도의 생선회를 떠 오기도 한다. 생선회와 반주를 곁들여 식사하며 마음에 두었던 얘기를 나눈다. 지난날을 떠올리기도 하고 아이들 얘기도 편하게 나눈다. 저녁 먹거리를 사 오면 아내의 얼굴이 환하게 핀다. 그 표정을 보는 것이 즐겁다. 주말이나 휴일에 특별한 일이 없으면 외식한다. 외식이라 해봤자 근사한 식당에서 하는 게 아니라, 수더분한 식당에서 서민답게 식사한다. 서로가 격식을 중요시하지 않는 성격이라 그런 면에서 부담이 없다. 아내는 밖에서 한 끼를 해결한다는 사실을 좋아한다.

어느 날, 가족에게 삶의 궤적을 보여주고픈 생각이 들었다. 해서 노트북을 구입하고 예전에 장문을 썼던 순서를 생각하고 큰 그림을 그렸다. 그리고 기억을 되살리며 글을 쓰기 시작했다. 초고를 완성하고 보니 가족에게만 보여주기에 아쉽다는 생각이 들었다. 나의 경험을 비행에 관심이 있는 사람들과 공유하면 훨씬 뜻깊다는 생각에 미쳤다. 책을 출간하기로 했다. 일단 초고에서 가족들과 관련된 부분을 대부분 뺐다. 그러다 보니 초고의 1/3 정도가 줄여졌다. 6개월여에 걸쳐 초고를 만들고 넉 달에 걸쳐 지루한 교정작업을 했다. 톨스토이는 "초고는 쓰레기고, 치열한 교정 후에 작품이 탄생한다"라고 했는데 그 말을 신봉했다. 그런 과정을 거쳐 작년 말에 자전적 에세이인 "나는 하늘로 출근한다"가 출간되었다.

나는 은퇴 후 루틴을 잡는 데 시행착오를 겪었다. 운동선수들은 좋은 성적을 거두기 위하여 항상 일정한 패턴의 훈련과 습관을 지킨다고 한다. 그것을 그들은 루틴이라 부른다. 나도 규칙적인 패턴을 정하여 흔들림 없는 생활을 유지하고 싶었다. 그래서 슬기로운 루틴을 나름대로 확정했다.

오전 시간은 도서관에서 공부와 독서, 주 1회는 주민센터에서 영어수강.
오후 시간은 주 3 혹은 4회 탁구, 주 2회는 근력운동.
한 달에 2회는 등산. 2회는 사이클링.
일요일은 보너스, 소소한 집안일도 하고, 아내와 시간 보내기.

이제 팬데믹이 지나고 해외여행의 붐이 일고 있다. 얼마 전에 이박 삼일 짜리 남해, 여수, 순천 국내 패키지여행을 다녀왔다. KTX를 타고 오가고 지방에서는 차량편을 제공하니 기대치보다 좋았다. 좋은 계절에 홍도나 목포, 백령도 등 지방 여행을 패키지로 다녀올 예정이다. 이젠 장거리를 운전하여 다녀오기엔 힘에 부친다. 항공사 장기근속 대가로 지급되는 해외 티켓도 계획을 잡아서 사용할 생각이다.

인생에 크나큰 행복은 없다는 말이 실감 나는 때이다. 자그마한 즐거움을 모아 행복을 느끼는 게 현명하지 않을까 싶다. 나이가 들면서 가장 중요한 사항이 친구들과의 유대관계 유지라고 한다. 심지어 운동을 열심히 하는 것보다 친구들과 자주 만나서 대화를 나누고 즐겁게 지내는 생활이 더 건강하고 장수의 비결이라고 사회학자는 실험 결과로써 얘기한다.

철학자인 김형석 교수가 쓴 "백 년을 살아보니"란 책에 이런 말이 나온다. 인생을 요약하면 3부로 나뉜다. 1부는 태어나서 30세까지이다. 그때는 부모의 도움을 받아 자립하기 위한 기간으로, 공부에 전념할 기간이다. 2부는 30세에서 65세까지로, 본인의 생활과 가족을 봉양하기 위한 기간으로 치열하게 인생을 사는 시기이다. 직장에서 혹은 일터에서 모든 궂은일을 겪으면서도 삶을 영위하기 위한 기간이다. 3부는 65세 이후에서 삶을 마감할 때까지 대략 90세까지의 기간이다. 삶의 무거운 모든 짐을 내려놓고 이제는 그야말로 본인을 위한 기간이다. 그는 과거를 회상하며 65세부터 80세까지가 인생의 최고 황금기라고 표현했다.

나도 그렇다.

지금 이 기간이 가장 소중하고 즐겁다.

세 번의 기회

이동수

1983년 도미, 미국 California에 거주하며 미국 굴지의 Allstate Insurance Company의 Exclusive Agency인 DLI Finance & Insurance Sevices를 운영하고 있다.

저는 1975년 성균관대학교 2학년에 재학 중 박정희 대통령 시절 고려대 캠퍼스에 현역 군인이 진주하도록 조치한 긴급조치 9호 반대 데모에 연루되어, 5월에 강제로 현역 입대하였습니다. 1978년 만기 병장으로 제대하였으나, 정부가 복학은 물론 취업도 불허하였으며 해외도 나가지 못하도록 요주의(?) 인물로 전락되어 2년간 낮에는 과외 선생으로 그 긴 밤은 바둑을 두면서 아무 희망없이 살다가, 10·26 사건 이듬해인 1980년 전격적으로 복학을 하게 되었습니다.

3년 동안 열심히 공부하였고 졸업과 동시에 한국화약그룹인 한국 프라스틱주식회사에 입사하게 되었읍니다.

1983년 5월에 저는 회사를 사임하고 서초중학교 국어교사였던 아내와 함께 3천 불을 들고 미국으로 유학을 왔습니다.

실제로는 유학을 온것이 아니고 미국에 영주하려는 목적으로 유학 Visa를 받은 것입니다. 새로운 곳에서 새삶을 추구하며 새로운 가정을 만들기로 아내와 의기투합한 것입니다.

문제는 영어였습니다.

자동차 Sales Man으로 주택 융자 Broker로, 여자 옷가게, 한때는 Swap Meet에서 금은방도 운영하기도 하였고, 아내는 Swap Meet에서 안경 장사, 남자 옷가게, Sandwich Shop 등을 운영하며 두 아이를 키우면서 정말 열심히 살았습니다.

모든 사람들이 보통은 의식주 중에 한 Area에만 종사하게 되는데, 저는 부족한 영어 때문에 의식주 모든 분야를 경험하게 된 것입니다.

미국 생활 한 10년쯤 어떤 사람이 저에게 남자는 한 우물을 파야 성공한다고 조언을 하더라구요.

그날 밤 저는 너무 슬퍼서 '난들 여러 우물을 파기를 원했겠느냐?' 독백 하면서 내가 처한 처지를 너무 한탄하였었습니다.

사람이 평생 동안 보통은 3번의 전성시대를 누릴 기회가 온다던데, 아마도 저는 철없이 날뛰던 고등학교 3학년 때가 첫번 째 전성기였던 것 같습니다.

이후 두번 째 전성기는 나이 39살 쯤 주택융자 브로커를 할 때였습니다. 중개인를 7~8명 거느리는 모름지기 Finance Company 사장이었거든요. 주택융자 Bank에 Application을 내기만 하면 100% 융자 승인을 받았습니다. 왜냐하면 모든 서류를 가짜로 꾸몄기 때문입니다.

무식하면 용감하다고, 모든 다른 미국 사람들도 이렇게 한다고 철석같이 믿고 아무 죄의식 없이 가짜로 서류를 꾸며서 Sign 하고 고객의 Sign을 독려하였었습니다.

1996년쯤 부동산 시장이 급격히 냉각되면서 손님들이 융자 금액을 충실히 갚지 못하거나 주택 차압이 늘면서 가짜 서류에 근거해서 융자를 허락해 준 Bank가 융자 신청인과 중개인, 사장인 저도 같이 법적으로 고소하게 되었습니다.

정신이 번쩍 들었습니다. 미국은 청교도들이 성경에 근거해서 설립한 나라입니다. 그래서 내가 Sign하고 진술한 것은 하나님 앞에서 서약한 것이기 때문에 다른 사람들은 철저히 믿어주었던 것입니다. 저는 하나님 앞에서 철저히 회개하였습니다.

내가 출석하는 교회의 설교 말씀이 저를 철저히 쪼개며 그리스도인으로서 다시 태어나게 되었습니다.

기도하였습니다.

영어가 불편하지만 제가 거짓말을 하지 않아도 되는 새로운 Job을 달라고…

기도만 들어 주신다면 하나님 위해서 살겠노라고….

어느 날 Los Angeles Times에 난 구인 광고에 보험 Agency(지점) Owner 기회 설명회에 참석하였고, Allstate가 얼마나 큰 회사인 줄은 알지도 못 하고 Manager를 찾아갔습니다.

Manager는 내가 부동산 융자 Broker였으며 Accounting MBA로서 Life Insurance, Security 6 & 63 License를 소유하고 있으니 문제없이 Qualify된다고 간단한 수학과 영어 시험을 보라고 하더라구요.

수학 시험을 치루고는 영어 시험을 보기 전에 Manager에게 영어 시험은 안 보겠노라고 강짜를 놓았습니다.

"미국인들이 아주 쉽게 생각하는 단어나 문장이 나에게는 어려울 수가 있습니다. 그동안 미국 생활 15년 동안 영어 때문에 많은 차별을 받아 왔는데, 이 시험에 실패하여 기회를 놓치고 싶지 않습니다"

Manager는 아마도 저의 열정을 보고 본인의 Secretary를 동석시켜서 시험를 치르게 해주었습니다. 나중에 알게 된 사실이지만 Allstate Insurance Company는 미국의 회사 중에 개인 보험을 취급하는 회사 중엔 가장 큰 회사입니다.

1999년부터 처음으로 자동차보험을 취급하기 시작했고, 주택보험, 상업용 보험, 생명보험 및 연금, Mutual Funds 등을 보급하기 시작했습니다.

보통 보험대리인의 선입관은 모든 사람들의 비위를 맞추어야 하는 것이라고 잘못 알고서는 그 직업을 피해 왔는데 실제로 하나님께서는 절대 거짓말할 필요 없이 사실대로 영어에 능숙치 못한 사람들에게도 성실히 도움을 주도록 저를 인도하셨습니다.

진심으로 저에게 오는 경제적 이익만 계산해가면서 일하지 않도록

매일 기도하며 일하였습니다.

지금은 24년째 약 3천 가정을 Service하는 Allstate Insurance Company와 계약한 지점 Owner로서 기도를 응답해 주신 하나님께 감사드리며 살고 있습니다.

저의 첫 번째 전성시대는 '내가 무척 똑똑하고 잘난 사람이다' 하는 오만에 기초를 두었기에 3~4년 만에 처참히 무너져서 희망이 가득한 젊은 시절을 암흑 속에 살게 된 원인을 스스로 제공하였던 것입니다.

두 번째는 그리스도인임을 인지하지 못하고 개념없이 돈을 좇다가 큰 시험에 이르게 된 것입니다.

이제 15년 전 즈음에서 시작된 마지막으로 온 지금의 세 번째를 지키기 위해서 나는 보다 겸손하고 약자를 위하며 내 명철에 의지하지 않고 하나님께 의뢰하며 살아가려고 최선의 노력을 다하고 있는 중입니다.

매일매일이 특별한 삶

이진봉

1981년 미국 이민. 1982-2019년 San Francisco Bay 지역에서 자영업을
운영하다가 2020년 은퇴 후 Sacramento 지역에 거주하고 있다.

들어가는 말

1981년 결혼과 함께 시작한 미국 이민 생활이 이제 40년이 훌쩍
넘었다. 샌프란시스코 이스트베이 지역에서 작은 사업을 운영하면서
아들 둘 낳아 키우고 한 교회를 섬기며 외롭고 힘들다는 타향살이 무
사히 여기까지 왔다.

이번 성동고등학교 졸업 50주년 기념 논문집 원고 청탁을 받고 지
나온 날 동안 이곳저곳에 널려있던 글을 몇개 추려 이민생활의 추억
을 기억하며 자족하는 좋은 기회가 되었다

1. 첫 번째 어머니날

아내는 아이를 잠재우고 나서 밤늦게, 밀린 옷 수선일을 하곤 했다.

낮에는 세탁소에서 종업원도 없이 모든 일을 둘이서 해야만 하는 이민 초창기였으니….

아침 6시 아기 깨워 씻기고 우유병 끓여 챙기고 가게에 도착하면 7시.

이리저리 뛰며 일 마치고 집에 돌아 오면 저녁 7시반.

저녁 해 먹고 치우면 9시.

아기 씻겨 재우면 10시.

그리고 나서 아내는 가게에서 못다 한 옷 수선을 시작한다.

마침 그때 미국에 다니러 오신 어머니가 아이와 함께 잠든 아내 몰래 옷 수선을 대신 해 놓으셨다.

밀린 일이 걱정되어 새벽 일찌감치 일어난 아내가 사색이 되어 나를 깨운다.

어머니가 길이를 줄여야 할 바지를, 허리를 줄여 놓으신 것이었다. 아내는 쓰레기통에서 잘라내 버린 바지 조각을 찾아 들고 울상이었다.

아이고 맙소사! 우리 가게 가장 큰 단골인 Mrs. Brazier 바지였다. Mrs. Brazier는 큰 회사의 중역으로 근무하는 우리 가게 최대 고객이었다.

항상 정장을 하고 다니며 여유있는 미소와 행동 때문에 조금은 위압감을 느끼게 했던 그녀의 바지였다. 그때 내게 제일 큰 관심은 얼마나 비싼 옷인가였다.

그리고 이 일로 그녀가 화를 내고 우리 가게에 다시 오지 않는다면…?

그날 한국으로 돌아가시는 어머니를 공항에 모셔다 드리고 저녁에 집에 돌아와 보니 식탁 위에 하얀 봉투 하나가 놓여 있었다.

"미안하다. 도와주려다가 오히려 너희들 걱정만 만들어 주었구나. 엄마."

백 불짜리 지폐 2장도 반듯하게 접어 함께 넣어 두셨다.

드디어 Mrs. Brazier가 옷을 찾으러 온 날.

잘라냈던 조각을 다시 붙여 볼품 없어진 바지를 보여주며 난 사실대로 그녀에게 설명을 했다. 그리고 어머니가 놓고 가신 봉투를 머뭇거리며 그녀 앞에 조심스레 내놓았다.

"이걸로 보상이 될지는 모르겠지만…"

빙그레 웃는 그녀의 모습 속에서 한국으로 돌아가서서 바지 걱정만 하고 계실 어머니 얼굴이 어른거렸다.

"JIN! 걱정하지마. 이 바지를 입을 땐 브라우스를 밖으로 내어 입으면 가려지거든."

그녀는 한사코, 건네 주는 봉투를 밀어 놓았다.

바로 다음 주말이었다.

"Happy First Mothers Day!"

한다발 카네이션을 아내에게 안겨주고 돌아가는 Mrs. Brazier는 30여 년 전 자신의 첫 Mother's Day에 받았던 꽃다발을 평생 잊지 못한다며 소녀 같은 수줍음을 보였다.

2. 몇 해 전, 한 선배에게 들은 이야기

그분 동창이 서울에서 부인과 사별을 하고 나서 슬픔 가운데 부인의 물건들을 정리하다가 실크스카프 한 장을 발견했다고 했다.

그건 그들이 모처럼 뉴욕을 여행하던 중에 유명 매장에서 구입한 것이었다.

비싼 스카프여서 애지중지하며 차마 쓰지를 못 한 채 특별한 날만을 기다려 매려고 했던…

"절대로 소중한 것을 아끼고 두었다가 특별한 날에 쓰려고 하지 마. 살아있는 매일매일이 특별한 날들이야."

그분은 이야기를 여기까지 하고 말을 잇지 못하더라고.

지금은 그말을 전해준 선배도 이 세상을 떠나셨다.

요즘 그 분의 이야기를 생각할 때마다 나중에 아주 특별할 때 쓰려 했던 것인데, 그 날이 오지 않을수도 있겠다는 것을 생각하게 되었다.

나도 갑자기 병원 측의 커다란 실수로 죽음 앞에 다가가 본 적이 있었다.

그 이후로 나도 아내와 자식들에게 Carpe diem(seize today)을 강조하게 되었다.

요즘은 친구들과도 '다음에 보자'라는 말이 어쩐지 빈말이 될까 봐 멋쩍다.

아내와 아이들을 안아주며 사랑한다는 말을, 미워했던 친구와 화해하고 싶은 마음을 지금도 미루곤 하는 내 버릇은 언제쯤 고칠수 있으려나?

그러나 내일은 없을 수도 있다.

Carpe diem!

3. 석호야

사는 동안 소풍처럼 즐겁게 아름답게 살다가 가고픈 것이 우리의 바람이었지?

우리 타향살이가 그리 평탄하지는 않았지만 그래도 우린 하나님께서 우리를 이땅에 보내신 생명의 값을 최선을 다하며 성실하게 산 것이라고 나는 감히 말하고 싶어.

지난 토요일, 아무래도 오래 갈것 같지 않다는 네 아내의 소식을 듣고 잠깐 네 병상을 찾았을때 정말 꼭 안아주며 수고했다는 그리고 고마웠었다는 말을 하고 싶었어.

너무 힘들어 하는 너를 다시 침대에 살며시 내려 놓기는 했지만 말이야.

석호야.

우리가 화사했던 봄날 중학교 교정에서 빡빡머리 철부지로 만나 먼 이국땅에서 이렇게 헤어지게 되는 반백 년간의 짧지 않은 세월 속에서 때론 우리들의 개인 골프 코치로, 때론 우리들의 흥을 돋우어주는 노래방 가수로, 무엇보다 세상을 너무 심각하게 살지 말자며 조언해주던 내 친구가 되어 주어서 정말 고마웠어.

지난 주말, 네가 친구들을 그리며 아쉬운 길을 홀로 떠났다는 소식을 듣고 네가 항상 부르던 18번 Frank Sinatra의 My Way 가사를 되뇌이며 그 노랫말이 네가 세상에 하고픈 이야기였구나 생각해 봤어.

그리 특별하지도 않고 크게 내세울 것도 없는 삶이었지만 그래도 우리는 떳떳하게 성실하게 맡은 역할을 감당하며 살지 않았나?

좋은 남편으로 착한 아들로 네가 그렇게 사랑하고 예뻐했던 딸들에겐 자랑스런 아빠로.

석호야.

아침마다 우리는 사랑하는 가족들과 헤어졌다가 저녁 때가 되면 집으로 돌아와 다시 만날 것이 분명한 것처럼 나는 오늘 너와의 헤어짐도 약속있는 다짐이라고 생각한다.

먼저 본향에 가서 기다리는 네 뒤를 우리 모두 따라가 만나게 될 테니 말이야. 하늘에 있는 영원한 아버지의 집에서 다시 만날 것을 우리 약속하자.

석호야. 잘 가!

나가는 말

혼자라면 외로웠을 이민생활을 왕십리 끈끈한 우정을 함께 나누며 지내준 미주 동창들과 아내들, 그리고 바쁜 일정속에서도 친구의 타국살이가 궁금해 멀리 샌프란시스코까지 찾아와 위로해 준 많은 23회 동기생들을 생각할 때마다 송재복 선생님이 가르쳐주셨던 유붕 자원방래면, 불역낙호아(有朋自遠方來, 不亦樂乎)를 실감하곤 했었다.

23회 동기들아! 나의 삶에 힘이 돼 주어서 정말 고마웠다.

그리고 동창들의 방문을 자기 일처럼 반갑게 맞이해 준 아내 유진 씨에게도 감사의 말을 전한다.

앞으로 30년

한상호

ROTC 16기로 병역의무를 마치고 주한미군 제2사단 시설공병대에서 근무 중이며 2024년 3월 31일(42년 6개월) 정년 퇴직 예정이다. 동두천에서 태어나 지금까지 고향 지킴이로 살고 있다.

그저 평범하기만 한 삶.

때는 바야흐로 을미년 윤삼월 열사흗날, 시골 동두천에서 삼신할미의 점지를 받아 5형제 중 막내로 이 세상에 태어났다.

천둥벌거숭이처럼 산으로 들로 다니며 싱아, 까마중 따 먹고, 돼지감자, 칡뿌리 캐 먹고, 훈련 나온 미군들 쫓아다니며 탄피 주워 엿 바꿔 먹고, 동네 형님한테 바둑을 배웠는데 제법 잘 두었는지 아저씨들 두는 바둑에 훈수하다가 꿀밤 맞은 게 몇 번인지… 그래도 재밌었지.

초등학교 시절 방학기간 동안 서울 광신상고 선배님들이 내려와 주산을 가르쳐 주었다. 겨울에는 학교에 가면서 나무, 판자 등 땔거리를 주워 난롯불 피고 배운 덕분에 주산 3급 자격증을 땄다. 지금에라도 지면을 빌어 그 선배님들께 감사의 말씀을 드린다. 또한 공을 잘 차지는 못하지만 관내 축구대회에 학교 대표 선수로 나가 학교를 빛낸 게 보람으로 생각된다. 나의 유년 시절은 이렇게 별고 없이 보냈다.

초등학교를 졸업하고 운 좋게 한양 땅 성동중학교에 합격했다. 새벽 4시 30분에 일어나 밥 먹고 뛰어나가 5시 19분 기차를 탄다. 다음 기차는 10시쯤에 있으니 첫차를 못 타면 학교에 못 간다. 아침에 첫차를 타면 초등학생, 중고생, 대학생, 출근하시는 어른들 모두 만난다. 왕십리역에서 내려 학교까지 걸어 다녔는데 지금 생각하면 결코 짧은 거리는 아닌데 어떻게 걸어 다녔나 싶다. 그때는 전차도 있었는데 돈이 없었다. 학교 마치고 집에 가면 저녁 9시가 넘었다. 저녁을 먹을 때면 배도 많이 고팠지. 한 날 역 앞 포장마차에서 아끼고 아낀 돈으로 호떡 하나 사 먹는데 지나가는 아저씨 "집에 가서 밥먹지" 한 말씀 하신다. 야단맞고 나서 얼마나 후회했는지.

지금도 안타까운 것은 방과 후 친구들끼리 아이스크림이나 라면 내기 축구를 하면 이기고도 기차 시간 때문에 먹지도 못하고 역으로 뛰어가야 했던 게 많이 아쉽다. 이렇게 시작된 기차 통학이 대학 졸업할 때까지 10년, 그 비좁은 틈을 비집고 다니며 장사하시는 홍익회 아저씨, 바구니에 사과를 들고 다니며 신기에 가까운 솜씨로 단번에 사과 껍질을 깎아 내시던 아주머니들, 이 모두가 어렵던 시절을 겪어 낸 우리의 삶이 아닐런지. 옛 추억이 새롭게 느껴진다. 그러니 우리가 경원선 열차의 산증인이 아니겠는가. 그래도 초등학교부터 고등학교까지 개근할 수 있었던 것은 큰 행운이 아닐 수 없다.

동대문 스케이트장에서 스케이트 타던 생각도 난다. 시골 저수지, 논바닥에서 타던 스케이트 실력이 동대문 스케이트장에서 유감없이 발휘되었다. 서울 시내 각 학교에서 많은 학생들이 모이니 얼음이 녹아 바닥에 늘 물이 흥건했고, 트랙을 돌면서 여학생들에게 물 튕기고

도망 다니던 짓거리를 늦게나마 용서를 빈다.

우여곡절을 겪었지만 어렵게 대학에 진학했다. 용돈 없이 대학을 다닌다는 게 결코 쉬운 일이 아닐진대 어려운 형편에 학교를 다닐 수 있다는 것만으로도 감사하게 생각했다. 다행스럽게도 학교 방송국에 들어가면서 장학금을 받을 수 있어 어렵게나마 졸업할 수 있었다.

내가 아직도 못 배운 게 당구다. 당구라는 게 진 사람이 게임비를 다 내야 하는데 형편이 여의치 않은 나는 늘 겜돌이만 했다. 얼마 전까지만 해도 가장 활성화된 동문회가 산악회였는데 지금은 나이가 들어서인지 당구가 대세가 되었다. 그래서 좀 배우려고 하는데 아직은 마음뿐이다. 그래도 ROTC 16기로 입단해 짧은 머리에 단복입고, 캠퍼스가 떠나가라 우렁찬 목소리로 경례하면서 무사히 군사훈련을 마쳤다. 이렇게 힘겨운 대학생활이었지만 나름 많은 추억을 만들 수 있어 좋았다.

대학을 졸업하고 소위로 임관해서 육군방공포병학교에서 소대장으로 근무하다가 후에는 학교 평가실에서 근무했고 10·26, 12·12, 5·18 등 많은 사건들이 있었지만 무사히 병역의 의무를 마쳤다. 군 생활 중에는 같이 근무하는 선임하사가 자기네 조기회에 가입하라는 권유를 받고 주말마다 축구를 하며 나름 즐겁게 군생활을 했다. 당시 같이 운동했던 조기회 아저씨들께 감사의 말씀을 전한다.

군대를 제대하고 영어 좀 배우겠다고 들어 간 미군부대가 지금까지 42년간 근무하고 있는 평생직장이 되었다.

우리가 살아가는 동안 수많은 결정을 해야만 하고 그 중에서 가장 잘한 3가지 선택을 고르라면 다음과 같다.

첫째, ROTC 입단이다.

장교라는 신분으로 지휘 통솔력을 배웠고, 제대 후 각처에서 활발히 활동하고 있는 ROTC 동기들의 두터운 우정과 선후배들의 의리가 좋다. 든든한 버팀목이 되어 주었다.

둘째, 직장이다.

처음 들어가니 별천지 같은 느낌이었다. 주 5일 근무, 누구 눈치 안 보고 정시에 퇴근, 휴가 축적제도 등. 그 당시 우리 사회에서는 상상도 못 하는 시스템에 매료되어 일하다 보니 현재에 이르렀다. 그냥 편안함에 안주했다고나 할까. 그러면서 대학원 진학해서 학위도 받았

고, 예쁜 아내 만나 결혼도 하여 아들 딸 낳고, IMF 당시 명퇴니, 황퇴니 하며 사회가 불안정할 때 아무런 걱정 없이 근무할 수 있었음이 얼마나 다행이었는지. 어느 직장에서 한 달씩 휴가를 낼 수 있을까? 지금까지도 감사할 뿐 아무런 후회는 없다.

셋째는 예쁘고, 착하고, 운동 잘하는 아내와의 결혼이다

지금까지 살면서 큰 갈등 없이 살 수 있음은 엄청난 행운이라 생각한다. 그래서 이후의 삶은 아내를 위해 살기로 결심했다. 집사람의 어떠한 제안도 모두 "네(Yes, Mam)." 집사람이 의견을 물어볼 때마다 "아빠의 대답은 정해져 있는데 뭘 물어봐요" 하면서 애들이 놀린다. 30년 넘게 점심 도시락 싸느라 고생하고, 한평생 나를 위해 살아주었는데 이제부터라도 아내를 위해 사는 게 당연한 거라 생각한다. 그래서 분리수거, 음식물 쓰레기, 빨래 널고 개기, 청소기 돌리기 등등은 나의 책무. 아울러 집사람 버킷리스트 하나하나씩 해결하며 살아가련다.

퇴직 후 무엇을 할까 궁리하다가 바둑을 좋아하니 봉사하는 마음으로 어린애들에게 바둑이나 가르쳐야겠다는 생각을 하고 명지대 용인캠퍼스에서 방과 후 지도사 과정을 수료하고 자격증을 땄는데 그런데 이게 누군가에게는 소일거리지만 누군가에게는 생존경쟁이라는 것을 보고 계획을 접었다. 어릴 때 싸리나무 잘라 반은 잉크 병에 넣었다가 꺼내서 흑백 돌을 만들고, 19줄 종이 바둑판에 두던 바둑이 성동 23회 기우회에 나가 많이 배운 덕분에 성동 동문바둑대회 단체전에서 우승을 하기도 했고, ROTC 동문 바둑대회에서 여러 차례 수

근속 기념 배지

상 경력을 쌓았다.

사무실 옆에 골프장이 있다. 해서 "하루라도 골프를 안치면 손바닥에 가시가 돋는다."(一日不골프 手中生荊棘)를 생각하면서 매일 퇴근하고 골프를 쳤다. 하루 종일 앉아서 근무하다가 퇴근 후 라운딩하고 나면 기분도 좋고, 체력도 좋아지고, 일석이조다. 그래서인가 운 좋게 홀인원도 한 번 했고, 직장 내 골프대회에서 우승도 한 번 했다.

운동을 좋아하는 나는 많은 운동을 섭력해 왔고 최소 한두 번씩은 접해봤다. 땅에서 놀다 산으로 올라갔고, 산에서 하늘로 올라갔다가 내려와 바다에서 놀았는데 바닷속은 아직이다.

축구, 배구, 탁구, 테니스, 골프, 승마 등등 땅에서 놀다가 산을 오르기 위해 등산하고, 겨울에는 스케이트도 타고, 시즌권 사서 스키 타고 (참고로 스키는 아내에게 배웠음), 한동안 패러글라이딩에 빠져 비행하다가 나무에도 불시착하고, 착지 실수로 인대 파열, 공중에서 추락하여 저승 갈 뻔도 했다. 그렇게 하늘에서 놀다가 내려와 바다에서 요트 타고, 윈드서핑하고, 우연히 오키나와에 갔다가 스노클링을 하면서 스쿠버다이빙에 매력을 느껴 슈트, 신발, 장갑까지 사왔는데 아직 실행하지 못했다. 마지막 남은 버킷리스트. 아! 또 하나 있는데 킬리만자로 등정이다. 2018년도 계획이었는데 내년에 퇴직하고 나서도 가능할지 체력이 걱정이다.

각종 레저 스포츠를 가족과 같이하고자 했으며 축구와 패러글라이딩 빼고는 모든 걸 같이 즐겼다. 그리고 이에 잘 호응해 준 집사람이 고맙다. 우연히 티비에서 60 넘은 한 노인네가 히말라야 라운드 트렉킹을 하는 것을 보고 집사람에게 얘기했더니 흔쾌히 동의하여 2008년도에 15일간 안나프르나 베이스캠프까지 트레킹을 다녀왔다.

　하산하여 숙소에서 보니 설산이 저 멀리 까마득하게 보인다. 힘은 들었지만 끝까지 함께 걸어준 아내가 그저 고맙고, 저 먼 곳을 우리가 걸어갔다 왔다고 생각을 하니 자신이 기특하다는 생각이 들었다. 해서 내년쯤 산티아고 순례길을 다녀올 계획이다. 이러한 것들이 쌓여 우리 가족 간의 끈끈한 정을 만든 게 아닌가 생각한다.

　지금까지 살아 오면서 우여곡절도 많았다. 우리 몸은 부모님에게서 난 것이니 온전히 보존하는 게 효의 시작(身體髮膚 受之父母 不敢毀傷 孝之時也)이라 했건만 '600만 불의 사나이' 흉내 내느라 심장에 스텐트 시술받고, 임플란트도 시술받고, 코가 깨져 수술받고, 무릎 인대 파열로 기부스하고, 공 차다 갈비뼈가 부러지면서 폐를 찔러 폐기흉으로 입원하여 신선한 공기(?)로 갈아 넣고, 글라이더 타다가 추락하여 죽는 연습도 하고, 참 여러가지 했다. 그래도 아직까지 살아 있으니 얼마나 다행인가.

　남들에게 이렇다 하고 내세울 만한 사회적 지위나 명예나 부를 쌓은 것은 아니지만 나름 열심히 그리고 재밌게 살아왔다는 생각이 든다. 남은 생도 그렇게 집사람과 더불어 후회 없이 행복하게 살려고 한다.

국제시장

허대열

삼성그룹에 입사하여 제일합섬에서 20년을 근무한 뒤 2000년에 멤브레인사업부장(상무이사)을 끝으로 퇴임하였으며 그동안 개인사업 등을 하다가 현재는 왕십리 소재 18층 규모의 오피스텔 건물의 관리소장으로 재직하고 있다.

얼마 전 독일에 사는 누이동생에게서 전화가 왔다.

여동생에게는 둘째 딸이고, 내게는 조카 딸인 그 아이가 결혼을 하게 됐다는 소식이다.

그 소식을 들으며 이런저런 생각에 만감이 교차한다.

내게는 누나 한 분과 여동생 하나가 있다.

그 시대 우리들의 대부분이 그랬듯이 우리 집안도 상급학교 진학은 그리 쉬운 결정은 아니었다.

여상을 졸업하고 당시 가장 인기 있던 외국계 기업에 근무하던 누나는 파독간호사를 모집한다는 소식에 좋은 직장을 그만 두고 더 좋은 보수가 보이는 파독간호사의 길을 택했다. 궁핍한 집안 사정을 잘 아는지라 맏이로서 독일로 가기를 지원했다.

소위 파독간호사의 길을 택한 것이다.

떠나기 전 생이별의 고통스러웠던 기억은 당시 고등학교 2학년이었던 내게는 아직도 가장 아픈 추억으로 남아 있다. 게다가 한 해 전 어머니마저 잃은 내게는 참으로 힘든 시기였다.

파독간호사로 떠난 누나는 물설고 낯설은 독일 함부르크에서 고된 간호사의 길을 걸었다.

그리고 그곳에서 파독광부로 온 매제를 만나 결혼을 했다. 그런 누나 부부는 근면과 성실로 독일사회에서 정착을 하고, 독일인에게도 좋은 인상의 이웃이 되었다.

어느 정도 안정이 되자 누나는 여동생을 데려갔다.

여동생은 한국에서 여상을 졸업하고 중견회사에서 경리 일을 하고 있었다.

사실 나와 3살 차이인 여동생은 어머니가 돌아가시고 누나는 독일로 떠난 후에는 내게 가장 애뜻한 가족이었다. 그런 여동생이 누나를 따라 독일로 간다는 결정은 내게는 어머니가 돌아가셨을 때 만큼이나 참 힘든 상황이었다.

그렇게 독일로 간 여동생은 누나의 경험과 배려로 독일 사회에 안착했다. 그런 여동생은 그곳에서 역시 매형의 소개로 파독광부와 결혼하였고 슬하에 딸 둘을 두었다.

영리했던 동생은 그곳에서 운영하던 잡화점이 번창하여 생활도 안정이 되었다. 그러자 매제도 광부를 그만두고 매장사업에 집중하였다.

그러면서 매제는 교민사회의 단합과 위상 정립을 위한 일에도 헌신하였다. 그런 결과 얼마 전까지도 교민회 부회장으로 한국에서 귀빈이 오면 늘 조국을 위한 교민사회의 역할과 봉사를 해왔다.

그런 가운데서도 해외교포들이 다 그렇듯이 자녀교육은 그 어떤 것과도 대체될 수 없었다. 그 결과 여동생의 큰 딸은 치과의사가 되어 독일 상류사회에 합류했다. 그리고 둘째 딸은 지금 의대를 졸업하고 레지던트 과정을 밟고 있다.

이제 그 누이동생의 둘째 딸이 결혼을 한다고 연락이 왔다.

그 조카가 대견하고 자랑스럽다.

또한 전세계 최빈국의 국가에서 와 누구도 기피하는 직종에 근무하며 현지에 안착하고, 더불어 다음 세대를 상류사회에 밀어 올린 우리의 누이들이 너무나 고맙고 한편으로 애잔하다.

국제시장.

2014년 개봉됐을 때 난 제일 먼저 달려가 그 영화를 보았다. 그리고 장면 하나하나는 내게 때로는 비수처럼 때로는 눈물보로 다가왔다. 그래도 마지막엔 판도라의 상자 속 희망을 보았다.

지금도 부산 국제시장의 꽃분이네 가게에는 영화 "국제시장"을 추억하는 관광객들의 인증샷 코스로 늘 붐빈다는 얘기를 듣는다.

아마도 우리 시대를 공감하는 사람들일 것이라고 생각한다.

우리 모두는 어디에 있던 참 열심히 살아왔다.

그러기에 머나먼 이국 땅에서 잘 자란 다음 세대들이 고맙고 이 땅에서 대한민국을 선진국의 반열까지 올려 놓은 우리 자신이 자랑 스럽다.

언젠가 국제시장 꽃분이네 가게에 가서 스스로를 대견해 하며 멋진 인증샷을 찍어야겠다.

제2부

지혜로운 삶에
귀 기울이면

농협의 올바른 이해

김성호

농협대학교를 졸업하고 1980년에 농협중앙회에 입사 후 서울지역본부 및 지점 근무, 한국양토양록농협 경영관리단장, 서울지역본부 영업부 부지점장, NH농협은행 개롱역 지점장을 역임했다. 농협중앙회장상 수상(전국 최우수 직원상), 농림부장관상을 수상했다.

제가 농협 재직 시에 "농협이 어떤 일을 하는 곳인가?"에 대한 설문 조사 결과를 보았는데, 대다수의 사람은 은행 업무를 하는 곳이라 답변을 하고, 일부는 농축산물 유통사업을 하는 곳이라고 답변도 하고, 일부는 정부가 투자한 산하기관으로 정책사업을 많이 하는 곳으로 답변하는 분들이 많았습니다.

일부는 맞는 답변이기도 하지만, 대다수가 농협을 올바르게 이해하지 못하고 단편적인 해석을 한 것으로 볼 수 있습니다.

물론 농협이 워낙 방대한 조직과 다양한 사업을 하기 때문에 모든 내용을 정확히 알기는 어렵지만 이번 성동고 졸업 50주년 기념 작품집을 발간하는 기회에, 농협에 30여 년 근무를 하고 퇴직한 저로서, 성동고 23회 동기생 여러분들이라도 농협에 대한 올바른 이해를 하는 데 조금이라도 도움을 드리고자 이 글을 쓰게 되었습니다. 그러면 지금부터 농협 탄생의 역사적 배경, 농협의 특수성, 농협의 조직 및 규모, 농협의 사업 및 규모 등을 알아보면서 농협을 올바르게 이해하는 데 조그마한 도움이 되길 하는 바람입니다.

1. 농협 탄생의 역사적 배경

농협의 뿌리는 1914년 일제강점기 시대의 금융조합으로서 우리나라 최초의 근대적 협동조합이면서 농촌신용조합의 원리에 따른 것이었으나 오늘날의 종합농협체제를 본격적으로 갖춘 것은 1957년도에 금융조합을 인수하여 금융업무 만을 목적으로 설립한 농업은행과 1956년도에 농업인을 위한 경제사업만을 목적으로 설립한 농업협동조합이 합쳐져 1961. 8. 15에 법률 제670호 농업협동조합 특별법에 의해 설립된 농업협동조합을 종합농협의 출발점으로 보고 있습니다.

2. 농협의 특수성

가. "농업협동조합 특별법"에 의해 설립된 특수 법인이다.
  - 일반 시중은행은 은행법에 의해 설립된 주식회사인데 반하여 농협은 "농업협동조합 특별법"에 의해 설립된 협동조합 기업입니다.
나. 농협은 2단계(조합 + 중앙회)로 구성된 협동조합입니다.
  - 농협의 구성은 농업인들이 조합원으로 가입하는 조합과 전국의 조합들이 출자를 통해 회원으로 참여하는 중앙회, 이렇게 2단계로 구성되어 있으며, 직원채용 및 인사이동도 별도로 하고 있습니다.

- 조합은 농협법에 의해 개별법인의 형태로 지역에 기반을 두고 농업인과 지역주민을 위해 다양한 사업을 하고 있으며, 중앙회는 전국본부, 특·광역시, 도단위의 지역본부와 시군지부, 금융점포, 별도의 유통매장을 운영하면서 조합의 사업을 지원하고 있습니다.

다. 농업인 조합원이 주인인 100% 순수 국내 자본 민간경영체입니다.
- 농협은 일부 외국자본으로 구성되어있는 일반 시중은행과 달리 농업인과 지역주민이 100% 출자한 조합과 조합이 100% 출자한 중앙회와 같이 순수 국내자본 민간경영체입니다.

라. 정부 산하기관이 아니고 민간기업과 경쟁하며, 농업·농촌 발전에 기여합니다.
- 농협의 사업활동은 정부의 농업정책과 관련된 업무를 많이 대행하고 행정기관과 같이 전국 읍·면 소재지마다 사무소가 있다보니 정부산하기관으로 잘못 인식하는 경우도 있지만, 민간기업과 마찬가지로 시장경쟁에 참여하여 필요한 비용과 자본을 스스로 조달하고 있으며, 정부가 직접 담당하기 힘든 기능을 보완하면서 농업과 농촌발전에 기여합니다.

3. 농협의 조직 및 규모 (2022. 12. 31 현재)

농협은 전국의 농업인 조합원 약 204만 명 및 지역주민이 출자하여 설립된 전국의 1,183개 조합(지역조합 1,101개, 품목조합 82개)이 있으며, 1,183개 조합이 출자하여 설립된 농협중앙회(지역본부 16개, 시·군지부 156개를 포함한 금융점포 1,128개, 교육원 7개, 공판장 등 경제사업장 52개, 해외사무소 6개, 자회사 23개)로 이루어져 있으며 임직원 수는 약 8만여 명(조합 약 5만 5천여 명, 중앙회 및 자회사 2만 5천여 명)입니다.

4. 농협중앙회 자회사의 조직

농협중앙회의 자회사는 농협금융지주와 농협경제지주 및 농협축산경제, 교육지원 부문으로 나뉘며 농협금융지주에는 NH농협은행, NH농협생명, NH농협손해보험, NH투자증권, NH농협캐피탈, NH저축은행, NH농협카드 등 12개의 자회사가 있으며 농협경제지주에는 농협 유통, 남해화학, 농협무역, 농협고려인삼 등 7개의 자회사가 있고, 농협축산경제에는 농협사료, 농협목우촌, 농협안심한우 등 4개의 자회사가 있고, 교육지원부문에는 농협자산관리, 농협정보시스템, 농협네트웍스가 있습니다.

또한 출연법인으로는 농협대학교, 농민신문사, 농협방송(NBS)이 있습니다.

5. 농협의 사업과 역할

농협법 제1조의 설립목적을 보면 "농협은 농업인의 자주적인 협동조직을 바탕으로 농업인의 경제적, 사회적, 문화적 지위의 향상과 농업의 경쟁력 강화를 통하여 농업인의 삶의 질을 높이고, 국민경제의 균형 있는 발전에 이바지함을 목적으로 한다."고 명시되어 있듯이 농협에서는 목적달성을 위하여 실로 다양한 사업을 하고 있습니다.

가. 경제사업

* 농축산물의 생산,판매업무 및 영농자재 구매업무를 총괄하여 경제사업이라 합니다.

(생산 업무)
- 농산물생산 기초조직인 작목반, 영농회, 새농민회 적극 육성
- 매년 추곡수매자금을 투입하여 자체매입을 확대하는 등 쌀생산 농가를 지원
- 산지유통 주도권을 확보하여 농축산물의 시장교섭력 제고 및 유통비용 절감
- 조합의 공동선별 출하조직과 상품화 시설인지유통센터(APC)를 운영
- 쌀가공시설인 미곡종합처리장(RPC)을 운영하여 고품질 쌀 공급 등

(판매 업무)
- 우리나라 농축산물 총 판매액의 약 50%를 점유
- 농협이 운영하는 농축산물 전문 소비지 유통시설(하나로마트, 하나로클럽, 공판장, 종합유통센터, 양곡센터 등)을 통하여 생산자인 농업인에게 농축산물 판로를 확대하여 주고 소비자에게 값싸고 질 좋은 농식품을 손쉽게 구입할 수 있는 기회 제공.

- 농식품 안전관리를 책임지는 농협식품안전센터를 소비지 권역별로 운영
- 농산물품질관리사, 우수농산물관리제도, 위해요소중점관 기준 (HACCP) 운영
- 쇠고기 이력추적제와 한우유전자 인증검사 등을 통해 우리 축산물을 안심하고 소비할 수 있는 환경조성 등

(구매 업무)
- 농업인들의 영농활동에 필요한 비료, 농약, PE필름, 사료, 농업용 유류, 종자 등을 저렴하게 공급
- 농업인들 일반생활에 필요한 생필품을 대량 구매로 저렴하게 공급
- 농기계 은행사업을 통하여 농기계구입으로 발생한 농가부채 절감
- 무인헬기 방제사업을 통한 영농비 절감 등

나. 금융사업
- 농업의 미래가치에 투자하여 농가 경제를 안정시키고 농촌 발전에 기여
- 조합의 상호금융은 금융 소외지역에서 다양한 금융서비스 제공
- 농협금융지주는 시중은행 금융지주와 같이 종합금융그룹으로서 은행, 보험, 증권, 카드 등의 모든 금융업무를 취급
* 농협 금융업무의 특징
- 농업인과 지역주민이 100% 출자한 국내 유일의 민족자본은행
- 조합의 상호금융을 포함한 자산(731조 원) 및 점포 수 (5,400여 개), 고객수(약 4,200만 명)에서 국내 최대 규모

- NH농협은행은 제1금융권으로서 시중은행의 금리체계를 준용
- 조합의 상호금융은 제2금융권으로서 신용협동조합의 금리체계를 준용하고 있음.
- 농협의 신용도는 국제적 신용평가회사인 Moody's, S&P, Fitch 사로부터 국가신용등급과 동일한 국내 최고수준으로 평가
- 조합 상호금융은 지역친화은행이며, 농촌지역의 대표적인 종합 금융기관
- 농협의 수익은 농업, 농촌 지원재원으로 활용
- 용산 대통령실, 정부청사, 국회 등 대부분의 정부기관 및 공공기관 지방자치단체 금고와 국립대학교 및 각급학교의 교육금고를 관리하는 나라 살림 은행의 역할 수행

다. 문화, 복지 및 교육사업

- 농촌사랑운동 전개 (1사 1촌 자매결연 등)
- 지역농협은 지역문화 복지센터 역할
- 농촌지역 다문화가정의 안정적 생활 지원
- 농촌 고령화에 대응한 장례지원사업, 산소 관리사업 등을 실시
- 의료 시설이 취약한 농촌지역에 서울대학교병원과 지역 소재 대학병원 등을 연계하여 부족한 의료서비스 제공
- 농업인 무료법률 구조사업 등 권익대변 및 증진활동
- 농업인 자녀 장학사업 및 기숙사 건립
- 영농기술 및 농촌 정보화 등의 교육사업
- 농업인에게 농외소득 증진 기회를 제공하기 위해 팜스테이마을

및 주말농장 육성 지원

- 농업 박물관을 설립 운영하여 농업의 역사와 농촌의 중요성을 국민과 청소년에게 알림 등

6. 농협의 사업 규모 (2022.12. 31일 현재)

가. 총 금융자산 731조 원 (조합 상호금융자산 393조 원 포함)

- 조합상호금융 자산을 포함한 총 금융자산 규모는 국내 금융기관 중 1위이고 NH농협은행 만의 총 자산은 338조 원으로 국내 은행 중 4위에 해당.

나. 총 수신액은 711조 원 (조합 상호금융 수신액 379조 원 포함)

- 조합상호금융 수신액을 포함한 총 수신 규모는 국내 금융기관 중 1위이고 NH농협은행 만의 총수신은 332조 원으로 국내 은행 중 4위에 해당

다. NH농협생명의 총 보험자산은 65조 원

- 국내 생명보험사 중 삼성생명, 한화생명, 교보생명에 이어 4위에 해당

라. 농축산물 판매액은 년간 약 60조 원

- 국내 전체 농축산물 판매액의 약 50%에 해당

7. 결론

이상으로 농협에 대하여 간략하게 설명을 하였으나 제한된 지면으

로 인하여 여러 가지 설명이 미흡하여 농협을 올바르게 이해하는 데 얼마나 도움이 되었을지 걱정이 앞섭니다.

어차피 거대한 조직에, 다양한 사업을 펼치는 농협에 대하여 짧은 시간에 전체를 알기는 힘들기 때문에 더 알고자 하는 내용이나 의문 사항이 있을 때에는 저에게 연락을 주시면 제가 아는 범위 내에 성심 성의껏 답변드릴 것을 약속하고, 성동고 23회 동기여러분께서 농협을 올바르게 이해하는 데 작은 도움이라도 되길 하는 바람입니다.

노년기 구강관리

김 억
서울 동대문구 한천로에서 미소치과를 개원 중에 있다. 테니스를 취미 삼아
운동하고 있으며, 양주시 도농동에 거주하고 있다.

　인간의 생애 주기 중 노년기는 신체적 변화와 함께 다양한 노화현
상이 나타나는 시기라고 할 수 있습니다.

　치아 역시 여러 가지 변화를 겪게 됩니다.

　60대 이상의 노년기에 발생하는 노화로 인한 질환으로 인해 구강
위생 관리의 중요성이 더욱 부각되며, 올바른 관리가 노년기의 삶의
질을 향상시키는 중요한 요소임을 알 수 있습니다.

　모든 질환이 그렇듯 질환의 초기 발견은 가장 좋은 예방, 치료 방법
입니다.

　특히 구강질환은 초기에는 별다른 자각증상이 없는 경우가 많고
이로 인해 치료 시기를 놓치기 쉽습니다. 그러므로 노년기에는 치과
를 정기적으로 내원해 잇몸과 치아의 건강을 검진하는 습관이 필요합
니다.

노년기에 조심해야 할 치아질환 4가지

1) 구강 건조증

침은 구강 점막에 수분을 공급해 줄 뿐 아니라 치아 표면에 이물질이 달라붙지 않도록 세정작용을 해주고, 침 속의 면역 성분이 구강 내 세균을 억제하는 구강 건강에 매우 중요한 역할을 한다.

침의 분비가 적어지면 입 안이 화끈거리고 음식을 씹고 삼킬 때마다 자극적인 통증, 혀의 감각 이상 및 혀의 갈라짐이 생기기도 한다. 또 구취(입 냄새)가 발생할 수 있으며 의치(틀니) 착용 시 더 심한 통증을 느낄 수 있다. 따라서 노인의 경우 구강이 건조하지 않도록 평소 물을 자주 마시는 게 좋다.

구강을 쉽게 건조하게 하는 담배, 술, 커피, 차, 너무 맵거나 짠 자극 음식을 줄이는 게 도움이 된다.

구강 건조 증상이 잘 완화되지 않을 경우는 타액 분비를 원활하게 하는 약을 처방받아 복용할 수 있고 메마른 입안을 촉촉하게 해주는 휴대용 스프레이 타입의 치료제도 도움을 줄 수 있다.

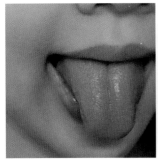
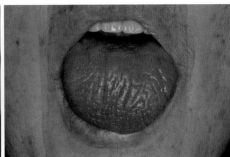

2) 성인성 치주염 (일명 풍치)

대표적인 노인 구강질환인 치주병은 치아 뿌리 주변의 잇몸과 치조골에 발생하는 질환이다. 잇몸이 붓고 피가 나고 치아가 흔들리는 현상으로 자연적으로 치아가 빠지는 경우도 발생할 수 있다.

치아 주위에 자리 잡은 세균이 증식해 염증을 발생시키는 것이 주요 원인으로 잇몸 전체가 약해지기 시작하면서 치아들의 균형이 빠르게 무너질 수 있다.

치주염을 일으키는 원인으로는 치태와 치석으로 치석은 음식물을 섭취하고 난 후 남아 있는 찌꺼기가 침과 섞이면서 딱딱하게 치아 표면과 치근에 붙어 굳어진 상태로 스케일링을 통해 치석을 올바르게 제거하는 것이 중요하다.

치아 사이와 치아와 잇몸 사이에 끼는 음식물은 치실이나 치간칫솔, 워터픽 같은 구강위생용품을 사용하여 구강 내의 청결을 유지해야 한다.

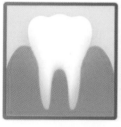

1단계 건강한 잇몸
단단하고 건강한 상태

2단계 치은염
치석이 쌓여
잇몸이 붓고 피가 나기 시작

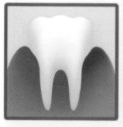

3단계 초기 치주염
치아와 잇몸이 벌어지기 시작

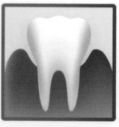

4단계 진행된 치주염
잇몸 뼈가 녹고
치아 뿌리가 늘어남

3) 치근 우식

구강 건강이 많이 약해져 있는 노인의 겨우 구강건조증이 지속되면 구강 내 자정(청결)작용이 감소돼 잇몸이 내려앉아서 뿌리가 노출된 부위에 치근우식이 발생할 수 있다.

치근우식증의 겨우 치아 보존이 어려울 수 있어 평소 정기검진을 통해 충치를 조기에 발견하여 적절한 치료가 필요하다.

당뇨 등 내과적 질환도 치근우식과 연관이 있으므로 전신적인 건강도 늘 유의해야 한다.

또한 치경부마모도 옆으로 문지르듯 닦는(횡마법) 올바르지 못한 칫솔질이나 이갈이와 같은 습관으로 발생할수 있고 치경부 마모로 치근 우식의 원인이 될수 있기에 치과 치료로 개선해야 한다.

식습관 조절도 필요한데 딱딱하고 질긴 음식을 피하고, 치아 표면에 오래 붙어있을 수 있는 끈적거리는 음식이나 당분이 과도하게 포함된 음식은 섭취를 자제하고, 섬유소가 풍부하게 들어있는 채소를 충분하게 섭취하는 것이 바람직하다.

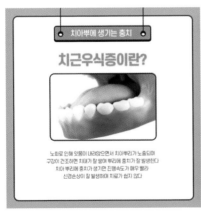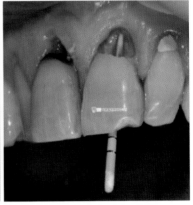

4) 치아 상실

치근우식과 치주병이 적절히 치료되지 않으면 치아 상실로 이어질 수 있다. 치아가 상실되면 영양소를 제대로 섭취하지 못하게 돼 전신 건강에도 영향을 줄 수 있기 때문에 상실된 치아의 개수나 부위에 따라 임플란트, 브릿지, 틀니 등 적절한 방법으로 치아 기능을 대신해주는 것이 필요하다.

예전에는 치아가 아프거나 불편할 때 치과를 방문했지만, 고령화 시대가 되면서 건강한 치아를 오랫동안 유지하기 위해서는 큰 문제가 없더라도 1년에 한 번 이상 정기적인 구강 검진을 받아 치아 상태를 점검하고, 예방과 조기 치료를 받는 게 좋다.

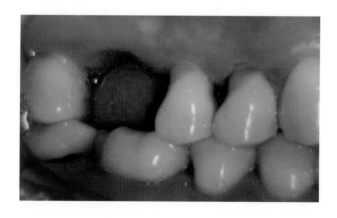

치아 건강에 유용한 팁

노인에게 적합한 칫솔질(회전법): 최대한 부드러운 칫솔모를 사용하며, 아래에서 위 방향으로 천천히 돌려주는 회전법을 통해 구석구석 칫솔질을 해주는 것을 권장한다.

기본동작

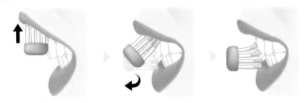

칫솔을 잇몸 깊이 넣고 이와 잇몸이 닿는 부위부터 돌려서 닦습니다.

칫솔질 순서

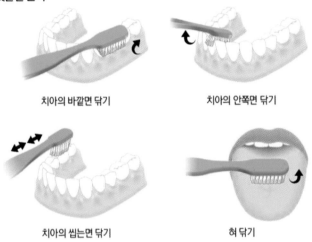

치아의 바깥면 닦기   치아의 안쪽면 닦기

치아의 씹는면 닦기   혀 닦기

틀니 관리

1) 식사 후 틀니에 남아 있는 음식물 찌꺼기는 틀니용 칫솔로 흐르는 물에 세척한다. 틀니용 칫솔이 없다면 부드러운 모를 가진 칫솔을 사용한다.

2) 틀니를 치약으로 닦지 않는다. 치약으로 닦게 되면 치약의 연마제 성분으로 틀니 표면에 미세한 스크래치가 생겨 틀니가 거칠게 된

다. 이로 인해 틀니가 변색이 되고 스크래치된 곳에 세균이 자랄 수 있어 구강위생에 해를 끼칠수 있다.

3) 물로 세척한 틀니는 하루에 한 번 세정제를 사용하여 틀니의 세균을 없애고 음식 잔사를 세척하여 깨끗하게 틀니를 유지해야 한다.

* 저녁에는 틀니를 빼고 수면을 취할 것.

* 틀니를 뜨거운 물로 소독하면 안됨(변형이 됨).

틀니 관리법

1 식사 후마다 세정

2 비누나 주방세제 등을 이용하여 솔질, 관리 또는 의치 전용 칫솔 및 치약 사용

3 세면대나 대야에 물을 받아 놓고 그위에 세척

4 컵에 물을 받아 의치를 물에 담가서 보관

5 치과에 주기적으로 내원하여 점검, 필요시 의치 보수

임플란트 관리

1) 올바른 칫솔질과 치실, 치간치솔 사용 습관화

2) 정기적인 스케일링

3) 과도한 음주나 흡연은 자제

4) 딱딱하거나 질긴 음식 섭취를 피함

O 임플란트 치료후 어떻게 관리합니까?

01 **매일 올바른 잇솔질과 치간 치솔, 치실, 수퍼플로스 등으로 청결히 관리하세요.**

또한 정기적인 진료보다 더욱 중요한 것은 지속적으로 관심을 가지고 매일 매일 구강청결과 임플란트 주변의 청결을 유지하는 것입니다.

칫솔질 방법

임플란트 보철 후 관리하실 때에는 자연치아와 똑같이 세심한 주의가 필요합니다.
칫솔질은 잇몸과 보철물이 만나는 부위를 중점적으로 맛사지 하듯이 (진동을 주며)여러 번 닦아 주는 것이 좋습니다. 또한 주무시기 전에 칫솔질시에는 치간칫솔을 함께 사용하여 관리해 주시면 더욱 좋습니다.

02 **단단하고 질긴 음식은 피하세요.**

쥐포, 오징어등의 단단하고 질긴 음식은 임플란트나 치아에 무리한 힘을 주게 되므로 주의하여야 합니다.

03 **정기적인 치과 내원을 하여야 합니다.**

임플란트 치료는 시술 후 지속적인 관리가 중요하므로 치료후 최소 6개월마다 내원 하여 상태를 관찰하고 필요한 치료를 받아야 그 수명을 늘릴 수 있습니다.

인공지능과 우리

민경남
국민은행에 근무하다가 51세에 명퇴한 후 건물관리분야에서 일하고 있다.
도곡동 카이스트대학원, 노원KT, 반포하나푸르니어린이집을 거쳐 현재는
BMW한독모터스 딜리버리센타 관리소장으로 근무 중이다.

　내가 근무했던 어린이집은 코로나로 인하여 인공지능으로 안면인
식은 물론 체온을 감지하여 출입을 제한하고 있다.

　천진난만한 어린이들은 아침에 등원할 때면 안면인식 하는 것이 재
미있는지 몇 번이고 하는 어린이도 있다. 이런 변화는 자연스럽게 우
리 생활에 녹아들고 있다.

　우리 어린이집은 특히 인공지능과 관련된 분야가 많아 내가 인공지
능 강의를 선택하게 된 동기 중 하나이다.

　현재 어린이집에서 사용하는 인공지능 시스템 중 몇 가지 소개하고
자 한다.

　첫째, 정문 출입 시 어린이들은 등록된 안면인식으로 체온도 함께
확인하는 절차를 거친다.

　둘째, 출입문 출입 시 지문인식으로 출입문을 통과하는 시스템을

갖추고 있다.

셋째, 3층 벽에 환경조건을 앱으로 받을 수 있는 시스템을 갖추고 있다. 예를 들면 기온, 습도, 미세먼지 등을 앱으로 체크한다.

넷째, 보일러를 시간, 요일, 온도 조정을 본체에서 입력하고 setting 하면 자동으로 모든 것을 맞혀 주고 있다.

다섯째, 천장형 냉난방 시스템이 한전 블랙아웃에 대비하여 한전에서 온도 및 시간을 조정할 수 있는 앱을 만들어 조정하고 있다.

이와 같이 나는 어린이집에서 근무하면서 인공지능과 매일 접하다 보니 자연스럽게 인공지능에 관심을 가질 수 밖에 없게 되었다.

우리 원에 사용되는 인공지능에 대하여 2가지만 간단하게 소개해 보고자 한다

1. 안면인식

안면인식 시스템은 디지털 이미지를 통해 각 사람을 자동으로 식별하는 컴퓨터 지원 응용프로그램을 말한다. 이는 살아있는 이미지에 나타나는 선택된 얼굴 특징과 안면 데이터베이스를 서로 비교함으로써 이루어진다.

2. 지문인식

　지문인식 프로그램은 대표적인 방식으로 광학식과 반도체 방식이 있다. 광학식은 가장 널리 이용되는 방식으로 강한 빛을 플레튼에 쏘아 플레튼에 얹혀진 손끝의 지문 형태를 반사하면 반사된 지문의 이미지가 고굴절 렌즈를 통과해 CCD(빛을 전기로 변환시켜 판독 할 수 있도록 만든 장치)에 입력되는 방식이다.

　반도체 방식은 피부의 전기 전도 특성을 이용해 실리콘 표면에 직접 손끝을 접촉시키면 칩 표면에 붙은 지문의 특수한 모양을 전기신호로 읽어 들이는 방식으로 생체학적 특징을 이용한 것이다.

　우리 원에 보유하는 보일러 시스템은 10년 전에는 굉장한 첨단 시스템으로 운영되는 보일러였으나 현재는 스마트폰으로도 가동상태 전원 온도 예약이 가능한 시대로 탈바꿈되었다. 앞으로 얼마나 더 발

전할지 모른다.

이렇게 하루가 다르게 발전하는 현 시대를 살아가기 위해서는 꾸준한 노력으로 공부를 하지 않는다면 도태될 것이다.

나는 지금도 공부하고 있는 것은 인공지능 시대에 앞서가는 것이 아니라 뒤처지지 않게 노력하고 있을 뿐이다.

며칠 전 2층과 지하 번호키가 안 되고 있었다. 나는 똑같은 모델을 찾아서 나 혼자 설치하였다. 전에는 못 하였는데 현재는 할 수 있었다. 이런 모습이 인공지능에 대한 나의 변화가 아닌가 생각한다.

우리 세대는 아날로고 세대다. 그렇다고 앞서가는 현 디지털 세대보다 앞서갈 수는 없지만 뒤처지지는 말아야겠다

예를 들면 5G 핸드폰의 자유로운 사용이나 키오스크의 원활한 사용 등으로 일상생활의 불편함이 없는 지식 정도면 되지 않을까 생각한다. 이러한 생활 패턴으로 머리를 씀으로써 치매에도 도움이 되지 않을까 하는 나의 의견이다.

여가생활 바둑을 두는 친구들에게 인공지능 바둑 하나를 소개하면 '릴라'라는 바둑 프로그램이 있다. 이 프로그램은 온라인 상에서 다운받아 설치하면 혼자서 바둑을 즐길 수 있다. 릴라의 실력은 아마 3, 4단 정도의 실력이다.

이와 같이 여러 분야에서 인공지능은 뿌리를 내리고 발전하는데 나의 현재를 되돌아보면서 살아야 하지 않을까 하는 생각이 든다. 우리 손자 손녀에게 할아버지는 신세대라는 인식을 심을 수 있도록 노력하여야 할 것이다.

Solar, Wind, Battery(SWB)로
탄소중립 가능성 연구

박승룡

더 세메이온 부사장으로 재직하고 있다. 전 효성중공업 연구소장, 삼성종합기술원 연구기획담당 이사, 디지털시스템연구소 소장, Emerging Tech 연구소 소장, 동양정밀 중앙연구소 선임연구원을 역임했다. 경기도 하남시에 거주.

기후위기와 탄소중립

2021년 10월, 영국 글래스고우에서는 유엔기후변화협약당사국총회(UN Climate Change Conference, Conferece Of the Parties 26, COP26)가 개최되었다. 각 국이 석탄발전 감축에 최초로 합의했고 2030년까지 국가온실감축목표(Nationally Determined Contributions)를 상향하기로 했으며 한국도 2018년 대비 40% 이상 감축하기로 했다. 이를 달성하기 위해 재생에너지 발전량을 30%까지 상향하기로 했다.[1],[2]

그러나 이 회의에서 도출된 각국의 목표를 종합해 보면 아쉽게도 2050년에 1.5℃ 이내로 기온의 상승을 억제하기에는 많이 부족하다. 국제재생에너지기구(International Renewable Energy Agency, IRENA)에서는 이 목표를 달성하기 위해서는 2050년에 태양광, 풍력 등 재생에너지의 보급률을 전체 전기발전용량의 74%인 22TW가 되어야 한다고 제시하였다.[3] 2021년 말 현재 태양광과 풍력의 누적 설치용량이 각각 1TW 정도이므로 앞으로 각각 약 10배 정도의 추가설치가 필요하다는 주장이다.([그림 1] 참조)

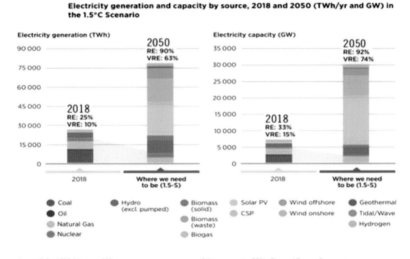

[그림 1] 1.5도 시나리오를 달성하기 위한 신규발전량 및 발전설비 용량

각국의 탄소감축 목표가 미흡한 이유는 재생에너지 발전원이 갖고 있는 변동성을 해결하기 위한 유연성 자원, 그리고 전력망의 보완을 위한 투자가 너무 막대하다고 생각하여 재생에너지의 신규설치 속도를 높이기 어렵다고 판단한 데 기인한다. 또한, 이런 판단의 배경에는 International Energy Agency(IEA), US Energy Information Agency(USEIA) 등 유수의 국제에너지 관련 연구기관들이 실망스럽게도 2000년부터 재생에너지는 설치는 지속적으로 낮게, 석탄화력의

퇴출은 지속적으로 높게 전망해 왔기 때문이다.([그림 2, 3] 참조)

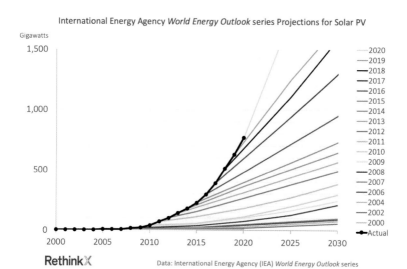

[그림 2] IEA 태양광 설치 전망 및 실적

[그림 3] EIA 석탄화력 발전 전망 및 실적

에너지기술 가격 전망 및 실제 결과

IEA나 US EIA 등 연구기관들의 전망이 실패한 배경에는 전망방법의 오류가 원인이 되었다는 사실이 21년 5월에 전미과학아카데미 저널에(Proceedings of National Academy of Sciences, PNAS) 실린 논문에 의해 밝혀졌다.[4][그림 4]

이 연구에서는 2010년에 크게 두 가지 방식, 즉 학습곡선에 기반한 모델기반예측(Model Based Forecast)과 전문가조사예측(Expert Elicitation Forecast) 방식으로 2019년의 가격을 전망한 값과 2019년의 실제 가격을 비교했다.

모델기반예측 방식으로는 2개의 모델, 즉 Wright의 법칙과 Moore의 법칙을 사용했고 각각 불확실성을 예측하는 두 가지 방식, Stochastic Shock과 Stochastic Exponent 등 총 4가지로 나누어 분석하였다.

태양광 모듈의 경우 전문가조사예측 방식으로 전망한 2019년의 태양광 모듈의 가격은 kW당 2,000불, 모델기반예측 방식은 약 600불~700불로 예측하였으나 실제 결과는 300불로 나타났다. 전문가조사예측 방식이 무려 6.7배나 비싸게 예측했고 모델기반예측 방식은 2배 정도로 비싸게 예측하였다는 것이 밝혀졌다. 육상풍력의 경우에도 양상은 비슷했으나 오차범위가 크지 않았고 해상풍력의 경우에는 오히려 전문가도출 방법의 정확성이 높았다.

반면에 원자력의 경우는 전문가조사예측 방식은 원자력 발전의

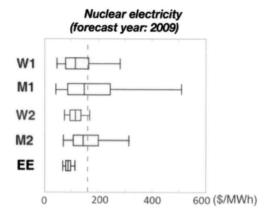

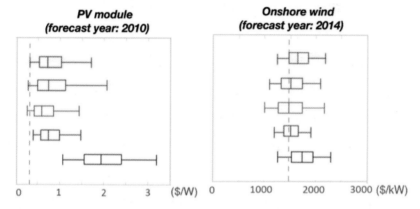

[그림 4] 원자력발전 LCOE 추이, 재생에너지 설치비용 추이(전망 대 실적)

- W1:Wright의 법칙+Stochastic Shock(red), M1 Moore의 법 +Stochastic Shock(purple)
- W2:Wright의 법칙+Stochastic Exponent(blue), M2:Moore의 법칙 +Stochastic Exponent(green)
- EE는 전문가조사 예측방식(black)
- 실제 결과는 점선

Levelized Cost Of Energy(LCOE)를 90불로 예측하였고 모델기반예측 방식으로는 110불~140불로 예측하였으나 실제 가격은 160불로 나타나 각각 78%, 14~45% 낮게 전망한 것으로 판명되었다.

한 마디로 태양광발전 전망을 전문가조사 예측방법으로 전망한 결과는 모델기반 예측방법에 비해 크게 부정확하였다는 것이 밝혀졌는데 이를 레퍼런스로 계획을 수립했던 정책결정자, 투자자, 기업들은 엄청나게 큰 차질로 인해 애로를 겪었음을 알 수 있다.

2030년까지의 에너지기술 가격 전망

2010년에 전망한 가격이 2019년에 실제 어떤 결과를 가져왔는지 분석해 보았고 이번에는 2030년 가격을 전망한 결과를 다루었다.[그림 5]

태양광 모듈의 가격은 이전보다 더 드라마틱한 변화를 보이고 있다. 단결정 모듈의 경우 모델기반 예측방법은 100불 정도로 예측한 반면 전문가조사 예측방법은 무려 1,900불로 예측을 하고 있다. 이런 전문가조사 예측방법으로 전망한 가격으로 탄소중립에 소요되는 예산을 수립하니 당연히 천문학적인 투자비가 들어간다는 결론에 도달할 수 밖에는 없게 된다.

풍력의 경우 대체로 육상이나 해상풍력 모두 모델기반이 전문가도출보다 약간 더 낮은 것을 볼 수 있고 태양광과 풍력이 이렇게 큰 차이가 나는 이유에 대한 견해도 밝히고 있다.

즉, 태양광은 모듈러 방식이라 반복적으로 사용되는 부품이 많고 용량을 늘리려면 이 모듈을 직병렬로 연결하면 쉽게 구성되기 때문에

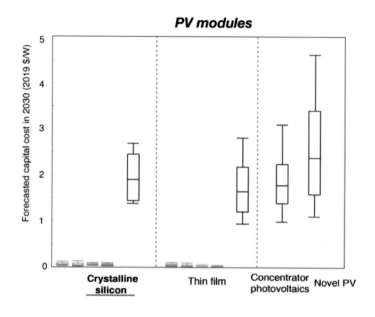

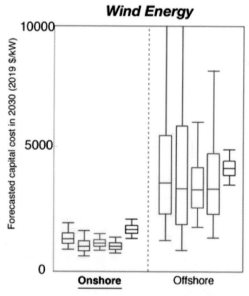

[그림 5] 태양광 및 풍력의 2030년 설치비용 예상

학습속도가 빠른 반면, 풍력의 경우는 단위 풍력기기의 용량이 점점 대형화하는 추세로 발전해 왔기 때문에 전체 풍력발전기 설비 용량이 늘어나도 반복 사용되는 단위부품의 갯수가 늘어나지 않아 학습효과가 크지 않은 것이라 지적한다.

이러한 결과는 과거에는 풍력의 가격이 더 낮아서 더 빠른 속도로 풍력발전기 설치가 이루어졌으나 향후에는 태양광의 가격 하락속도가 더 빨라서 풍력보다 더 많은 용량이 설치될 것으로 예상하고 있다.

배터리 전력저장장치

한편 재생에너지가 대세가 되는 미래 발전설비의 변동성을 보완해줄 변동성 자원은 양수발전, 배터리 ESS 외에도 많은 기술들이 거론되고 있으나 최근 전기차의 급속한 보급을 통해 배터리의 가격이 급격히 하락해 왔고 역시 모델기반법으로 해석해 보면 10년에 1/9로 줄어들었다.[5][6][그림 6]

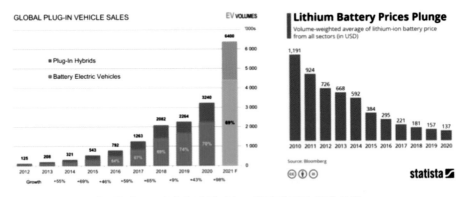

[그림 6] EV 판매 추이 및 Li-ion 배터리 가격 하락 추이

이 배터리는 전력저장장치에 그대로 적용이 가능하기 때문에 앞으로 2030년까지 전기차 배터리는 2TWh, 배터리 전력저장장치 1TWh 등 총 3T Wh 정도의 수요가 예상되며 향후에도 가격은 기하급수적으로 하락하여 재생에너지 변동성을 해결할 수 있는 해결사로 등장하고 있다.[7][그림 7]

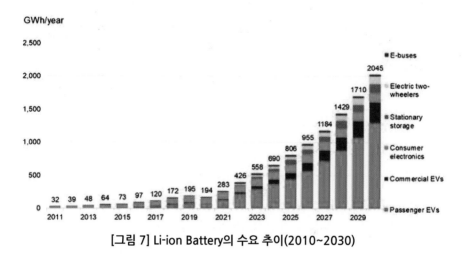

[그림 7] Li-ion Battery의 수요 추이(2010~2030)

SWB(Solar, Wind, Battery)는 2030년까지 가장 값싼 전력시스템이 될 것이다.

2020년에 이미 태양광(Solar PV)과 풍력(Wind) 발전 등 재생에너지는 이미 기존 발전원보다 싼 발전원이 되었고 향후 10년 후에는 또 추가적으로 70%의 가격이 하락할 것으로 예측되며 배터리 ESS와 결합된 발전시스템은 가장 값싼 발전원이 되어 탄소중립을 위한 발전 솔루션으로 지리매김할 것으로 예상된다.[8][그림 8]

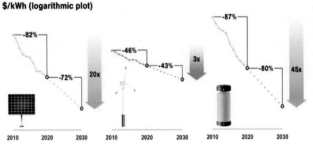

RethinkX사의 Rethinking Energy 2020-2030

100% Solar, Wind, and Batteries is the Cheapest System by 2030

Falling costs drive technology disruptions. Solar and wind are already the cheapest new generation options, and cost less than existing coal, gas, and nuclear power plants in many areas. The cost of SWB systems will fall another 70% by 2030, making disruption inevitable.

» We are beyond the rupture point, and the bulk of disruption will unfold rapidly over the next decade.

» Electricity from a 100% SWB system in 2030 will cost less than 3 cents per kilowatt-hour.

» New investments in coal, gas, or nuclear power is financially unviable.

» Existing coal, gas, and nuclear assets will be stranded.

[그림 8] RethinkX사는 2030년에 SWB가 가장 값싼 발전원이 될 것이라 전망

미국 실리코밸리에 소재하고 있는 RethinkX사에서는 이러한 가격 하락을 바탕으로 기존의 전력시스템 전체를 SWB에 기반한 전력시스템으로 대체가능성을 연구하여 그 결과를 발표했다. SWB 기반의 전력시스템으로 바꿀 경우 LCOE는 지금보다 오히려 더 낮은 가격으로 전력을 공급할 수 있을 것으로 예상된다. 이런 변화에 의해 기존 발전원인 석탄화력뿐 아니라 원자력과 가스조차도 투자 효과가 급격히 감소하며 신규설치가 줄어들 것이며 기존에 설치되어 있는 석탄화력뿐 아니라 가스발전과 원자력발전도 좌초자산화가 될 것이다.

이렇게 될 경우 1.5℃ 이내로 지구온도를 억제하기 위한 탄소중립의 목표가 많은 국제기구, 정부 및 연구기관들에서 걱정하는 것과는 달리 2050년보다 훨씬 빠른 시간에 달성될 수 있을 것이다.

100% SWB System Simulation

미국의 RethinkX라는 연구소에서 이런 가격의 하락을 바탕으로 미국의 몇 개 지역에 대해 향후 10년 동안 충분한 Solar, Wind, Battery 설치를 할 경우, 즉 지역별로 소위 RE100을 한다고 할 때 들어가는 투자비를 산정해 보았다. 이 연구 중에서 우리나라 탄소중립 목표와 유사한 전력량을 사용 중인 텍사스의 케이스를 소개하려 한다.

텍사스는 연간 총 전력 소비량이 414TWh이고 (한국은 500TWh) 평균 전력소비량은 47.2GW, 피크수요는 81.5GW이다. RE100을 위해서는 2030년에 Solar 360GW, Wind 40GW 등 400GW의 재생에

Figure 18. **The Clean Energy U-Curve for Texas**

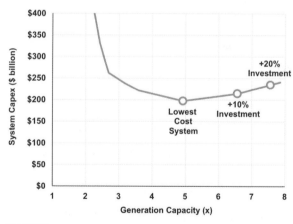

Source: RethinkX

The Clean Energy U-Curve for Texas shows that there is a nonlinear tradeoff relationship between generation capacity and battery energy storage. Most conventional analyses to date have assumed that building more than 1.5x generation capacity is infeasible, and as a result many weeks of battery energy storage would be required at enormous cost. Using the Clean Energy U-Curve, our analysis shows that in Texas the most affordable combination of these technologies comprises 4.9x generation capacity with only 49 hours of battery energy storage for a total system capex of $197 billion. This is much less expensive than most conventional analyses have claimed.

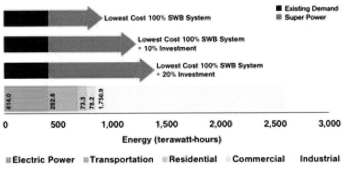

Figure 23. Texas Super Power – Energy Use Comparison by Sector

Existing Demand
Super Power

Lowest Cost 100% SWB System

Lowest Cost 100% SWB System + 10% Investment

Lowest Cost 100% SWB System + 20% Investment

0   500   1,000   1,500   2,000   2,500   3,000

Energy (terawatt-hours)

Electric Power   Transportation   Residential   Commercial   Industrial

Source: RethinkX

This chart shows that super power output in Texas would be large enough to offset a substantial fraction of all other energy use in the state, and that modest increases in capital investment yield disproportionately large increases in super power. If Texas chose to invest in an additional 20% in its 100% SWB system, the super power output could be used to replace most if not all fossil fuel use in the residential, commercial, and road transportation sectors combined (assuming electrification of vehicles and heating).

[그림 9] 텍사스의 청정에너지화 곡선

너지 용량이 필요하고 배터리 ESS는 2,300GWh(49시간 저장분)이 필요하다.

[그림 9]에서 보듯이 RE100을 위해서는 현 필요 발전량의 4.9배의 태양광 및 풍력 발전용량이 필요하고, 49시간의 ESS 저장용량이 필요한데 이 경우 총 투자비는 USD 197B이면 가능하다고 한다. 이렇게 될 경우 잉여전력의 발생으로 발전부문의 RE100을 넘어서서 전기차 충전, 가정용 및 사무용 건물의 냉난방의 전기화 수요도 커버가 된다.

텍사스는 한국과 유사하게 산업용이 유난히 큰데 만약 투자 최저점에서 20%를 추가로 늘려 USD 240B을 투입하면 전력 생산용량이 7.6배로 늘어나고 대신 배터리의 양은 1,500GWh로 줄어들게 된다. 이경우 산업용의 1/3까지도 커버할 수 있게 된다.

발전부문의 RE100을 달성할 경우 전기가격은 1.6센트가 되고 20% 추가 투자를 하는 경우에는 1.3센트가 된다. 그러나 이 가격은 이 시뮬레이션을 실행할 때 전제조건을 고립망, 분산전원 및 분산저장장치, EV와 Grid 사이의 Vehicle To Grid(VTG), Demand Response(DR) 등의 활용을 배제한 최악의 조건을 상정한 것으로 이들을 활용한다고 가정하면 1센트 미만으로 될 가능성이 높다.[그림 10]

Table 5. Texas System Electricity Cost with Super Power Investment and Utilization

	Lowest Cost 100% SWB System	Lowest Cost 100% SWB System + 10% Investment	Lowest Cost 100% SWB System + 20% Investment
0% Super Power Utilization	3.5 cents/ kilowatt-hour	3.9 cents/ kilowatt-hour	4.2 cents/ kilowatt-hour
50% Super Power Utilization	2.2 cents/ kilowatt-hour	2.0 cents/ kilowatt-hour	1.9 cents/ kilowatt-hour
100% Super Power Utilization	1.6 cents/ kilowatt-hour	1.3 cents/ kilowatt-hour	1.3 cents/ kilowatt-hour

Source: RethinkX

[그림 10] 100% SWB의 구현시 전기가격 전망

한국의 탄소중립 계획에 대하여

이를 우리 나라에 대입해 보면 현재 재생에너지 LCOE 가격은 미국의 2배 정도이고, 재생에너지 용량은 600GW로 유사하고 ESS 용량은 텍사스는 49시간 저장할 수 있는 용량이 필요하나 89시간을 적용해 보도록 하면 용량으로는 4,500GWh가 필요하다.(이 시뮬레이션에서 재생에너지 자원이 가장 빈약한 뉴잉글랜드의 사례 적용). 투자비로 환산해 보면 대략 텍사스의 약 2배, 약 500조 원 정도 투자할 경우 가능하다는 결론이다.

투자 대비 효과를 따져보면 한국은 에너지 해외의존율이 93%로 매년 150조 원 내외를 수입한다. 연간 800TWh 재생에너지 발전으로 40조 원을 수입 대체한다면 30년간 총 1,200조 원이 절약되며 재생에너지가 더 늘어나면 에너지 자립까지도 가능하게 될 것이다.

간략히 계산해 본 것이지만 한국의 실정에 맞는 시뮬레이션을 체계적으로 해야 정확한 투자비와 전기가격이 산출될 수 있기 때문에 국내 연구진들의 연구가 필요하다는 제언을 하고자 한다.

재생에너지 중심의 전기생산 시스템을 갖추면 전기요금이 천문학적으로 올라간다는 이야기는 새로운 기술 및 시장 변화에 대해 모르거나 화석연료나 원자력 등 기존 발전시스템의 유지를 바라는 사람들의 희망사항임이 드러났다. 원료가 필요없으며 급속히 하락하는 발전시스템으로 인해 전기요금은 지금보다 싸지고 싼 가격으로 인해 전기의 사용이 더 풍부해지면서 인류의 염원인 탄소중립을 통한 기후문제 해결뿐 아니라 사회의 많은 부분이 더 활성화되는 효과를 기대할 수 있다.

이런 전망을 바탕으로 테슬라는 전기차 사업뿐 아니라 태양광과 ESS 사업을 적극 추진하여 선도하고 있으며 기가팩토리, 테라팩토리를 건설하는 등 거대한 도전을 하고 있다. 이에 비하면 방향도 잡지 못하고 맴돌고 있는 한국도 빨리 방향을 전환하고 과감한 속도전을 펼쳐야 에너지 전환이라는 거대한 와해성 혁신의 소용돌이에서 생존하고 번영할 수 있는 기회를 가질 수 있을 것이다.

별첨
[1] https://www.bbc.co.uk/news/world-59277788
[2] https://www.mofa.go.kr/www/brd/m_4080/view.do?seq=371966
[3] https://irena.org/publications/2021/Jun/World-Energy-Transitions-Outlook
[4] https://www.pnas.org/doi/10.1073/pnas.1917165118
[5] https://www.statista.com/chart/26845/global-electric-car-sales/
[6] https://www.statista.com/chart/
[7] https://news.bloomberglaw.com/environment-and-energy/electric-vehicles-to-drive-massive-battery-demand-bnef-chart
[8] https://www.rethinkx.com/energy

제네시스(Genesis) 계획

인류를 구하는 전 세계 에너지 공급시스템

이대우

대기업에서 20년, 2차전지 관련 사업 6년, 자동차부품 수출회사에서 8년
을 일하고 지금은 5년 째 건물 시설관리 일을 하고 있다.

1. 제네시스 계획이란?

지구상의 각지에 태양광 발전소를 분산 배치한다. 그리고 이들 발
전소를 초전도 케이블로 연결한다. (초전도 현상은 전기저항이 0으로
되는 현상). 이같이 전 세계의 네트워크가 이루어지면 낮 지역에서 밤
지역으로 에너지 수송이 가능해진다. 지구의 남북 방향으로도 네트워
크를 넓히면 가령 일부 지역에 비가 오거나 밤이라도 시스템 전체로
서는 항상 전기를 획득 이용할 수 있다.

2. 제네시스 계획을 실현하려면?

1항에서 거론한 고성능이고 저가격의 태양전지의 개발과 고온초전
도 케이블의 개발이 필요하다.

2020년 현재 변환효율이 2배 이상이고 30년 이상의 신뢰성을 확보하는 태양전지가 상용화되고 있으며 가격도 하락추세이므로 태양전지 판넬 생산은 문제가 없다고 본다.

고온초전도 케이블에 대해서는 "국제초전도연구센터"등이 설립되어 개발 중이며, 고온초전도 케이블의 설치는 지하 케이블 방식으로 냉각제인 액체질소를 제조하는 에너지도 태양광 발전시스템으로 충당한다. 만일 고온초전도 케이블의 실현이 늦어지거나 하면 "고전압직류송전법"이 있다. (100만 V 이상. 직류송전을 하면 송전손실이 적다)

그리고 유럽이나 미국, 일본에서도 전력의 장거리직류송전이 이미 이루어 송전이 이미 일부 이루어지고 있다.

3. 언제까지 제네시스 계획을 실현하여야 하는가?

우리에게 주어진 시간은 그리 많지 않다. 적어도 2030년 이후에는 네트워크 연결이 필요하게 된다. 기술적인 과제로서 태양전지의 개발에 대해서는 거의 결론이 났다고 보아도 좋다. 초전도 케이블에 대해서는 아무리 해도 늦어진다면 고전압초전도 송전법을 사용하면 된다. 나머지는 국가 간의 경쟁(이해관계)문제이다.

4. 제네시스 계획은 이미 실현을 향해 나아가고 있다!

제네시스 계획은 이미 구체적인 실현을 위해 첫발을 내딛었다. 그 실현을 위한 3단계에 대해 설명해 보고자 한다.

첫째 단계는 소규모 태양광 발전시스템의 실현이다. 대략 500W에서 3KW의 태양광 발전시스템이 가정이나 공장을 중심으로 보급되고, 그것이 전력회사의 전력선에 가정이나 공장을 중심으로 보급되고, 그것이 전력회사의 전력선에 공장을 중심으로 보급되고, 그것이 전력회사의 전력선에 연결된 형태가 실현된다. 이러한 소규모 발전시스템이 우리나라 전국에 퍼지면 태양광 발전시스템이 전력선에 연결된 지역 에너지 시스템, 즉 로컬 에어리어 네트워크가 완성된다.

둘째 단계는 세계 각국에서도 태양광 발전시스템이 전력계통에 이어진 로컬 에너지 시스템이 이루어진다. 이것이 제2단계의 완성이다.

다음에 제3단계로서 각국의 송전선을 연결한다. 먼저 한국과 일본의 큐슈를 연결하고, 북한과 중국 그리고 유럽으로 연장하면 범지구적 네트워크가 이루어진다. 이를 기간 네트워크로 하여 초전도 케이블을 설치하면 제네시스 계획은 완성된다.

구한말 위대한 청년

이홍파
입시 과외 20년. 중고등 국사교과서를 읽다가 느낀 점이 많아서 이 글을 썼다. 지역 복지관에서 봉사활동을 꾸준히 하고 있다.

우리나라에 외국인 청년들이 많이 와 있지만 아무나 용산 집무실에 가서 대통령을 만날 수는 없다.

미국도 마찬가지고 다른 나라도 다 마찬가지며 100년 전에도 마찬가지였다.

구한말 고종시대 청일전쟁, 아관파천, 러일전쟁 등으로 나라가 위태롭고 어수선한 때인 1904년 11월 5일, 한 청년이 제물포에서 커다란 증기선에 오른다.

미국으로 곧장 가야 하나 일본 고베항으로 가는 배다.

돈이 그것밖에 없기 때문에 그것도 한성감옥 소장 김영선과 부소장 이중진이 마련한 여비.

목포와 부산항에 들를 때는 조심하느라 선실에만 머물렀다.

다음날 일본 고베항에 도착하는데 연락을 받고 미국 로건 선교사와 한인 동료들이 마중 나와 주었다.

그들의 안내로 고베, 오사카 등지에서 한인교회에서 강연할 수 있었고 감동받은 교민들이 여비를 마련해주었다.

고베항에서 다시 커다란 증기선에 오른다.

하와이 호놀룰루항으로 가기 위해서 여비가 그것밖에 없었기 때문에 배는 몇날 며칠 쉬지 않고 항해하며 망망대해를 달리는데 3등 선실이 비좁고 냄새가 심해 그 청년은 갑판 위에 올라 상념에 잠긴다.

거대하고 튼튼한 증기선, 험한 파도를 견디며 나가는 이렇게 큰 배는 조선에서 만들 수 없었다.

서양과학과 산업기술에 놀라움과 부러움을 느끼며 한편 일본은 그래도 저만치 앞서가는데 조선의 한없이 뒤떨어진 현실을 생각하니 한숨과 분노가 치밀어 오를 뿐….

20여 일 망망대해를 달리고 나니 안내방송이 나온다. 얼마 후 하와이 호놀룰루항에 도착한다는 것 〈11월 29일〉

그런데 항구에 도착하니 문제가 생겼다. 3등 선실의 승객들은 일시 상륙이 허락되지 않았다.

그런데 항구에 마중나왔던 선교사 존 와드만 박사와 윤병구 목사 그리고 몇몇 동포들의 도움으로 상륙할 수 있었고, 교포들이 모여 사는 한인교회로 안내받았다.

그곳에서 강연을 시작한다.

오늘날 조선의 처지는 바람 앞에 등불이라 할 것입니다. 하지만 주님은 말씀하십니다. 꺼져가는 등불도 끄지 않으시고 상한 갈대도 꺾지 않는다고 약속하셨습니다.

지금은 끝없이 멀고 먼 바다를 건너와 낯설고 물설은 남의 땅에서 힘들게 일하시지만 여러분들의 피와 땀이 있기에 조선은 반드시 일어설 것이고 부강한 나라로 우뚝서게 될 것입니다. (중략...) 감사합니다. 동포 여러분의 도움이 아니었다면 머나먼 망망대해를 건너 어떻게 미국 땅에 다다를 수 있겠습니까.

감사합니다.

말하는 청년이나 강연을 듣는 조선동포 들이나 다같이 눈물이 흘렀다. 그리고 그날 저녁 정장 차림의 조선인 동료 신판석을 만났다. 독립운동과 만민공동회 조선 YMCA 활동 때 함께 일한 동지인데 미국 하와이에 건너와 활동하고 있었던 것. 그는 이상재 선생의 외조카였고 그날 밤 그 집에서 머물렀다.

그리고 그곳에서 여비를 마련하고 다시 거대한 증기선에 올랐다. 샌프란시스코로 가는 배다. 윤병구 목사와 함께.

그리고 일주일 항해를 더한 끝에 샌프란시스코에 도착.

배를 탄 지 거의 한달 보름 만에 도착한 것. 항구에는 미리 마중 나온 동포들과 그리고 선교사분을 만났고, 다음 날 라파엘에서 사는 피지부부를 방문했다. 그 부부의 아들이 조선에 선교사로 나와 있었다.

그 부부의 소개로 안젤모 신학교 교장 매킨토시를 만나 도와주겠다는 약속도 받는다.

며칠 후 일행과 함께 L.A로 가게 되고 거기서 South California대학교에 다니는 신흥우를 만난다. 그는 배재학당 동문이었는데 지금은 신흥우는 의과대학 다니고 sherman 부인은 한인감리교를 운영하고 있었고 거기서 며칠 머물렀다.

12월 17일

성탄절을 보내고 시카고로 다시 길을 떠난다. 언더우드 소개장을 들고 마징거 박사를 찾아간 것.

그를 만나 도움을 받고 다시 워싱톤으로 길을 떠나는데 도착한 것은 12월 31일. 한양 땅을 떠난 지 56일 걸렸다.

근처 값싼 호텔에 머물렀다.

날이 밝아 1905년 새해.

며칠 뒤 가장 먼저 찾아간 것은 주미조선공사관. 건물은 3층.

공관에서 묘한 감정을 느끼는데 일본인들이 거들먹거리며 자주 들락거리는 것이었다.

우선 공사대리 신태무를 만나 내부대신 민영환과 의정부 참정대신 한규설 추천장과 소개서 보여주며 미 국무장관을 만날 수 있도록 부탁했으나 그는 거절했다. 일본의 눈치를 본 것.

조선 청년은 며칠 뒤 혼자 아칸소 출신 상원의원 딘스모어를 찾아간다.

그는 1887년 최초로 조선 주재 미국공사를 지낸 인물로 민영환과 한규설을 잘 알고 있었기 때문.

19명 선교사들의 추천서를 내보이며 딘스모어 하원의원을 만난다.

한참을 영어로 설득해서 존헤이 국무장관을 만나게 주선해 줄 것을 부탁한 것.

그리고 며칠 뒤 워싱톤포스트 신문사를 방문해서 유창한 영어로 자기를 소개 미국의 여러 목사님 추천서를 보여주며 설득한다. 나도 조선 땅에서 독립신문과 협성일보를 운영했던 기자 겸 주필입니다. 그리고 일본의 만행을 보도해 줄 것을 부탁한다.

며칠 뒤 신문 기사가 났지만 너무 짧은 기사라서 미국 여론에는 큰 반향을 일으키지는 못했다.

그리고 조선청년은 선교사 게일 박사를 찾아 갔고 또 여러 미국 유명 목사님들 그리고 서재필 박사도 찾아갔다.

그들의 소개로 조지워싱턴대학 총장이며 미국 주재 한국공사관 법률고문 찰스니드햄 박사를 만난다.

그와 몇 차례 면담 후 그 대학 2학년으로 편입되었고 무엇보다 장학금을 받게 되었고 특히 기숙사에 거주하게 되었다.

이것으로나마 미국 체류 합법성이 해결된 것.

또 여러 미국 목사님과 선교사들의 추천으로 여러 교회에 가서 강연할 수 있었고 생활비를 마련할 수 있었다.

그리고 2월 16일 딘스모어 상원의원에게서 연락이 왔다.

내일 아침 9시에 나와 함께 국무성으로 갑시다. 그곳에서 존헤이 국무장관을 만나 보자는 것.

각하, 조선에 나와있는 수십 명 선교사들 모두 조선에서 해를 입지 않았습니다. 선교사 도움을 요청. 조선의 도움을 요청합니다. 영어로 한참을 설득.

존헤이 국무장관으로부터 도와주겠다는 승낙을 받는다.

이즈음 불행스럽게 러일전쟁이 일본의 승리로 끝나고 을미조약으로 조선은 외교권을 박탈당한다. 그래서 가만히 앉아서 기다릴 수만은 없었다. 더욱 불행히 존헤이 국무장관은 병으로 갑자기 사망한다.

그런 어려움 속에도 대통령 비서관들을 만나서 설득하기 시작. 태프트 국방장관 추천서, 헤이 국무장관 추천서를 보여주면서 혼신의 힘을 다해 설득했다. 기다렸다. 며칠 후 딘스모아 상원의원으로부터 연락이 왔다.

내일 오전 9시에 대통령 루즈벨트를 만날 수 있을 것.

그러나 미국 주재 조선공사는 백악관 동행 거부.

윤병구 목사와 함께 외교관 정장조차 가까스로 빌려 입고 대통령 루즈벨트를 만났다.

각하, 조선에 선교사로 온 분들의 19명의 소개장과 추천서입니다. 여기 하와이 교포 수천 명의 청원서를 받아주시고 조선을 도와 주십시오. 지금 조선을 돕지 않으면 얼마 후 동북아시아는 전쟁의 소용돌이에 빠집니다. 조선에 경제발전을 위한 차관과 조선에 미군 주둔을 요청합니다.

그러나 모두 거절당했지만 만났다는 사실이 미국 여러 신문에 보도. 특히 워싱턴포스트 보도. 8월 4일 뉴욕데일리트리뷴지에 보도.

조선 국내 언론에서도 보도.

이것을 미국 선교사들이 조선 방방곡곡에 알려 이 청년은 이제 전국가적으로 뛰어난 정치지도자로 동포를 가슴에 기억되기 시작했다.

미국 역사상 전에는 없었고 앞으로 없을 만남이었다. 가난한 후진국 청년이 강대국 대통령을 개인 자격으로 만났다는 것.

이 청년이 바로 31살 이승만이다.

그는 1919년 상해 임시정부에서 대통령으로 추대된다.

물론 먼 후일

3·15 부정선거 책임을 져야 하지만 그때는 이미 나이 80이 넘어 귀가 어둡고 눈이 침침했고 판단이 흐려진 때.

이것은 이기붕과 자유당 간부들이 권력에 눈이 멀어 작당한 것으로 보아야 하지 않을까?

비행안전 일인유책

정문교

한국항공대 운항학과를 졸업하고 아시아나항공, 대만항공, 중국항공사에서
747 기장으로 근무했다. 현재는 에이피에이항공 대표로 재직 중이며, 경기
도 고양시에 거주한다.

제목의 '비행안전 일인유책(비행안전의 책임은 개개인 모두에게 있으므로
모두 합심하여 이룩하자는 뜻)'이라는 격언은 우리 회사 내의 이곳저곳에
붙어있는 비행안전 모토 중의 하나다. 사실 나는 이러한 매우 평범하
고 이미 모두가 가슴속 깊이 새겨두고 있을지도 모르는 구호를 개인
적으로 매우 의미있게 받아들이고 있다. 전 세계의 민간 항공사 중 안
전이 회사의 최고 모토임을 부정하는 회사는 하나도 없을 것이다. 구
호의 내용상에는 다소의 차이가 있을지는 모르지만 결국 사고없는 회
사를 만들어서 고객들에게 가장 소중한 선물을 제공함과 동시에 최대
의 이익을 실현하자는 것이 그들의 공통적인 소망이자 궁극적인 목표
일 것이다.

솔직히 비행사고란 단어를 논하자면 내가 몸담고 있는 회사도 결코
자유스러운 입장은 아니지만 평소에 내가 생각하고 느껴왔던 위의 표
어에 대해 몇 자 적어보고자 한다.

대개의 민간항공 조종사들에게 세계적으로 안전한 항공사를 꼽으라면 거의 모든 사람들이 이구동성으로 호주의 콴타스, 홍콩의 캐세이 패시픽, 독일의 루프트한자, 네덜란드의 KLM 등등 역사가 유구하고 비행사고율이 거의 '0%'인 회사들을 거론해 온다. 물론 이들 회사 이외에도 안전에 관한 한 내노라 하는 회사가 여럿 더 있지만. 비행안전에 관한 한 유명세를 타고 있는 이들 항공사들은 도대체 무슨 비결이 있길래 그 오랜 동안 무사고 기록을 유지할 수 있었을까? 아마 전 조종사들을 대상으로 설문 조사를 해 보면 실로 다양한 해답이 나올 수 있을 것이다. 나는 어느 누구도 "그 이유는 이런 것 때문이지요"라는 단답형 대답을 할 수 없을 만큼 복합적인 요인이 상호 작용을 하여 안전 기록에 영향을 미쳤으리라 생각한다. 그만큼 무사고 비행기록을 오랫동안 이룩하기란 여간 어려운 일이 아닐 수 없다.

근래 들어 나는 위에 거명한 회사에서 우리 회사로 전직해온 조종

사들과 같이 비행할 경우가 많아 간접적으로나마 그들의 비행습관 및 문화를 관찰 할 기회가 있었다. 때로는 항오 비행 중의 무료함을 서로 간의 대화를 통해 달래기 위해서였고 때로는 의도적으로 그들이 가지고 있는 안전비행의 비결을 알고자 함에서였다. 바로 이 글을 쓰던 날 오전에도 이제 정년이 18개월 밖에 남지 않은 전직 캐세이 패시픽 항공 기장에게 정기 시뮬레이터 훈련을 시켰던 터였다. 이미 국내의 양대 항공사에도 많은 수의 외국인 기장들이 근무하고 있는 관계로 내가 그 동안 그들과 생활해 오면서 느껴온 점에 대해 우리 조종사들 중에도 나와 같은 생각을 공유하는 분들이 많이 있으리라 생각한다.

정년까지 노력을 게을리하지 않는 모습을 본받아야

일반적으로 외국인 조종사들 (특히 서방 선진국 출신)과 우리 한국인 조종사들 간의 차이점을 직업의 전문성에만 한정시켜 볼 때, 그들은 우리들보다 자신의 직업관이 더욱 투철하고 전문성을 지키기 위해 끊임없이 노력하고 있다는 사실을 발견할 수 있었다. 물론 나의 이같은 지적에 대해 동의하지 않는 분들도 계시겠지만 나의 주관적인 생각으로는 그들은 나이와 무관하게 조종간을 놓는 그 순간까지 프로페셔널(Professional)을 유지하기 위해 부단히 자기계발을 하고 있다는 점이다. 내 자신을 비롯한 우리 동료 한국 조종사들이 한 번쯤은 가슴에 손을 얹고 되새겨 봄직한 내용이다.

다시 본론으로 돌아가자면 비행안전은 회사만의 노력으로는 한계가 있다는 말이다. 아무리 많은 비용을 투자하여 훈련시설을 첨단화

하고 훈련을 간화시켜 봐야 조종사 개개인이 이러한 훈련을 소화해내지 못하거나 받아들일 마음의 준비가 되어있지 않다면 효과는 거의 없을 것이다.

나의 안전이 곧 회사의 안전이요, 가족의 행복이란 신념이 없는 조종사에게는 아마도 어떤 처방의 훈련도 효과가 없을 것이다. 회사가 모든 조종사들의 비행과정을 다 모니터할 수도 없을 뿐 아니라 가능하다 해도 거기엔 한계가 있을 수밖에 없다.

결국 조종사 개개인의 안전비행에 대한 확고한 의식이 안전비행의 핵심임은 두말 할 나위가 없다. 이와 함께 안정기록이 우수한 회사일수록 조종사 개개인으로 하여금 전문 직업인으로서의 역할을 발휘하도록 회사가 최대한 근무조건을 개선해주고 아낌없는 대우와 안전에 대한 투자를 하고 있다고 보면 크게 틀린 시각은 아닐 것이다. 물론 말은 쉽지만 현실적으로 회사나 조종사 모두가 만족할 만한 방향을 찾기란 쉽지 않다. 그러나 말만이 아닌 진정으로 비행에 관한 한 안전한 회사를 만들고 싶다면 다른 방도가 있을 수 없다. 시쳇말로 손도 안 대고 코를 풀 수는 없지 않는가. 아울러 우리 조종사들도 자신들의

몸값을 올리려면 전문성을 극대화시키는 방법밖에 없다. 값이 안 나가는 상품을 비싼 값에 사라고 회사에 강매할 수 없지 않는가?

따라서 현실적으로는 여러 면에서 불만족스러운 점이 있을지라도 일단 조종석에 앉는 순간 한 명의 프로페셔널로서 안전한 임무 수행에 최선을 다하는 것이 참다운 프로페셔널 정신이라고 생각한다. 나 개인이 아닌 가족을 위하여 회사를 위하려 끊임없는 자기계발을 수행하여야 함은 물론이고 임무 수행 시 한 번쯤은 위의 모토를 되새겨 보아야 할 것이다.

제3부

발 가는 대로
마음 흐르는 대로

귀촌기

김문석

디젤엔진 연료 장치 및 터보차저 연구개발 및 자동차부품 사업을 하였으며. 드론용 고성능 반켈 하이브리드 추진 시스템 연구 개발 중이다. 현재 경주 아화로 귀촌하여 도농 생활하면서 프리랜서로 드론 추진 시스템 연구개발 및 허브리스 바이크 추진 모터 엔지니어링 기술 자문을 하고 있다.

느지막한 저녁 시간에 거실 창문 방충망에 엄지 손톱 정도의 작은 청개구리가 붙어 한 뼘 거리 정도의 날벌레를 노려보고 있다.

창밖 넘어 앞산 능선 스카이 라인의 실루엣을 응시하며 한 모금의 커피 향과 함께 앞산 멍때리기를 해본다.

얕은 숨 고르기로 머릿속을 하얗게 비워본다. 모든 것 내려 놓기의 대명제 실천 중에 이런 것도 있으려나 싶다.

순간, 이래도 되나? 하는 바삐 살아온 관성적인 자각과 충돌한다.

아직 내겐 내려놓기가 사치인가 보다.

뒤뜰 향토 돌담 위로 걸쳐 있는 호박 덩굴이 감나무를 타고 올라가 감 가지 사이에 양배추 만한 호박이 뻐꾸기 둥지 인양 점잖게 앉아 있다.

올해는 조기 낙과로 추석 즈음이지만 벌써 가지만 앙상히 남아 있다. 감은 몇 개 밖에 안보인다. 작년에는 대봉감이 주렁주렁 매달려

있었는데 지금은 희한한 모습의 호박나무가 되었다.

유난히 무덥고 비가 많았던 올해 기후 탓인지 해 걸이 탓인지 과실이 흉년이다. 올해 과일값이 비싸겠다.

이상 난동이 지구 온난화가 아니라 지구 폭염화라고 하는데, 무시무시하다.

잡풀 사이에 화사하고 고상했던 상사화가 지고 야사시한 꽃무릇이 누굴 유혹하려는 듯 빨간 립스틱 칠하고 원칠한 꽃 줄기 위에 얹혀 있다.

작년에 작고하신 장인께서 수년간 가꾸어 오신 유실수와 온갖 계절별 꽃들이 계절따라 피워주니 아파트 베란다의 화분 꽃만 보아 왔던 눈에 호사도 이런 호사가 없다. 간혹 꽃 멍 때리기도 해보곤 한다. 그저 물려받았으니 감사할 노릇이다.

벌써 이곳 아화로 귀촌을 한 지도 어언 1.5년 차에 이른다. 반농의 시골 생활이 아직 익숙치 않은 탓인지 전원생활의 여유로움보다는 이전의 도시 생활 때와 같이 쫓기는 듯한 빠쁜 생활에 정신이 없다.

해 뜨면 일어나 짬 시간에 모종 심고, 잡풀 제초하고, 물 주고, 약 뿌리고…

저녁에 퇴근하여 풀 매고, 물 주고, 골고루 자리 잡아 분식하고…
주일날은 교회가 예배드리고 찬양 봉사하고, 격주 정도로 오는 세 명

의 손주와 함께 뒹굴기도 하고….

평소엔 단순한 일상이지만, 평안 함보다는 아직도 그냥 있으면 불안한 마음의 강박감이 나를 엄습해 온다.

학교에 갔는데 책가방도 없이 버젓이 빈손으로 앉아 있다.

ㅠ…

학교를 가는데 엉뚱한 곳으로 가는 이차 저차를 타고 가고 있다.

ㅠ…

등등의 비현실적인 꿈을 가끔 꾸곤 한다.

습관적인 강박관념이 렘 수면 시 작동하는가 보다.

아직 모든 것 내려놓기가 안 되었나 보다.

단지 물리적 귀촌 만으로, 주변의 것들과 멀어지고 단순화하는 작업으로 만으로는 내려놓기가 언감생신인가 보다. 덤덤히 받아들이고

좀더 느긋해져야겠다고 다시 한번 정신적 못질을 해 본다.

　내일 방앗간에 가져갈 올해 첫 수확한 참깨와 고추를 장만하는 아내의 분주한 손놀림으로부터 풍겨 나오는 매콤한 자극을 코끝이 감지한다.

　문득문득 맞닥뜨려지는, 서울 생활과는 달리 불편함과 부족감을 느끼곤 하지만 땀 흘려 얻은 텃밭의 온갖 푸성귀들이 밥상에 즉석으

로 올려지는 시골생활의 소확행을 덤으로 얻을 때마다 감사한 마음으로 받아들이는 귀촌 보상 심리로 습관 괴리들 간을 서로 화해로 유도한다.

내일 아침엔 어제 사다 놓은 김장 배추 푸른 잎벌레, 무름병 방제, 진딧물 약을 줘야겠다. 그리고 그간 미뤄 오던 창고정리도 해야겠다.

2023. 10. 2

경주 아화 천촌에서

전원일기

시골에 진심인 남자

김종선

광고 홍보 및 디자인업체를 오랜 기간 운영하다가 현재는 시설공사 및 관리 부문 등에 종사하고 있다. 경기도 여주에 정착해 살고 있으며 등산과 사이클 타기, 화단 가꾸기를 즐겨 한다.

이천에 내려온 지도 오래된 2018년 봄.

우연히 여주시 점동면 도리(남한강 상류)에 200평의 땅을 구매하였다. 아는 지인에게 싼 땅이 있으면 구해달라 부탁하고 오랫동안 말이 없어서 포기하고 있는데, 자기가 보니 전원주택지로는 딱이라 하여 보러갔다가 내 마음에도 들어서 당일 바로 계약을 했다.

이렇게 여주시 도리의 전원일기가 시작되었다.

2019년 4월에 건축을 시작하여 토목공사와 건물 외벽과 지붕공사를 마치고 실내는 시간이 나는 대로 한땀 한땀 혼자서 해나가겠다고 마음먹었다. 공구가 필요하면 사고, 자재를 구입하면서 조금씩 조금씩 시공하였다. 내가 할 수 없는 분야는 전문가에게 맡기고 내부 인테리어를 하나씩 하다 보니 틀이 잡혀 나갔다. 9월 말이 되어서야 도배, 장판을 끝으로 마무리하고 진정한 시골에서의 삶이 시작된다.

이듬해 봄이 오고 작은 묘목과 야생화도 심으면서 조그마한 꽃밭을 만들어 나갔다.

오일장에서 새로운 꽃을 보면 사는 것도 또 다른 일상으로 다가왔다. 그러나 시골에서 산다는 건 여간 부지런하지 않으면 만만한 일이 아니다. 비라도 오고 나면 꽃 사이의 잡초는 왜 그렇게 빨리 자라는지, 잡초 제거가 참으로 버겁다. 뽑으면 또 나고, 귀찮아서 내버려 두면 어느새 꽃밭인지 풀밭인지 분간이 어렵다. 그래도 틈틈이 노력하고 정성을 들이다 보면 꽃들도 보답한다.

3월 초엔 눈 속에서도 꽃을 피운다는 복수초를 시작으로 매화가 꽃망울을 보이고, 작약도 슬며시 싹을 올린다. 이에 질세라 튤립도 올라오고 목련도 꽃망울을 보인다. 할미꽃도 뒤처질까 꽃을 보이고, 개나리도 노랗게 피어난다. 이어서 앵두며 자두, 기린초까지 이쁜 자태를

드러낸다.

　4월이면 목련도 올라오고 꽃망울을 보여주던 놈들은 꽃을 활짝 피우고 바닥을 기던 꽃잔디도 꽃을 피우기 시작한다. 제비꽃, 튤립이 꽃을 피우면 철쭉은 꽃망울을 부풀려 기지개를 펼 준비를 마친다.

　그 외에도 인동초, 매발톱, 으름덩굴, 각시붓꽃 등 그 외에도 일일이 열거하지 못한 수많은(180여 가지) 아이들도 피기 시작한다.

산에는 두릅이 달리고 토종으아리가 피면 이제는 작은 텃밭을 준비한다. 퇴비를 뿌리고 밭을 갈고 둔덕을 올리고 비닐을 씌워주면 준비 끝.

5월을 준비하는 와중에도 자두가 열리기 시작하고 목단은 만개하고 머루도 순을 틔운다

5월이 오면 텃밭에는 상추를 시작으로 감자·오이·고추·토마토·가지·호박·파·고구마를 심고 심심풀이 옥수수도 심는다.

이제는 수확을 기다리는 중.

감자는 6월 말이면 수확하고, 7월이면 고추·토마토·가지·호박을 따고, 옥수수도 따고 9월 말이면 고구마를 캔다

이때가 되면 국화, 청야쑥부쟁이와 같은 가을꽃이 피겠지.

시골에서의 삶은 이렇게 지나간다

혹 전원생활을 계획하고 계신 동기분이 있으면 참고가 될까 하여 몇 마디 적어 보고자 한다.

간단하지만,

첫째도 어울림

둘째도 어울림

셋째도 어울림이 아닐까?

끝으로 친구들 가정에 행복과 건강을 기원한다.

나리꽃   명자나무   목단

목수국(라임라이트)   문빔   병꽃나무

백합   붓꽃   애키네시아

앵초　　　　　　　　연와바위솔　　　　　　　인동초

자두　　　　　　　　제비꽃　　　　　　　　천년초

큰꽃으아리　　　　　　복수초　　　　　　　　은쑥

하와이 가족여행

김진욱

임학을 전공했으며 산림청에서 근무하다가 공주에 임야를 구입하여 호두나무 밤나무를 심으며 독림가로 활동하다가 현재는 주식회사 건화 설계감리회사에 입사하여 조경 감리로 17년째 근무하고 있다.

　5년 전에 미국의 동생네 식구를 포함하여 제주도 여행에서 여동생이 2017년 하와이 크루즈 비용을 모두 쏘겠노라 선언을 하면서 사업이 잘되기를 기도해 달라고 말한 후 2017년도의 추석 연휴 기간이 10일이라 9박 10일 일정으로 가기로 결정하였다. 어머님을 모시고 5남매 부부 11명이 머나먼 여행을 가기란 쉬운 일이 아니건만 모두들 오고 가는 비행기표 값만 있으면 여행은 공짜라는 기대감에 부풀었다.

　각자의 일터에서 출발하여 하와이 공항에서 만나는 것으로 하고. 미국 시애틀에 남동생 부부, 슬로바키아에 막내 남동생 부부, 서울에 누이 부부, 여동생 부부, 공주 우리 부부와 어머니를 포함하여 모두 11명이 가족별로 출발하여 하와이 공항에서 만나기로 몇 번을 만나 봄부터 계획을 짜고 실천에 옮기기로 하였다.

　그런데 2017년 여름 종합건강검진을 받고 콩팥이 혹이 있다는 이상 소견을 받아 검강검진센터에서 준 CD와 소견서를 종합병원서 검토 결과 암이라는 소견이 나와 수술 날짜를 9월 중순으로 하고 수술 방법의 설명을 들은 뒤 하와이에 크루즈 여행에 대한 열망이 다 끝났구나 하는 생각이 들었다.

나로 인해 하와이에 가는 것이 수포로 돌아가는 것이 아닌가 여러 가지로 생각이 들었다. 일정을 잡고 나오는데 담당 의사가 조직검사를 해보는 것이 어떻냐고 하여 며칠 있다가 입원 후 조직검사를 하기로 하였다.

결과를 보러 가려고 하는데 병원에서 콩팥에서 떼어낸 조직을 검사를 더하여야 하니 3일 후에 내원하라고 통보를 받고 가니 사진상에는 분명히 암인데 조직검사에서는 암이 아닌 것으로 나와 다른 방법으로 해보느라고 연락을 취하였다는 설명을 듣고 암이 아닌 것으로 판정을 받았다.

다른 식구들은 이러한 일들을 전혀 모른 체 하와이 공항 미국 땅에 발을 딛었다. 도착하니 미국 동생네 부부와 막내동생 부부만 아직 오질 않았고, 1시간 후에 시애틀에서 비행기가 오고 나서야 다들 모였다.

공항 화장실에서 반소매, 반바지 등 가벼운 여름옷으로 환복하고 하와이 환영 목걸이 받아 걸고, 알로하 인사법 배우고, 미리 예약해둔 여행사 차량으로 크루즈 탑승 터미널까지 이동, 승선을 위한 사진 찍고 ID 카드 발급받아 목에 걸고 2시에 드디어 승선, 3시에 숙소 입실 전에 우선 11층 뷔페 레스토랑에서 늦은 점심을 먹었다.

배에 승선하는데 물을 비롯하여 액체 종류는 못가지고 가게 되어

있고 수화물 검사, 소지품 검사 등 비행기 타는 것 못지않게 까다롭게
합디다.

13층 펜트하우스 5성급 호텔의 럭셔리 스위트룸 수준 13506,
13504. 우리 숙소는 발코니가 있는 6인실 2개 방 두 개가 서로 연결
문이 있어서 서로 왕래가 되고 발코니는 테이블과 비치의자가 있어서
휴식을 취하기에 좋았으며 배 안에 기도실이 있어서 이틀째 되는 추
석날 예배드리면서 내가 수술을 해서 참여하지 못할뻔한 아슬아슬한
이야기를 말했더니 하나님의 은혜라고 모두들 환호성을 지르며 축하
해 주었다.

배 안에는 수영장, 헬스장, 영화관, 농구장, 무료인 뷔페식당, 돈 주
고 사 먹는 식당, 정장과 드레스를 입고 들어가는 식당 등이 있고 숙
소도 내부에 창이 없는 2인실에는 은퇴 노인들이 크루즈 땡처리 할

때 싸게 예매해서 오는 사람들이 많다고 집에서 생활할 때보다 돈도 적게 들고 여행도 하고 숙소는 잠만 자고 낮에는 옥상에 일광욕과 수영을 즐기고 식당은 무료니 취미로 크루즈를 타는 사람이 많다고 합니다.

배는 주요 4개 섬을 밤에 움직이고 낮에는 정박하여 내려서 그 섬의 관광을 할 수 있게 하는데, 배에서 하선하면 주민들이 나와서 환영을 해주고 관광버스와 렌터카가 있어 시간을 정해 놓고 승선하면 되는 것으로 되어 있다. 점심은 그곳의 식당에 가서 사 먹고, 저녁은 들어와서 먹고, 관광하기 싫은 사람은 그냥 배에서 수영, 영화, 쇼 관람 등 취미생활을 한다고 함.

배 안에서 사진사가 곳곳에 배치되어 있는데 무조건 사진을 찍고 전시해놓아 마음에 들면 돈 내고 사면되고, 또한 사진관이 있어 하와이 옷 및 정장과 드레스를 입고 배경이 마음에 드는 곳에서 포즈를 취하고 사진을 찍는 곳이 있어서 좋았습니다. 우리 11명이 몰려다니니 사진사가 따라붙어 사진을 찍어대니 배 안에서 써틴 파이브 오 식쓰 (13506호)가 유명 유명해졌음.

우리는 미국에 있는 동생이 여기에 한 번 와 보았던 여행이라 미리 가이드를 연계하여 그 섬의 관광을 하였다. 물론 맛집도 다니고 하와이는 화산활동이 많은 곳이라 용암이 흘러나오는 것도 보고 밤에 배가 움직일 때 직접 화산의 용암이 멀리서 분출되는 것도 보고 위험하여 가까이 가지 못하게 하는 곳도 있다고 한다.

진주만에 갔을 때는 일본이 진주만을 폭격했을 당시의 처참한 모습을 간직한 것도 있어서 그 당시의 처절했던 모습을 교훈으로 보존하고 있었고, 아카다미아 공장에 갔을 때 주변에 아카다미아 나무를 처음 보았고 시식장 있어 많이 먹고 조금 샀음.

마지막 날 와이키키 해변에서 근처에 숙소를 정하고 밤에 해변을 걸으며 이런 데서 며칠을 더 있었으면 하는 바램으로 다음날이면 하와이와의 이별을 생각하면서 하와이에서의 마지막 밤을 아쉬워했다.

다음날 한국팀. 시애틀팀(시애틀과 슬로바키아) 공항터미널부터 달라 자동차 안에서 미리 작별인사를 하고 2044년 10월 연휴엔 내가 모든 경비 부담하기로 하고 또 오기로 했다.

내가 먹는 걸 좋아해서 그동안 먹은 것을 정리하자면

10/3 (빅아일랜드섬)

조식 : Cagney's R (무료 뷔페식당)

중식 : 빅아일랜드 투어 중 한식부페

석식 : 에피타이저, 메인, 디저트까지 알차게 주문해서 먹음

10/4 (카일루나 코나섬)

조식 : Cagney's R

조식 : 카일루나 코나섬 자유투어 중 여동생 생일이라 Birthday 특별식

카페에서 코나커피와 스무디 드링킹

석식 : 하와이안 의상 컨셉으로 사진촬영 후 두 파트로 나눠 식사

1팀 : Sushi Bar (해산물 식당. 돈 내고 사 먹는 식당)

2팀 : Skyline 레스토랑 (돈 내고 사 먹는 식당)

10/5 (카우아이섬)

조식 : Cagney's R

중식 : Kauai섬 가이드와 투어 중 닭고기와 소고기 : 6인분 주문

　　　가이드가 제공한 튜브 고추장 덕분에 한결 맛있는 식사

　　　커피는 Kauai coffee 무료 드링킹

석식 : Sushi Bar (해산물 식당) 비싼 것이 흠

10/6 (배 안에서 수영장)
조식 : Cagney's R
중식 : 수영장 바비큐
　　　 탁구대회와 자쿠지안에서의 찬양 등으로 출출해진 배를 알차
　　　 게 먹음. 비 맞으며, 구운 옥수수를 여러 차례 왔다갔다 먹음
석식 : 6층 Liberty R 크루즈 안에서 마지막 저녁 식사 배불러도 꾸
　　　 겨 넣었음!

10/7 (오아후섬)
조식 : 13506호는 Cagney's R
　　　 우리의 단골 레스토랑에서 식사하고 말이 엇갈려서 13504

호는 11층 뷔페에서 식사

수많은 사람들 사이에서 정신없이 식사를 하면서 소중한 깨
달음을 얻는 소득 : 그동안 얼마나 대우를 받으며 호사를 누
렸던가! 감사 또 감사

중식 : 오아후섬 유명 한식레스토랑(서라벌)에서 김치전골, LA갈비
등으로 그동안 쌓였던 목구멍 기름띠 제거 완료

석식 : 폴리네시안 민속촌에서 쇼 관람하면서 뷔페

10/8

조식 : 와이키키 유명 맛집 마루카미 우동

중식 : 무한리필 고기 (90세 이상 어르신 무료라 90세에 또 왔으
면 함)

석식 : 나무랄 데 없었던 대박 맛집 서울가든

10/9

조식 : 줄서서 먹는 EGG'n things.
이번 여행의 마지막 식사답게 진한 인상을 남기며 만족했던
음식으로 기억될 곳.
푸짐푸짐, 내일이면 못 먹으리 칼로리 계산 않고 남김없이
클리어.

나의 나머지 인생은 재능 기부의 삶으로

김 찬

〈포크싱어 김훈〉으로 활동하며 버스킹과 자선공연을 통한 소년소녀가장 돕기 등 재능 기부에 열심이다. 럭키훼밀리 대표이사 부사장, 현대훼밀리 대표이사 부사장, 현대전자그룹 광학사업본부 본부장 등을 거쳐 현재는 100년 브랜드 필터퀸 한국총판인 주식회사 훼밀리월드를 운영하고 있다. 경기도 하남시에 거주한다.

"와아 짱이에요", "진짜 따봉이네요", "김 훈, 김 훈"

여기저기서 터지는 박수 소리, 엄지척과 함께 들리는 환호성에 머리 숙여 감사의 인사를 한다. 관객들의 격한 호응 속에서 나의 노래 연주에 행복해 하시는 모습들을 보면서 나도 행복함을 듬뿍 느끼니 감사드릴 수밖에 없다.

살아가면서 힘들고 어려운 문제로 걱정되고 고민하는 일이 많은데 잠시나마 이렇게 힐링하니까 참 좋다는 말씀에 큰 보람을 느끼며 오늘도 버스킹을 마친다.

코로나 사태로 중단되었던 버스킹 라이브 공연이 3년 만에 재개되어 하남시 문화재단에서 기획한 첫 거리 공연이었다.

사실 내가 소년소녀가장돕기 모금 버스킹을 하게 된 동기는 10년 전 아내에게 환갑 여행가는 대신 300만 원 짜리 엘프 반주기를 선물로 받은 것이 계기가 되어 말년에 의미 있는 재능기부를 해보자는 취지에서 시작한 것이다.

그해 서울시에서 거리 예술존 통기타 가수를 선발한다는 소식을 듣고 오디션에 응시했는데 약 1,500명 중에서 악기 연주자들을 제외한 통기타 가수 선발 7명에 다행히 뽑혔다. 그래도 내 노래 연주 실력이 아직은 쓸만한가 보다 하며 뿌듯해했다.

그런데 서울시 거리 공연은 멋있기만 할 것 같은데… 속된 표현으로 완전 노가다라고 할 수 있다.

음향 장비는 개인이 준비해서 공연 1시간 전부터 현장에 설치해야 하는데 이게 장난 아니게 힘들었다. 무게 15kg 스피커 2개를 지지대 봉 위에 설치하고 엘프 반주기는 전용 지지대에 놓고 조정 믹스기에 연결한 후, 음향이 제대로 잘 나오는지 테스트를 해봐야 한다. 통기타는 따로 믹스기에 연결하여 반주기 음향과 조화를 잘 이루게 하고 마

이크는 통기타 연주에 지장 받지 않게 스탠드와의 거리 조정을 잘해서 세워야 한다. 인원이 5명 이상 구성되어 있는 7080 통기타 동호회는 장비 설치를 분담해서 하니까 나름 괜찮은데 나는 솔로이기 때문에 나 혼자 설치하고 공연 후 철거까지 혼자서 해야 하는 완전 노가다 작업이다.

힘든 장비 설치 후, 노래 연주를 시작하여 10~12곡 정도 부르면 관객들의 응원에 힘입어 1시간 라이브 공연을 마친다. 공연 후에는 목이 다 쉬어버린다.

힘든 일정이지만 공연 도중 건네주시는 음료수, 사탕 그리고 펜레터 등이 정말 큰 위로가 되어서 버틸 수 있지 않았을까 생각한다.

지금 생각하면 어떻게 4년 동안 계속했을까… 참 꿈만 같다.

지하철 공연은 그래도 좀 나은 편이다. 음향 장비가 지정 공연장 옆 창고에 보관되어 있어서 통기타만 들고 가면 되니 훨씬 편해서 나중에는 서울메트로(지금 서울교통공사)의 동대문 역사역, 선릉역, 사당역, 노원역 등과 민간 기업인 매트로9 강남터미널역 지하 4층 지정 무대에서 주로 공연했다.

내가 제일 좋아하는 버스킹 무대는 사당역이었다. 왜냐하면 모금액이 제일 많이 걷히기 때문이다. 제일 기억에 남는 공연은 2017년 11월 추운 겨울 마지막 공연이었는데 시작부터 관객이 30~40명으로 시작하여 30분 지나니까 약 70명 정도로 꽉 찼다. 엔딩곡으로 '작별'을 연주하고 나니까 관객분들이 우르르 모금함으로 오시더니 대부분 성금을 기탁해 주셨다. 공연 후 모금액을 정산해 보면 대부분 1천 원권

인데 이날은 5만 원권도 있었고 총 성금액이 30만 원이 넘었다. 와아 이게 웬일이냐 ㅋㅋㅋ. 이날의 뿌듯한 기억은 두고두고 남았고, 아직 우리나라는 이렇게 따뜻한 마음을 가지신 분들 때문에 유지되고 있구나 하는 생각에 감명받았다. 어린아이들이 기부한 1백 원짜리 동전을 보고는 눈물이 핑 돌기도 하고…

이제 3년 전 인연이 된 1004클럽 얘기를 안 할 수가 없다.

20년 전에 자선 사단법인을 설립한 양승수 총재님은 제가 존경하는 분이다.

양 총재님은 10년 전부터는 어려운 여성 청소년 가장들에게 생리대를 무료로 나눔 실천을 하는 방송에도 보도 되었던 '착한 생리대'의 주인공이시다.

지금까지 운영에 어려움을 겪고 있는데 연간 회원 모집도 잘 안되고, 가입을 하더라도 회비 납부를 꼬박꼬박하는 분들이 점점 줄고 있기 때문이다. 나의 일같이 도움을 주시는 분들이 조금씩이나마 늘면 좋겠다는 생각에 도움을 드리고자 나도 작심하고 올해부터는 1004 클럽 밴드를 조직해서 월 만원을 기부하는 정기 회원 모집에 힘을 보탤 생각이다. 매달 정기 버스킹을 할 장소로 말죽거리 4거리(양재역 6번 출구)를 선정했는데 서초구청에서 승인도 났다.

우리 동기님들께서도 자선심을 발휘하여 월 만원의 정기 회원에 많이 가입을 해주시면 큰 도움이 되니까 부탁드리며 총재님 대신 진심으로 감사드리겠다.

다들 느끼겠지만 졸업한 지 50년이 되었다는 사실은 이제 같이 나이 들어가는 자식들을 보면 비로소 절감한다. 마음은 아직도 청춘인데 예전 같지 않은 몸과 어눌한 행동거지에 아내는 수시로 잔소리하지만 그래도 고맙다. 40년 이상을 함께 살아가며 뒷바라지해주고 있으니 고마울 따름이다.

아내 자랑을 하려고 하는 것은 아니다. 혼자 사는 동기님께는 미안한 얘기지만 이제 아내를 친구처럼 여기며 살아가는 동기를 보면서 문득 느낀 생각이다.

나도 남은 인생을 재능기부로 보람 있고 의미 있게 살아가도록 모티브를 준 아내가 고마워서 드린 말씀이다.

'오늘은 내 인생의 첫 날이다.'라고 살아왔던 젊은 시절과는 달리 이제는 '오늘은 내 인생의 마지막 날이다.'라고 여기며 살아가야 한다.

언제까지 사는지 알 수는 없지만, 나의 남은 삶은 주님께서 나에게 주신 소중한 달란트를 여러 곳에 나눔 실천하며 스스로에게 부끄럽지 않은 하루하루를 살아가려고 한다.

신비의 땅, 요르단 여행기

문길권

두산중공업에서 35년 근무하며 국내, 해외 발전소 건설 분야에 종사했다. 서울 답십리동에 거주하며 23산악회 회원으로 활동하고 있다. 현재 동부모임 회장을 맡고 있다.

오래전 추억의 영화 인디아나존스에서 깍아 지른 붉은 바위 협곡 사이로 배우들이 말을 타고 달리면서 보이던 웅장한 건축물의 기억을 가지고 있었는데 나중에 그곳이 요르단이란 나라이고 기원전부터 나바테아인들이 살아오던 페트라라는 고대도시인 것을 알고 한 번은 가 보고 싶은 버킷리스트에 포함하고 있었는데, 한참 후에 사우디아라비아에서 근무하던 중에 옆 나라인 요르단에 갈 기회가 있어서 현장 직원들과 같이 여행하며 느낀 바를 회상하며 적어본다.

때는 2014년 여름.

홍해 바다 인근 얀부에서 화력발전소 건설공사에 참여하여 근무 중에 라마단 휴가 기간을 맞이하여 5일간 요르단 여행을 가기로 추진하여 암만에서 근무 경험이 있는 직원이 현지 한인 가이드 예약하고 주요 여행지로는 아카바, 왕의 대로, 와디 럼, 페트라, 암만, 제라쉬, 느보산, 사해, 와디 알무지브로 계획하여 드디어 소형버스로 요르단으로 출발한다.

요르단은 남북 약 450Km, 동서 350Km 정도로 남한과 비슷한 면적이며 국경은 이스라엘, 사우디, 이라크, 시리아 등과 접하는 내륙국가로 인구는 약 1000만 정도로 종교는 무슬림 수니파가 다수이며 왕정국가이다.

얀부에서 홍해를 끼고 북쪽으로 사우디 국경까지 거리는 거의 800Km 정도로 자동차로 거의 10시간 정도의 시간이 소요된다. 사우디아라비아 국경 검문소를 통과하여 아카바만에 근접하면 왼쪽 건너편으로 시나이 반도가 보이고 요르단의 유일한 바다로 갈 수 있는 항구도시 아카바에 도착한다.

아카바는 홍해를 통해 대양으로 나갈 수 있는 유일한 통로로 오스만제국의 영토였는데 1차 세계대전 당시 영국과 아랍 부족이 연합하여 탈환한 도시로 지금은 무역항인 동시에 요르단의 유일한 바다 휴양지이다. 바다 해수욕장에는 여느 다른 나라 해수욕장과 같이 많은 사람들이 해수욕을 즐기며 여유로운 모습으로 일상을 보내는 모습이다.

아카바 시내는 여느 중동지방의 도시와 같은 모습으로 단층 건물들이 즐비하고 가끔 자동차가 지날 뿐 행인들은 거의 보이지 않는다. 시내에서 양고기로 점심 식사를 하고 왕의 대로를 따라 와디 럼으로 향한다.

왕의 대로는 고대부터 이집트에서 가나안 지방으로 향하는 무역통로 역할을 했는데 요르단 남부에서 수도 암만까지 주요 간선도로가 되었다. 나무 한 그루 없는 붉은 색의 바위산과 모래 언덕 사이로 뻗은 도로로 가끔 보이는 민가 외에는 진짜 말 그대로 아무것도 없는 황무지 같은 느낌이다.

와디 럼 보호구역

왕의 대로 중간쯤에서 동쪽으로 길을 나와 와디 럼 보호구역에 도달한다. '와디'라는 단어는 물의 길이라는 뜻으로 계곡이나 협곡지대를 의미한다고 한다. 요르단 남부 지역과 사우디아라비아에 걸쳐 있는 와디 럼 지역은 서울 면적의 약 1.5배에 달하는 광활한 붉은 사막과 기암괴석의 절경이 펼쳐진 곳으로 유네스코 보호구역으로 지정되었으며 모세가 이집트에서 이스라엘 백성을 구출하여 이끌고 지나간 지역으로 알려져 있다.

바위산이 바람에 깎여 가지가지의 형상으로 나타나고 붉은 모래가 다듬은 풍경은 상상을 초월한다. 오랜 세월 동안 자연이 빚은 모습은

수많은 전설과 역사를 품고 전해져 내려오고 있는데 모세와 유대인들이 그렸다는 암각화, 로렌스 중령의 거주지, 기둥바위산에 얽힌 이야기, 풍화작용으로 생긴 록 브리지의 장관 등 반나절의 시간으로는 전체 관람이 감당이 되지 않는다. 가이드에 따르면 베두인족의 천막 숙소에서 밤에 쏟아지는 별들의 향연을 보아야 한다는데 아쉬웠다.

지구가 아닌 다른 행성에 도달한 것 같은 느낌은 나만이 갖는 감정은 아니리. 그래서 수년전 화성에 홀로 남은 우주인의 생존 이야기를 그린 영화 마션의 촬영지이기도 하고 수많은 영화에서 배경으로 사용되었다고 한다. 와디 럼을 뒤로 하고 왕의 대로를 따라 북쪽으로 페트라 숙소 모벤빅호텔로 향한다. 호텔에서 하루 일정을 마무리하며 동행들과 맥주 파티하고 꿈나라로 들어간다.

페트라

요르단은 성경과 관련된 유적과 전설이 많은 나라이다. 페트라 입구 지역을 와디 무사라 하는데 모세가 가나안으로 가던 중에 이곳에서 바위를 두드려 샘을 만들었다는 모세의 샘 유적이 있어 지금도 바위에서 샘이 솟아나고 있고, 역시 인디아나존스 영화의 위력이랄까 주위 상점의 기념품들도 영화 관련된 것들이 많이 보인다.

페트라는 고대 나바테아인들의 유적으로 기원전 6세기부터 기원후 2세기까지 번성한 도시로 로마군의 점령으로 합병되어 멸망하였다. 그 후 발생한 지진으로 인하여 대부분의 유적이 무너지고 파괴되어 역사에서 잊혀졌는데 20세기 들어서 프랑스인에 의해 발견되어 숨겨

진 왕국이 세상에 드러나게 되었다. 지리적으로 이집트와 메소포타미아를 연결하는 지역이고 무역의 교차점 역활을 하였다는 것이 이해가 간다.

페트라 입구에서 입장권을 구매 후 시크 입구까지 들어가는데 바위산은 붉은 사암 계열로 산 중간중간 사각 동굴 같은 것이 뚫려 있는데 고대인들의 무덤 유적이란다. 가까이 가보니 암벽을 깎아서 안쪽으로 사각형의 방을 만들었는데 어떻게 만들었는지 상상이 되지 않는다.

조랑말을 타거나 도보로 길을 따라가다 보면 시크라는 바위길 입구에 도착하는데 여기부터가 페트라 유적이란다. 시크는 높이가 가늠이 되지 않는 거의 사오십 미터의 좌우 수직으로 뻗어 있는 암벽 사이로 난 길인데 길이가 1.2Km 정도의 거리로 붉은 바위 위로 보이는 푸른 하늘은 암벽과 절묘한 조화를 이룬다. 시크 좌우 암벽의 하부에는 과거 물길 역활을 했다는 도랑이 시크를 따라 조각되어 있다.

시크의 마지막 지점에 도달하면 인디아니존스 영화의 장면처럼 암벽 사이로 바위 신전 알카즈네가 나타난다. 알카즈네는 아랍어로 보물창고라는 뜻이라는데 고대 나바테아왕의 무덤으로 알려져 있다. 높이 40m 너비 30m 규모의 2층 신전 형태로 거대한 사암 절벽의 돌을 뚫어서 조각하여 만들었다는데 얼마나 많은 시간과 인력을 들여서 만들었을까 궁금하다. 신전의 지붕과 기둥 조각이 하나의 암벽을 깎아 만들었다는데 내부는 텅비어 있고 사각의 커다란 방구조를 하고 있다. 알카즈네부터는 넓은 분지 형태를 이루는데 암벽에는 커다란 사각 동굴이 무수히 많이 뚫려 있고 왼쪽 바위산 밑에는 암벽을 깎아 만든 커다란 로마시대의 반원형극장 유적이 그대로 있고 이곳에서 베두

인족들이 가끔 공연도 한다고 한다.

로마시대의 유적과 열주거리를 지나 또 다른 신전 유적인 알데이라로 향한다. 알데이라는 산 위에 있는 신전으로 도보로 이동하기는 거의 등산 수준이라 어렵고 대부분 조랑말을 타고 넘어질듯말듯 말 등에서 흔들리며 산길을 오르는 기막힌 체험을 할 수 있다. 30분 정도 산길을 올라가면 넓은 평지가 나타나고 알데이라 신전이 거대한 바위 절벽에 뚫려 있다. 알카즈네와 거의 유사한 형식과 크기를 가지고 있는데 고대 나바테아인들의 능력과 노력에 그저 놀라울 뿐이다. 바위 협곡 사이 산길을 다시 조랑말을 타고 내려오며 페트라의 전경이 눈에 들어오는데 다시 한번 경이로움을 느낀다.

주변의 경관을 둘러보며 알카즈네 신전 앞까지 와서 베두인족들이 파는 기념품을 구입하고 햇빛을 받아 빛나는 알카즈네를 뒤로 하고 시크를 따라 다시 되돌아 나오며 버켓리스트 여행지 하나를 다녀왔다는 기쁨과 다시 한번은 꼭 와보아야 할 곳이라는 것을 느낀다. 페트라에서 다시 북쪽으로 요르단 수도 암만으로 향한다.

제라쉬

페트라에서 북으로 3시간 정도 거리의 수도 암만에 도착하여 암만 시내를 돌아보고 암만 호텔에 도착해서 여장을 푼다. 내일은 제라쉬, 느보산, 사해, 와디 알무지브까지의 여정이다. 암만의 밤문화 체험을 위해 호텔의 바로 가서 맥주를 마시며 현지인들과 즐거운 시간을 가졌는데 무슬림 국가이지만 사우디보다는 엄격하지 않고 자유로운 분위기가 많다는 것이 느껴졌다.

다음날 암만 근교의 제라쉬 유적지구로 향한다. 제라쉬는 암만 북쪽 50Km 정도 떨어져 있는데 고대 로마시대 도시 유적지로 기원전부터 주민들이 거주하였으며 8세기경 대지진으로 폐허가 되었으나 발굴작업을 통해 도시 흔적을 거의 살렸다고 하는데 20% 정도만 발굴되었다 한다.

언덕 위 구릉 지대에 조성된 도시는 로마제국 전성기 때 동방의 거점도시 역활을 담당하며 번성하였으며 입구에 하드리아누스 황제 개선문이 서 있고, 거대한 규모의 전차경기장과 각종 신전 건축물, 원형극장, 욕탕, 시장터, 제라쉬 열주 광장, 화려한 코린트식 대리석 돌기둥을 양쪽으로 세워 놓은 열주거리 등 로마제국 시대의 화려함과 웅장함이 그대로 전해진다. 화산재에 묻혀 발굴된 폼페이 유적과는 전혀 다른 느낌으로 다가온다.

제라쉬 유적을 돌아보는데 거의 반나절 정도 소요되는데 쏟아지는

햇살이 따갑다. 대리석 돌기둥을 원형으로 빙 둘러 만든 제라쉬 광장 그늘에서 잠시 쉬는 동안 뜨거운 태양 아래 우뚝 서 있는 유적들을 보며 그 옛날 이러한 도시를 건설한 로마인들의 능력과 기술이 대단하다는 생각이 든다.

느보산

암만 시내로 돌아와 점심 식사 후 사해로 간다. 사해는 이스라엘과 요르단 사이의 호수로 말 그대로 죽음의 바다이다. 사해로 가는 도중

에 기독교의 성지라고 하는 느보산 정상을 지나가는데 이곳은 모세가 유대민족을 인도하여 지나가던 곳으로 모세가 젖과 꿀이 흐르는 가나안 땅에 이르기 전에 이곳에서 죽었다는 전설이 있다 한다. 그 옛날 이집트를 탈출한 이스라엘 백성들이 정상에서 가나안 땅을 보며 얼마나 감격했을까. 바닥에 모자이크 무늬가 있는 모세의 교회 유적이 있고 커다란 철로 만든 십자가상이 있는 느보산 정상에서는 멀리 사해와 요단강, 이스라엘 땅이 내려다 보인다. 느보산은 성지 순례단의 필수 코스라고 하며 한국 관광객도 많이 오는 장소라고 한다.

사해, 와디 알무지브

느보산에서 산을 내려가면 사해 관광단지가 나오는데 많은 리조트와 호텔이 있고 야외 수영장에서 물놀이를 즐기는 관광객도 엄청 많다. 사해는 북쪽에서 요단강이 흘러드나 물이 빠져나가는 곳이 없어서 물이 증발하여 수심이 낮아지고 있다는데 염분 농도가 바닷물의 6배 정도라 생명체가 없는 죽음의 바다이다.

사해 수영을 경험하기 위해 리조트 입장료를 내고 사해로 내려가면 여느 바다와 같이 파라솔과 의자가 놓여 있는데, 물속에 들어가는 순간 몸이 저절로 붕붕 뜨고 짠물의 감촉과 맛이 느껴지고 절대 눈에는 접촉하지 못하게 해야 하지만 실수로 눈에 들어간 짠물은 고통 그 자체이다. 옆에서는 관광객들이 머드 체험을 하는데 온몸에 머드를 바르고 사해에 들어가 씻어내면 피부가 좋아진단다. 우리도 머드 체험을 하고 리조트 수영장으로 올라와 샤워후 여행 마지막 코스인 와디

알무지브로 향한다.

　와디 알무지브는 사해 옆에 있는 산악 계곡으로 특이하게 엄청나게 많은 계곡물이 흘러 내려오고 있는데 상류에는 작은 온천 휴양지도 있다 한다. 입구에서 30분 정도 물속을 걷고 빠져가며 계곡 트래킹하며 올라가는데 양쪽 바위 협곡의 모습이 장관이다. 자연의 위대함이란 상상을 초월한다. 와디 알무지브에서의 시원한 트래킹과 물놀이를 마치고 요르단 여행을 마무리하며 아쉬움을 뒤로 하고 다시 사우디아라비아로 돌아가기 위해 왕의 대로를 따라 아카바항으로 향한다.

　짧은 기간이라 여러 곳을 가보지는 못했지만 신비의 땅, 성서의 땅, 역사의 땅으로의 요르단 여행은 많은 추억과 기억이 뚜렷이 남는 멋진 여행지로 기회가 되면 꼭 가보라고 추천하고 싶은 곳이다.

바둑과 인생

오석환

건설회사 30년 근무 후 현재는 설계 감리회사에 12년째 근무 중이다. 근무 중 틈틈이 공부하여 전기분야 기술사 자격증 3개를 보유하고 있다. 성동고 총동문 기우회장을 지냈으며 현재는 23회 기우회장을 맡아 12년째 활동 중이다.

바둑과 인생이라? 성동고 23회 졸업 50주년 기념 작품집에 넣기에는 너무 고루하고 진부한 얘기가 되지 않을까(?) 솔직히 걱정부터 앞선다. 글이라고는 초등학교 시절 방학 숙제로 일기(장)를 써본 것이 내 인생의 유일한 작품(?)이 아닐까 생각된다.

이럴 줄 알았다면 얼마 전 진행됐던 글쓰기 강좌에 수강하여 글쓰기 기본 상식이라도 알아둘 걸 하는 후회도 해본다.

내가 바둑을 배운 것은 초등학교 3~4학년 시절 동네 뒷골목에서 동네친구들과 쪼그리고 앉아 그야말로 동네바둑을 통해 바둑을 알게 된 것 같다. 그때도 공부하는 것보다 바둑 두는 것이 훨씬 재미있고 신나는 일이었음은 두말할 필요도 없었다.

중학교에 진학하고도 동네바둑을 계속 두었고, 심지어 고등학생이 되어서도 대학입학고사(당시는 예비고사)를 준비해야 하는 중요한 시절에도 동네 아이들(주로 나보다 어린 아우들)과 바둑을 두곤 하였으니 얼마나 바둑에 미친(?) 놈이 아닌가 생각해 본다. 그렇다고 바둑을 아주 잘 두지도 못하고 대강 남들과 어울릴 정도의 기력밖에 되지 않는 실력이었다.

그러다가 가끔 고물장수 아저씨가 리어카에 오래된 바둑책을 갖고 다니는 것을 보면 몰래 훔치거나 아주 싼 값에 바둑교재를 얻어서 밤새도록 몇 번씩이나 읽고 또 읽고 한 적이 지금도 머릿속에서 떠오른다.

고3이 되어서도 바둑을 중단하지 않고 학교수업이 지루하고 재미없으면 친구들과 바둑을 두곤 했으니 얼마나 바둑에 열정(?)과 관심이 많았는지 지금도 가끔 생각난다.

바둑에 시간을 너무 빼앗겨 공부를 제대로 못해서 좋은 대학에 못 간 게 아닌가(?) 아니면 머리가 나빠 아무리 공부해도 한계가 있어 별 상황변경이 없었나 하는 생각도 해 본다.

대학에 입학 후 바둑 때문에 곤혹 아니 에피소드를 겪은 기억이 있어 잠깐 얘기하고 넘어가자 한다. 대학교 1학년 쯤인가(?) 그 당시는 대부분의 학생들이 수업 중간 비는 시간에 취미생활로 당구를 치거나 카드놀이를 하든가 혹은 동아리반에서 통기타를 치거나 했는데 나는 특이하게 바둑판을 책가방에 넣고 다니며 시간이 나면 실력이 비슷한 몇몇 동기생들과 바둑을 두곤 했다. 한번은 바둑을 두다가 학생과 직원이 와서 바둑 두는 것을 마치 놀음하는 것으로 오해하여 나와 시비가 붙어 수업 분위기 훼방으로 징계를 해야 한다고 학과장까지 통보

성동고 총동문회장배 바둑대회 우승 시상식

하는 어처구니 없는 사건도 있었다. 사건(?)은 잘 마무리되어 큰 문제 없이 종료됐으나 지금도 가끔 생각하면 찜찜한 기억이 아닌가 생각해 본다.

그때 나하고 바둑서클을 가입했던 한 친구는 프로기사가 되겠다고 대학 2학년을 휴학계를 내고 기원에 다니며 바둑에 몰입한 적이 있는데, 1년 만에 다시 나타나 복학을 했다. 내가 왜 끝까지 프로기사의 꿈을 이루지 않느냐고 물으니 "나보다 훨씬 센 사람들이 너무 많아 다시 공부하는 것으로 생각을 바꾸었다"고 했다

그 덕분에 그 친구는 나와 맞바둑에서 1년 만에 내가 3~4점을 깔고 두는 신세가 되었다. 그리고 그 친구는 나중에 대학 바둑경기에 대학 대표선수로 출전하가도 하였다.

그 당시 나도 프로기사 꿈에 관심이 많았는데, 내 머리 아이큐를 생

전국체전 바둑대회 서울시선수단 감독 시절

각해보니 도저히 이룰 수 없는 꿈이라고 생각해 내 전공 공부에 몰입한 것이 지금 생각하면 천만다행이라고 생각해 본다.

바둑과 나와의 인연은 대학을 졸업하고 군대를 가서도 이어져 논산 훈련소를 거쳐 후반기 통신학교를 마치고 자대배치를 받아 전방부대에 갔는데 첫날 밤 신고식 하던 날 전역이 얼마 남지 않은 말년 고참 병장이 "야 너희들 신병 중 바둑 좀 두는 놈 없냐?'고 묻길래 내가 좀 둔다고 하니까 그 고참 병장이 제대하는 날까지 나와 바둑을 두고 나는 사역을 면제받는 행운을 누린 기억도 생생하다.

그리고 대학입학 후 우리 고등학교 동기생 소모임에서도 몇 년 동안 만나기만 하면 바둑을 두곤 해서 실력이 급속도로 늘어 현재의 기력(인터넷바둑 4~5단 정도)을 유지하는데 밑받침이 된 것 같기도 하다.

대학 1학년 민주화 시위로 학교출입이 통제되었을 때에도 시간만 나면 친한 친구와 어울려 바둑을 두었던 기억이 새록새록 솟아나는 것 같다.

대학을 졸업하고 사회에 들어와서는 오랫동안 바둑을 두지 못하고 그냥 어릴 때 잠시 배웠던 하나의 취미에 지나지 않았던 것 같다. 직장생활 초년에 지방생활 및 해외생활을 하느라 바둑하고는 전혀 인연이 닿지 않고 그저 먹고살기에 바빴고 애가 생기고 나서는 양육하느라 바둑을 완전히(?) 잊어버릴 정도인 것 같았다.

그러다가 졸업 후 대학 동기모임에서 우리 성동고 23회 동기인 지금은 하늘나라로 먼저 간 고 장욱찬을 만나 기회가 되면 기원이고 욱찬이 집이고 다니면서 바둑을 가끔 두었던 기억이 난다. 실력은 나보다 한 치수가 높아 내가 질 확률이 더 많았던 기억이 난다.

내가 지방 건설현장(언양)에 근무할 당시 욱찬이가 부산에서 세탁업을 공장까지 인수하여 했는데 그만 과로 등으로 갑작스레 사망한 것이 너무나 안타까운 일로 기억된다.

아마 욱찬이가 살아 있었다면 현재의 성동고 23회 기우회가 더 활기차기 않았을까 생각해 본다.

나는 직업 특성상 전국을 돌아다니는 건설업에 종사하다 보니 서울에서 열리는 성동고 동문들의 모임 및 경기에도 참석하지 못하고 가끔 바둑TV를 보는 것으로 옛날의 추억을 더듬고 혼자서 프로기사들의 경기를 감상하는 재미로 바둑과 인연의 끈을 이어간 것 같다.

그러다가 20여년 전 갑자기 휴일 날 집에서 쉬고 있는데 유일모 동기로부터 전화가 와서 전국고교바둑대회 성동고 전체 대표선수로 출전해 달라는 요청을 받았다. 그 당시나 지금이나 내 실력으로는 학교를 대표해서 전국대회를 나갈 수 없는 실력인데, 그 날 당초 대회에 참석키로 한 동문 1명이 펑크를 내면서 출전선수 부족으로 유일모 군이 나를 급히 대타, 아니 땜빵으로 불러서 홍익동 한국기원 대국장으로 가서 바둑을 두게 되어 -물론 만방으로 졌음- 그 인연으로 다시 성동고 총동문 바둑대회와 23회 기우회에 관심을 갖고 지금까지 성동고 총동문 바둑행사를 빠짐없이 참석하고 있으며 한때는 성동고 총동문 바둑회장직(2년)도 맡은 바 있다.

최근에는 유일모동기의 추천 권유로 서울시바둑협회 감사직과 이사직을 맡아 전국체전 바둑종목의 서울시 코치(감독)를 맡아 대회 때마다 전국을 유람하는 바둑 장돌뱅이 신세가 됐는데 시간만 되면 적극 참석하여 후반기 인생의 소일거리 및 취미생활로 지내고 있다.취미로서 바둑은 우리같이 나이를 조금 먹은(?) 사람에게는 치매(건망증) 예방에 큰 효과가 있다는 연구결과가 전 세계적으로 지속적으로 발표되고 있다. 큰 돈 들이지 않고 멀리 가지도 않고 집 주변에서 쉽게 친구들 만나 바둑 한 판 두면서 담소를 나눈다면 이렇게 좋은 스포

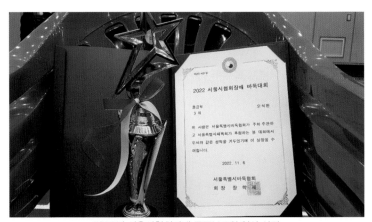

2022년 서울시협회장배 중급부 3위 입상 상장

츠 (몇 년 전부터 바둑은 정식 스포츠 종목에 포함됨)가 또 있으랴 생각된다.

지금은 성동고23회 바둑 동기회(기우회)의 회장을 맡아 10여 년 동안 꾸준히 모임을 이어가고 있다. 최근에는 코로나 사태 이후 모임인원이 조금 줄었지만 그래도 10명 내외로 한 달에 한 번 모여 수담과 인생 사는 얘기를 하며 동기들과 우정을 지속하고 있다.

취미생활이 다양하고 좀더 활동적인 취미도 많지만 나이 들어 힘이 들어가는 격한 운동이나 등산 등은 몸에 무리가 올 수 있어 조심해야 하지만 바둑은 실내에서 혹은 야외에서 큰 무리없이 즐기는 스포츠로 본인이 생각하는 데 최고의 스포츠 또는 취미라고 본다.

바둑에 관심이 있으나, 배우기 어렵고 기회가 닿지 않는다는 친구들이 있으면 본인이 추천하는 방법을 선택해 보면 쉽게 바둑에 접할 수 있다. 첫째로 유튜브를 보면 바둑강좌가 초급자 수준에서 프로 9단 수준까지 다양한 강사와 강의방식이 무지하게 널려있어 본인 의지만 있으면 얼마든지 배울 수 있다. 과거에는 바둑을 배우려면 기원이나 가야 했는데 지금은 집에서 컴퓨터만 있으면 얼마든지 배울 수 있으니 이 얼마나 행복한가?

또한 바둑TV 채널이 2개나 있어 하루 종일 바둑경기를 중계하거나, 실제 대국을 중계하고 있어 언제든지 쉽게 바둑을 배울 수 있다. 그리고 최근에는 다양한 수준의 AI 바둑프로그램(소프트웨어)이 나와 타인들과 직접 만나 바둑둘 필요 없이 PC나 스마트폰으로 얼마든지 시간 및 장소 제약없이 바둑을 둘 수 있다.

최근에는 TV나 영화에서도 바둑을 주제로 작품을 많이 만들고 있다. 몇 년 전에 '미생'이란 드라마와 영화가 크게 인기를 얻어 그 영향으로 초등학교 바둑강좌가 크게 늘어나는 등 많은 인기가 있었고 얼마 전에는 유명한 OTT업체인 넷플릭스 업체에서 바둑을 매개로 한 드라마를 방영하여 큰 인기를 끈 적이 있기도 하다.

그러나 최근에는 학령인구 감소에 바둑에 관한 관심이 예전처럼 왕성하지 않고 조금 위축되어 가고 있는 현실에 바둑을 무척 사랑하는 나는 조금 씁쓸한 느낌이 들기도 한다.

PC방에 가면 대다수의 학생들이 게임에만 집착하여 바둑과는 점점 관심사가 멀어지는 경향이 보이기도 한다.

몇 년 전 조훈현 프로 9단이 국회의원 시절 어렵게 만든 바둑진흥법이 제정되어 교육기관과 공공시설 등에 보급이 활발히 추진되고 있는데 아직도 현실은 당초 법 제정 시의 의도와는 다소 미흡한 상태로 지지부진한 실정이다.

우리 나이 때가 되면 대다수 손주들이 한두 명씩은 있는 걸로 아는데 초등학교 방과 후 취미생활로 다양한 종목의 강좌가 개설되어 운영되고 있다. 이 중에서 어떤 종목을 선택하여 방과 후 활동을 하는 것이 가장 바람직할지는 본인 취향에 달렸지만 내 생각에는 바둑 강좌를 선택하여 바둑을 어릴 때부터 배우는 것이 여러 가지 면에서 도움이 된다고 생각한다.

성격이 급하거나 주위가 산만한 아이들에게 바둑을 가르치면 아무래도 성격이 차분해지고 사고력이 높아지는 데 도움이 될 것은 분명하기 때문이다. 이렇게 되면 타 학과 수업을 듣고 배우는 자세도 올바르게 되어 인성을 곱게 키우는 데에도 큰 도움이 되리라 본다. 나도 손주가 1명 있는데 나이가 지금은 너무 어려서 바둑을 가르치기엔 힘들고 좀 크면 바둑을 가르쳐 볼까 한다. 본인이 아주 싫어하지만 않는다는 조건이 있지만….

그리고 바둑경기나 바둑축제가 1년 내내 전국에서 개최되기 때문에 은퇴 후 시간을 보내거나 지방여행을 다니는 재미도 제법 쏠쏠할 것 같다. 나는 지금도 시간만 허락되면 전국에서 개최되는 바둑경기 - 사실 경기보다 지방 바둑축제가 더 많다. 참가비도 저렴하고 공기 좋고 산수 좋은 지방 여행도 하고, 재미있는 바둑경기도 하고, 그야말로 노후를 보내기에는 정말 기막힌 취미가 아닐 수 없다.

지금은 직장생활로 많은 시간이 내기 어려워 선별적으로 바둑축제에 참가하고 있지만 조만간에 현업을 정리하고 바둑경기 축제 참가에 몰입하는 생각도 들기도 한다.

대한바둑협회 홈페이지를 보면 1년 내내 전국에서 바둑경기 및 축제가 개최되는 것을 알 수 있다. 좋아하는 바둑 선후배 동기들과 편을 짜고 바둑을 두는 데, 우정을 쌓는 데 최고의 기회가 되는 것 같다.

지금까지 두서없이 생각나는 대로 바둑과 나와 관계된 얘기를 졸필로 적어본 것 같다. 집필이라기에는 너무 초라한 글이고 그냥 컴퓨터 기판에 손가는 대로 적어본 것 같다. 졸업 50주년 기념 작품집에 내 글이 들어가게 되면 큰 영광으로 여기고 살 것이고, 내 졸필로 인해

2022년 전국체전 바둑대회 서울시 회장단과 함께

바둑에 조금이라도 관심을 보이는 친구들이 1명이라도 생긴다면 이 글을 쓴 보람으로 여길 것이다.

끝까지 이 글을 읽어준 동기들에게 감사의 마음을 전하며 여기서 그만 글을 끝내려 한다.
성동고 50주년 기념 파이팅!!!

버킷리스트(Bucket List)

우제민

국내 최초로 1톤 소형화물 축간거리를 연장한 주식회사 KCM모터스 대표이사를 역임하고 현재는 1톤 소형화물 일체형 Shock Absorber를 생산 판매하는 주식회사 애쇼의 대표이사로 재임 중이다. 동기회가 풍성하고 알찬 모임으로 진일보하는데 기여하고자 적극 힘써나가고 있다.

지난해(2022.09.25~26) 버킷리스트에 있던 지리산 천왕봉 등정을 위하여 집을 나섰다. 23회 산악회 멤버들과 함께한 이번 등정은 내가 살아 생전에 무조건 한 번은 올라가야지 하고 생각만 하고 있던 것을 23회 산악회가 만들어준 매우 영광스러운 자리였다.

강변역 동서울터미널에서 첫차를 타고 지리산으로 향했다 설레임 1%, 두려움 99%.

올라갈 수 있을까!

올라갈 수 있을까!

올라갈 수 있을까!

가는 동안 내내 이 생각만 드니, 비단 나 혼자였을까?

도착 후 입구에서 점심을 나누고 김성오 대장의 당부사항과 조혁 산행도사님의 등정시간 및 코스 안내를 경청하였다.

조혁 도사님 왈, 아주 천천히 그리고 살살 가더라도 5시간만 가면 된다 하니 덜컥 그 말씀에 신이 나 호기롭게 출발을 하였다.

그런데 이게 웬 경우? 출발과 동시 헉헉대니…

한 10분 정도 가서 선두를 크게 부른 후 휴식을 외쳐대니 참석자 모두가 대한독립이나 된 듯 즐거운 비명이 여기저기서 터져 나온 것은 내가 구세주였던 것이었다.

다들 나에게 고마운 표정이 역력하였다. 자존심들은 있어서리 누가 먼저 휴식을 외쳐줬으면 하였는데 기다리다가 내가 외쳐대니 그리도 좋아하던 모습들이랑…

그렇게 오르기 시작하여 한발 한발 옮기다 보니 우리 일행들이 1박을 할 장터목에 도달하였다.

천왕봉은 아니었으나 기쁨, 환희, 열광의 도가니탕이었다.

내가 해내다니 이건 분명 기적이었다. 너무나 대견한 나의 몸에게 감사를 표하고 장터목 화장실 표시 사진을 찍어 니가 거기를 어떻게 올라가느냐고 비아냥대던 멤버들에게 잽싸게 전송하니 다들 화들짝 놀라 합성아니냐는 놈, 헬리콥터 타고 갔냐는 놈 등등의 회신을 받고 느낀 뿌듯함이란 여간이 아니었다.

새벽에 기상하여 조혁 도사님의 리드에 따라 천왕봉으로 향했다. 장터목까지 와서 그런지 전혀 부담을 느끼지 않고 오를 수 있었다.

드디어 천왕봉 정상!

천하가 다 내 것인 것 같은 자신감.

무엇이라도 다 헤치울 수 있을 것 같은 존재감.

나이가 숫자에 불과하다는 것을 입증한 대견함.

만세!

만세!

만만세!

하산 후 나의 버킷리스트 중 하나를 지워준 동료들에게 깊은 감사를 표하고 내친김에 에베레스트는 아니더라도 인근에 위치한 안나푸르나 정도는 다녀올 것을 제안하니 조혁 도사 거기는 산이 아니고 그냥 트레킹 코스라나 뭐래나!

이리하여 그렇게도 원하던 천왕봉 등정을 마치니 살아 있는 고마움, 재차 확인한 우정들.

고맙다, 동기들아!

바둑 이야기

유일모

어린이 바둑교육 경력 25년의 바둑인이다. 서울특별시 초등바둑연맹 회장, 대한바둑협회 심사위원장, 대한바둑협회 이사를 역임했고, 현재는 서울특별시 바둑협회 부회장을 맡고 있다.

바둑은 인류가 만들어 낸 가장 오래된 게임으로 중국에서 만들어졌으며 사마천이 쓴 사기에는 요순시대 어리석은 아들 단주와 상균을 깨우치고 전략적 사고를 키우기 위해 만들었다는 것과 몇 가지 설이 있으나 확실한 것이 아니며 우리나라에는 언제 들어왔는지 기록이 없어 알수 없으나 삼국시대 고구려와 백제에서 바둑이 성행했음이 기록에 남아 확인할 수 있습니다

조선시대에는 양반가 자제들의 필수 교양과목으로 금(음악), 기(바둑), 서(글씨), 화(미술)를 가르친바 상류층에서 광범위하게 즐겼으며 상당량의 기록이 남아 있습니다

원래 바둑은 문화예술 분야로 취급되었으나 한국, 중국, 일본이 연합하여 올림픽 종목에 넣을 생각으로 체육 종목으로 전환을 하여 지금은 매해 전국소년체육대회와 전국체육대회 종목으로 17개 시도가 매달을 놓고 경쟁을 하며 돌아오는 아시안게임에도 바둑이 포함

제98회 전국체전 바둑대회

되어 얼마 전에 우리 대표팀도 구성이 되었습니다. 또한 마인드 스포츠라는 이름으로 바둑과 더불어 체스, 브릿지 등의 시합이 열리며 동남아를 비롯 미주, 유럽 등에도 바둑 클럽이 많이 생겨나고 있는 중입니다.

바둑은 예측, 판단, 계획, 전략적 수립, 상황판단 등 다양한 인지적 요소를 요구하는 게임으로 지적 능력을 개발할 수 있어 어린이들에게 훌륭한 교육과목으로 많은 어린이들이 바둑을 배우고 있으며 노인들에게는 치매 예방에 큰 효과가 있음이 여러 논문을 통해 밝히고 있습니다. 바둑은 큰돈을 들이지 않고 장소에 구애받지 않으며 남녀노소누구나 함께할 수 있는 훌륭한 취미로 노인들도 노력 여하에 따라 아마 5단 정도는 도전할 수 있다고 생각하며 우리 동기들도 기회가 되면 기우회에 많이 참가하여 바둑의 향기를 함께 하기를 바랍니다.

기도오득

1. 득호우(得好友) : 좋은 친구를 얻을 수 있다.

2. 득심오(得心悟) : 깊은 마음을 얻을 수 있다.

3. 득인화(得人和) : 사람과의 친해짐을 얻을 수 있다.

4. 득천수(得天壽) : 하늘이 내려준 천수를 누릴 수 있다.

5. 득교훈(得敎訓) : 인생살이의 참 교훈을 얻을수 있다.

제47회 소년체전 바둑대회

바둑부 어린이들과 함께

서울시교육감배 바둑대회 개회사

고교동문전 대표 선수들

가족들과 보라카이 해변에서

가족들과 함께 한 보라카이 여행

제4부

시선, 그 너머에
감춰진 의미

Healing

김명숙 (김동제 부인)

한국미술협회, 일원회, SIA, 성남사생회 회원이며 대한민국창작협회 심사위원, 미술과 비평 홍보위원, 세계아트페어 이사를 역임했다. 개인전 3회, 국내외 단체전 및 초대전 90여 회, 한국미술교류전 캐나다 토론토, 미술과 비평 뉴욕 초대전, 한.중 여성작가 100인 초대전에 참여했고, 수상 경력으로는 일본대판 국제공모전 특선, 대한민국 미술창작대전 우수상, 대한민국 여성미술대전 특선, 대한민국 우수작가 214인전 특별상 등이 있다.

숨 가쁘게 달려온 날
어느덧 종착점에 닿을 무렵
색채의 변화와 변화하고픈 그림의 흔적들
즐거워하고,
만족해하고,
결과물을 뒤로하면서
작업실 문을 나선다.

물감 냄새와 함께 만들어지고 다듬어진
이름도 모를
서로 어우러지듯 피어있는 꽃
연두의 푸른 잎에서,
초록으로,
다시 붉은 잎으로,

그림 작품을 감상하면서
작은 미소를 담을 수 있는
그림을 그려야겠다.

새로운 기회의 시작
지난 시간 일과 육아를 함께 하면서
책 페이지를 한 장 한 장 넘기듯
그림 그리기를 시작했었다.
오랜 시간이 지나 퇴직 후
개인전을 하게 되니
자신에게 큰 선물 준 듯
행복하고 빛났다.

초등학교 때의 꿈을
드디어 이룬 것이기 때문에
더 빛나지 않았을까

조그만 것에도 소중함을 알고
주변을 소중히 하는 흔적들을
이야기하면서 내 작은 화폭에
healing 이야기를 담았다.

〈2023. 9. 작가노트 중에서〉

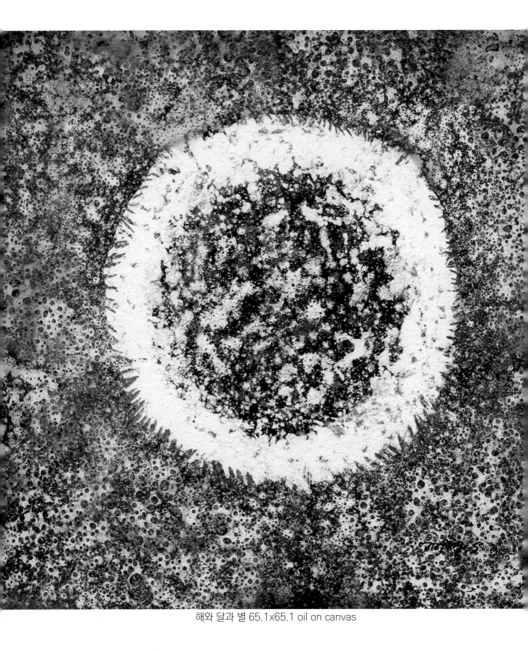

해와 달과 별 65.1x65.1 oil on canvas

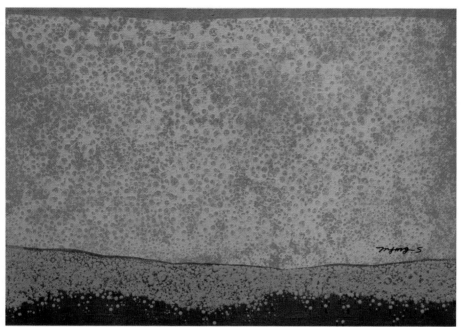

아련한 그리움 65.1x45.5 oil on canvas

순간이 꽃으로 피다 116.8x72.7 oil on canvas

두 개의 장소와 공간 그리고 시선

김창세

서울대학교 조소과를 졸업하고 목포대학교에서 33년 근무했다. 2001년부터 2003년까지 미국 워싱턴대학교에 객원교수로 다녀왔다. 지금까지 '잃어버린 얼굴을 찾아서'라는 주제로 조각 작업을 이어가고 있는데 그중의 하나가 1995년에 금호미술관에서의 '잃어버린 얼굴을 찾아서_초상연구'였다. 지금은 전남 무안군에 터를 잡고 살고 있다. 바다가 보이는 예쁜 마을에서 하나의 풍경이 되려 한다.

두 개의 장소와 공간 그리고 시선 1

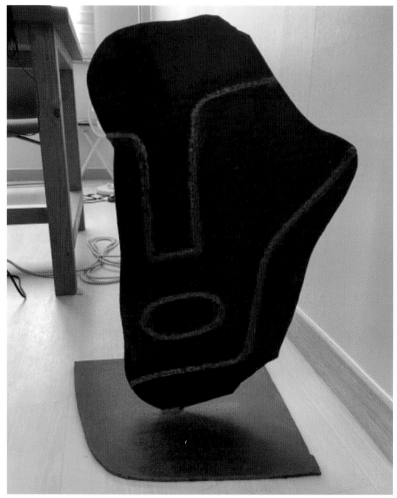

두 개의 장소와 공간 그리고 시선 2

두 개의 장소와 공간 그리고 시선 3

두 개의 장소와 공간 그리고 시선 4

황홀

이병철

명동치과기공사를 운영하고 있으며, 비스코아시아 기술 컨설턴트를 겸임하고 있다. 전임 동기회 회장으로서 동기회 발전은 물론 50주년 행사 추진에 초석을 놓은 지대한 공헌을 한 바 있으며, 틈나는 대로 사진 촬영, 당구, 등산, 낚시, 여행 등 다양한 취미활동을 하고 있다.

강화 장화리 1

황홀

일출 2

기다림

안식

눈맞춤

종이접기

이홍섭

농부 시인. 호는 초석(草石). 동양시멘트에서 4년 여를 근무하다가 1984년 9월 귀농하여 충청북도 진천에서 사과 농사(성현농장)를 짓고 있다. 시집으로 〈농사꾼의 사랑이야기〉가 있다.

신문에 끼워져 나오는 전단지가 아까워서 만들기 시작해서 벌써 30년이 넘었다. 천 개 이상의 작품을 만들어 전시회도 해보고, 중학교의 정서 불안한 학생들과 마주 앉아 할아버지 노릇도 하며 (괴산 연풍중학교, 진천 덕산중학교) 만들어 본 작품이다.

눈먼 세월은
꿈틀거리며 지나가고
이제 모두 세상은
복사꽃 피듯
복사꽃 피듯
은은한 그리움으로 피어라

〈자작시 「오월의 푸른 광장」 도입부〉

아내의 수채화

호문경

1982년 결혼. 제약회사, 회계사무실, 화장품회사에서 근무하다 은퇴를 했다. 부인은 중학교 국사 및 사회 과목과 상담 선생님으로 39년간 중학교에서 근무했다. 친구와 가족들과 재미있고 행복하게 지내려고 노력하고 있다.

아내가 학교 은퇴 후 수채화를 배우면서 즐겁고 행복한 생활을 즐기며 지내면서…

제5부

글의 향기,
마음을 품어 안다

초가집 마당

김기수
오래 전부터 행방불명 상태이다. 문예반 출신이며 기타 치는 것을 좋아했다.

초가지붕 썩어가고
추녀 끝은 땅에 닿고
기둥 받친 주춧돌은
흐려만 가는데
마당 위 병아리들만
어미 쫓아 놉니다.

광활한 바다인 양
넓디 넓은 마당가에
봉선화 곱게 피고
해바라기 높게 섰네.
추녀 밑 새끼 제비도
하늘 보며 웁니다.

마룻가에 걸터 앉아
저 마당을 바라보니
평화로운 광경들이
온 마당을 꽉 채웠네.
내 마음 저 마당같이
화사키만 하구나.

〈고등학교 1학년인 1971년도 성동학보에 실린 글입니다〉

하늘 천정과 바람벽 2

김대우

건국대학교 철학과 1학년 재학 중에 1975년 여름 불의의 사고로 작고했다.
문예반 출신이다.

행여

핏빛을 대하면

입안에 든 울음을

배앝을 수 있을런지 몰라

온몸이 피투성이가 되면

마음이 가벼울 수 있을런지

또 몰라

치욕스런 기억에 허덕이며

허덕이며

길인지 숲인지 헤매왔었네

밤을 달려온 것처럼

생활은 멀고

허허虛虛한 들녘에 주인이 되면

착하디착한 하늘이
가난한 바람의 행렬이
왜 또 그토록 나를 아프게 하던지

내 붉은 입술이 터뜨리는
시원시원한 울음에
바람을 닮고
핏빛 신음이 베인
하늘천정天#이랑은 친구

퇴락頹落한 전설이 뒹구는
생활의 길목이었던가
어귀 마다엔 철조망을 둘리어
허허한 들녘
하늘이랑 바람을 거느리면
아아
버얼써 가난해 버린 육신이여
뚝뚝 떨어져 내린
꽃잎이 쌓여
소리 없는 눈물을 뿌리고 있을 것도 같은
일상日常의 골짜기 어두움 위에로
한 조각 위안이라도 전할 수 있거든
생활 전부에 불을 당기어 보라

서로들 뜨거운 가슴을 지녀

투박한 얼굴끼리 만나면

야윈 목숨 너머에서도

관객처럼 태연하고 말아

…죽음이야 멋대로

남은 생명을 가늠하라지…

고통스런 치부를 꺼내어 놓고도

하늘이랑 바람

그리고 내 가난한 육신을

미워할 순 없어

조금은 떳떳할 수 있겠네

죽어도 떳떳할 수 있겠네

〈성동학보 제31호(1972년 10월 5일)에 실린 글입니다〉

달이 이지러지다

김진환

시인. 〈문학과 창작〉으로 등단. 한국문인협회, 국제펜 한국 회원. 문학아카데미 회원, 편집디자인실 외곽과 왓스언커뮤니케이션 대표를 끝으로 은퇴 후 현재 경기도 양평에서 작품활동을 하고 있다. 시집으로는 〈어리연꽃 피어나다〉가 있다.

보름이 지나니 달이 금방 이지러졌다.

내 마음을 빼닮았다.

이지러진 것이 어디 마음뿐이랴.

생활이 이지러지고

너와의 만남이 어그러지고

거무튀튀한 잡티도 생겨났다.

이지러지는 것은 품어 안은 것을 내려놓는 일

제 몸의 빛으로 누군가의 얼굴을 씻겨주고

한 뭉텅이의 흔적를 덜어내는 몸짓이리라.

이지러지고 어그러지고

또 비워내다 보면

다시 차오를 때도 있을 것이다.

보름이 지나니 달이 자꾸 이지러졌다.

마음 풍경

숲은 강에서 나오지 않고
혼자서 물장구를 치고 있었다.
고만고만한 나뭇가지들과 한데 어울린
내린천 스물네 폭 남짓
그 수면 위에 눌러앉은 산등성이며 구름이며
물머리가 이고 지던 햇살이 하염없이 헝클어지고
숲은 제 허벅지를 타고 올라 허물을 벗다가
속살을 드러내며 파르르 떨고 있었다.
갑자기 숲새 한 마리 퍼드득댔다
날아오르지도 않고
바람을 문 채 물그림자로 멀어져 갔다.
반짝대는 윤슬을 뚫고
건너편 수풀 속으로 숨어 버렸다.
목숨처럼 종종대는 한 움큼의 날갯짓.
무심한 듯 잊은 듯
자꾸 어룽지는 숲을 얇게 벗겨내고 있었다.

안개 는개

그 깊고도 높직한 숲은 마음을 갈아입지 않는다 얼굴을 매만
지지도 가슴을 풀어 헤치지도 않는다 마음 세상이 가장자리
부터 환해지는지 구름이 정말 구천에서부터 밀려드는 건지
시도 때도 없이 온몸을 해작질해대는 게 무엇인지 캐묻지도
않는다 마음이 꽂히는 자리에 제 몫만큼 들쳐메고 온 형편을
풀어놓은 채 세상 몸살이를 거부하듯 숲 자락 비탈진 곳으로
숨어드는 저 은밀한 몸짓들 수풀이며 바위 터럭 언저리에 퍼
질러 앉아 하늘을 덥석 낚아채다가 삼십 리쯤 깊어진 속기침
을 신음하듯 씹어 솎아낸다 아하 그러면 그렇지 무릎을 내리
치려다 죽비를 슬쩍 밀쳐놓고 세월만큼 침묵한다 점점 오그
라드는 귓전을 파고 드는 숲새 활갯짓은 못 듣고 안 본 척한
다 모질게도 질긴 목숨줄을 단단히 틀어쥐고 있는 망집妄執들
을 모두 비워내면 본래대로 되돌아가고 다시 돌아가도 본래
가 되는 몸부림처럼

빛바래고 메말라가는 형해形骸를 들쳐 맨 채 오체투지五體投地
하는 천왕봉 구상나무들처럼

빗속의 세 사람

김혜현
한국외국어대학교 법학과 졸업. 한국수출입은행 뉴욕지점, 동경지점 근무 및 본점 법무실장 등을 역임. 중소기업체 법정관리인으로 기업회생에 기여하기도 함. 최근 팝송과 성악 등을 취미 활동하면서 건강을 관리하고 있다.

장마 비가 거세게 내리는
도심의 아스팔트 위에
아이 둘, 어른 한 명이 간다.

작은 놈은 업고
큰놈은 손을 잡고

한 손에 우산
한 손에 큰놈이 있다.
큰놈을 붙잡은 손에는
빨간 기저귀 가방이
함께 들려 있다.

너희들이 힘들면
억수같이
어미의 마음은 항시 고달프고
아비의 마음은 항시 미안하다.

미안한 마음과 고달픈 마음이 어울려
작은 기도가 된다.

조금만 참아라 조금만…

고달픔을
서로 이해하고, 같이 비를 맞는다면,

세상으로 나아가는 아이들의 두려움도
세상으로 보내는 어른들의 미안함도
조금은 치유되어 웃을 수 있지 않을까.

하고 먼발치에서 생각하다.

삶

나는 펜을 놓고 살고
아내는 붓을 놓고 산다.

네 살도 안된 아이 둘
귀찮은 존재인지도 모른다.

펜을 놓고 사는 나는
술에 취해 사는 맛도 있지만
붓을 놓고 사는 아내는
무슨 재미로 사나 하고 생각해보면
측은하다.

껄껄한 아내의 손바닥으로
내 등을 긁으면서
말초적인 쾌락을 느끼는데

아내는 웃는다.
시원해하는 나를 보며

나도 덩달아 웃는다
아내의 핼쑥한 얼굴에서
웃음이 계속되도록…

봉놋방

이관택
현재 동부그룹이 된 한국자동차보험 본사에 근무했었고 핀란드 헬싱키에 소
재한 주식회사 핀파워와 무역 오파를 진행했다. 크리스챤 동기 모임에 참여
하고 있다.

먼 동 받아
연지 찍은 이슬 여인
하릴없이 길 서두른다

짚새기 옹쳐 매고
옷고름 고쳐 매고

진창 수렁에 젖은 버선
마른 풀 골라 밟고

어둠에 길들여져
햇빛 냄새 더듬으며
그렇게 간다

찾아가도
찾아와도
쥔장 없는 객주에는
머리 허연 밤나무
꽃향기 흘려 문패 달고

사립문 옆
고욤 알갱이들
내가 주인 너는 손님
싸우느라 쉬 늙는다

둔하다 핑계 대며
안 지니고 살았는데
구르고 또 구르며
겹쳐진 삶의 껍질
누굴 줄까

괜찮다
저 산 아래 집에서
하루 묵으며
훌훌 털어 버리고 가자

아직도 아침인데…

바람이 보고 싶어요

이봉주
자영업에 오랜 기간 종사해왔다, 현재는 서울 강동구에 거주하며 Atomy 에
이전트 일을 하고 있다.

산들 바람이
산과 들에 부드럽게
나무를 흔들면서 날려
하지만 어디로 가는지 궁금합니다

가끔 사라져
장난스런 방식으로
내가 기대할 때
당신은 다시 놀러 옵니다

부드럽게 부풀어
내 꿈을 가져 오십시오

계절에 상관없이
나는 당신의 바람을 보고 싶어요

당신의 여름 호흡은 미묘합니다
잔잔한 바다가
때로는 선원들에게 위험을 안겨
그러나 바람을 두려워하지 마십시오

당신의 달콤한 노래는
내 마음을 평온으로 채웁니다
계절에 상관없이
나는 당신의 바람을 보고 싶어요

봄에는 부드럽게 피어나
다시 삶을 가져 오십시오
계절에 상관없이
나는 당신의 바람을 보고 싶어요

당신이 부를 때
내 마음은 설레임을 감출 수 없습니다
당신의 달콤한 자장가로
나는 당신의 바람을 볼 수 있어요

당신의 소리는 아름답습니다
당신이 울리는 화음에
모든 숲이 축복 받고
나무들이 기뻐 노래합니다

잎이 부스러기 시작하면
너의 불평을 듣고 싶어
지평선 너머 당신의 여행에
만족할 수 있습니까

오 바람, 오 바람
나는 당신을 많이 사랑합니다
당신은 내 귀에 음악
많은 즐거움을 안겨주었습니다

미련

탁대식
1981년 미국으로 이주. 항공기 부품 제조업을 하고 있으며, 취미는 짝짓기
(아들 2, 딸 2)이다. 와인을 즐겨 마시며 건강은 양호하다.

꽃이 지면 열매를 맺는다는데
장미꽃 열매는 본 적이 없고
감나무꽃은 기억에 없네요

살면서 후회하는 거
돌아갈 수 없는 추억의 시간들
미련한 인생 어찌할꼬

눈 위에 새겨놓은 미련
눈이 녹으면 사라질까
소박한 소망이 위로가 되네요

점수 인생

홍완진
제주도 내 고등학교 근무 38년을 했다. 퇴임 후 현재는 성당에서 봉사활동을
하며 지내고 있다. 제주시 애월읍에 거주한다.

내 이름 석 자쯤은
어느 구석에 있었던가
아이들 점수 놀이로
길들여진 행마行馬는
요행수 묻어버리고
떠나려는 단막극.

불림밭 둥지 틀고
십수 년을 산 것처럼
가는 사람, 오는 사람
점수 서열 따져봐도
한통속 그물에 갇혀
허덕이는 삶의 시계.

-제주시조 3집(1994)에서

여로旅路

억새꽃 물결속으로
재촉한 발걸음
늦가을 모퉁이에 서서
묵은 생각 털어내도
찌들은 삶의 구석이
바람되어 돌아눕네

허공의 절반쯤은
나무사이 걸어 놓고
살 에이는 가을 바람
시나브로 한을 풀어
왔던 길
들까마귀 하나
그림자를
줍고 있다.

-제주시조 2집(1993)에서

나이 든 지금이 더 좋다

권오정

고려대학교 경제과를 졸업하고 외환은행에서 36년을 근무했다. 얼마 전까지 삼덕회계법인에 근무하다 퇴직했으며, 강남구 일원동에 거주한다. 재학 중 모임인 흥사단 동기들과의 만남을 자주 이어가고 있다.

"만약에 누군가가 내게 다시 세월을 돌려 준다 하더라도
웃으면서 조용히 싫다고 말을 할 테야.
또다시 알 수 없는 안갯 빛 같은 젊음이라면
생각만해도 힘이 드니까 나이 든 지금이 더 좋아
그것이 인생이란 비밀 그것이 인생이 준 고마운 선물"

가수 양희은의 '인생의 선물'에 나오는 노랫말이다.

우리는 지금 젊음의 푸른 꿈을 키우던 성동을 떠난 지 어언 50년을 맞고 있다. 십 년이면 강산도 변한다는 말이 무심하게 십 년이 다섯 번이나 변하며 '인생칠십 고래희(人生七十 古來稀)'라는 칠십 경지에 도달했으니 이 또한 장하고 장한 일이라 생각된다.

철판이라도 뚫을 것 같던 패기와 하늘보다 높았던 꿈은 질풍노도의 청장년의 시기를 지나며 사라지고, '이제는 돌아와 거울 앞에 선 누

이'처럼 나도 지난날을 되돌아보고 인생을 조용히 관조하며, 가수 양희은이 노래한 '나이 든 지금이 더 좋은' 이유를 나누어 보고자 한다.

첫번째는 술에서 해방되는 자유를 누리게 되었기 때문이다

나는 대학 졸업 후 외환은행에 입행하여 결혼을 하고 자녀들을 교육시키며 한 직장에서 36년의 세월을 보냈다. 대부분의 사람들같이 거기서 진급과 승진의 기쁨을 누렸으며, 명예퇴직의 아픔도 없이 정년퇴직을 하게 되었으니 이보다 더한 복이 어디 있으랴. 그럼에도 불구하고 퇴직하는 그 날이 그렇게 즐겁고 마음이 가벼울 수가 없었다. 그 이유는 술과 업무의 스트레스에서 공식적으로 해방되었기 때문이었다. 조직생활을 잘하려면 술도 잘 마시고 사교적이어야 한다. 그런데 나는 천성적으로 사교적인 사람이 아니다. 술은 입에서는 원하나 몸에서 거부하여 많은 애로사항이 있었다. 술을 좋아했지만 건강 상태가 좋지 않아 회식자리는 항상 스트레스였다. 그렇다고 몸이 아프니 봐달라고 할 수 있는 상황도 아니고 또 그럴 배짱도 없었다. 그래서 마음속으로는 애태우면서도 남이 하는 대로 다 따라 하다보니 심적 고통이 많았다

내가 스트레스를 받을 정도로 술을 조심해야 했던 이유는 고3 때부터 신장질환의 일종인 자반병으로 몸이 아팠기 때문이었다. 고3 때 대학병원에 입원하며 한 달 동안이나 결석을 한 적도 있다. 다행히 대학에 들어갔지만 그 병으로 인해 1년 동안 휴학을 하기도 했다. 그럼에도 국방부는 나를 현역으로 불러주었다. 덕분에 육군 병장으로 제대를 했지만 군 생활 중에도 그 증상이 가끔 나타나 나를 괴롭게 하기도 했다. 직장생활을 하는 동안 그럭저럭 잘 버텨 왔는데 정년이 얼마 남

지 않은 2010년에는 심근경색으로 시술을 하여 스텐트를 3개 심었고, 2017년에 또 증상이 발생하여 2개를 더 심었다. 2016년에는 뇌졸중으로 삼성병원 중환자실 신세를 지기도 했다. 직쟁생활하는 동안 담배를 끊고, 술을 절제하고, 음주가무를 멀리한 결과 화려하지는 않았을지라도 무사히 정년퇴직을 맞으니 감개가 무량하였다. 술과 업무의 스트레스에서 해방된 지금이 '나이 든 지금'이 좋은 가장 큰 이유다.

둘째는 가사를 도울 수 있는 지금이 좋다.

우리 세대는 유교문화와 가부장제의 영향으로 남자는 밖에서 일하며 가정경제를 책임지고, 여자는 육아와 가정살림을 맡는 것이 당연시됐다. 그리고 남자들은 가사를 거의 돌보지 않았다. 어쩌다 도와주고 나서는 생색을 많이 내곤 했었다. 나는 딸이 결혼하여 아이 키우는 것을 보며 그것이 얼마나 힘든 일인지를 알게 되었다. 그리고 아내의 수고를 당연시 한 것에 미안한 마음이 들어 속으로 감사를 표했다. 이제 철이 든 것 같았다. 지금은 내가 도울수 있는 일은 적극 도우며 분리수거와 음식물 쓰레기 버리는 것은 내 일이라 생각하며 실천하고 있다. 젊은 시절에 몰랐던 사실을 알고 마음의 여유가 생긴 지금이 좋은 이유다.

셋째는 숨어있는 삶의 고수들을 만날 수 있어 좋다.

나는 삶에 선한 영향을 주는 책이 좋은 책이고, 좋은 영화이며, 좋은 노래라고 생각한다. 그런 의미에서 톰 행크스가 주연한 영화 '포레스트 검프'와 같은 영화를 좋은 영화로 꼽는다. 그 영화를 본 후 나는 지하철역이나 버스 정류장에서 차가 올 때까지 가만히 서 있지 않고, 3분이든 5분이든 계속 걷는 습관이 생겼다. 지금은 내가 따라가기엔 벅찬 신문이나 방송에 나오는 큰 인물들이 아니고, 동네나 주변에서 만나는 작은 고수들의 아름다운 행동이나 선한 모습이 더욱 감동적으로 다가온다. 그런 사람을 자주 보게 된 나이 든 지금이 더 좋다. 예를 들어 보겠다.

어느 아침에 음식물 쓰레기를 버리고 오는 중에 경비원 아저씨를 만났다. 그는 경비원 모자를 쓰고 한 손에는 쓰레받기를 들고 다른 손엔 커다란 빗자루를 든 채 오고 있었다. 그런데 그 얼굴엔 무엇이 그리 좋은지 환하게 빛나는 모습이 마치 석굴암의 석가모니와 같은 모습이었다. 또 변화산에서 얼굴이 해같이 빛나며 옷이 빛과 같이 희어진 예수님의 아우라를 보는 것 같았다. 나는 현관에서 거울을 보며 그분의 얼굴과 비교해 보았다. 지금도 그분의 환하게 웃는 모습이 내 마음 속에서 빛나고 있다.

어떤 모임에서 한 사장님의 고백이 나를 정신이 버쩍 들게 만들었다. 그 분은 교회에 다니는데 어느 날 어떤 권사님이 "집사님은 교회 다니시는 것 같지 않아요"라고 말했단다. 모태 신앙인 그가 깜짝 놀라 왜 그러느냐고 묻자 그 권사님은 "집사님의 얼굴에서 미소를 본적이 없어요" 라고 대답했다고 한다. 그 말에 충격을 받고 환하게 미소 짓는 얼굴을 만들고자 했지만 잘 되지 않는다고 했다. 이런 작은 말이 감동을 주는 것은 나이가 들어서도 더 높은 곳을 향하여 나아갈 수 있는 힘을 주기 때문인 것 같다.

넷째는 온전한 나만의 자유시간을 즐기는 지금이 좋다.

우리가 젊어서는 늦게까지 일하고 고객들과 만나 섭외하며 불철주야 영일(寧日)이 없었다. 그리고 아침에는 10분이라도 더 자고 싶은 잠과의 투쟁의 연속인 시절이 있었다. 그런데 퇴직 후에는 시간도 많은데 잠까지 없어지니 하루를 보내는 것이 큰 과제가 되기도 했다. 나는 새벽기도에 다니는 것이 큰 즐거움의 하나였는데 뇌졸중으로 그리고 그 후에는 코로나로 다닐 수 없게 되자, 인생 1락(一樂)을 잃은 것처럼 허전하였다. 할 수 없이 집에서 설교방송을 들으며 방에서 기도하기 시작하였다. 그것이 하나의 습관이 되어 이제는 새벽 5시 전후에 일어나 8시까지 말씀을 암송하고 찬송을 하며 기도하고 묵상하고 있다. 그러고 나서 건강을 위한 스트레칭 시간을 갖는 것으로 정형화되었다. 누구한테도 방해를 받지 않는 나만의 온전한 자유시간을 즐기는 이 시간이. 젊어서는 누릴 수 없는 호사(好事)라 여기며 감사히 생각한다. 비교하기는 어렵겠지만 스님들이 화두를 가지고 면벽수행을 하는 것이 이런 기쁨이 아닐까 생각해 보기도 한다.

다섯째는 진짜 나(眞我)를 알게 된 사실이다.

'너 자신을 알라'는 말은 우리가 익히 알고 있는 말이지만, 나이가 든 지금까지도 자신을 모르는 경우가 많은 것 같다. 내 경우가 그렇다. 나는 겸손하고 성실하며 책임감이 강한 사람으로 지금까지 살아왔다고 생각했다. 그러나 이런 장점이 커버할 수 없는 치명적인 단점이 내면에 잠재하고 있다는 사실을 알게 되었다. 그것은 바로 불평이 많고 화를 잘 낸다는 것이다. 불평은 기대한 것이 충족되지 않았을 때의 불만을 입으로 발설하는 것이며, 불평을 잘 다루지 못하면 비난과 분노로 치달아 온화한 천사의 모습도 험상궂은 악마의 모습으로 변하게 한다. 이것을 고치기 위해 나는 마음 밭에 감사의 씨를 심었다. 불평을 말하고 비난하고 싶을 때마다 "감사합니다"를 암송하기로 했다. 또 하루에 일천 번씩 입으로 암송하며 감사가 나의 몸에 인이 박혀 습관적으로 말할 수 있도록 자신을 변화시키려 한다

또 하나는 마음속에 '빈곤(貧困)의 영이 자리잡고 있어 경제적 자유함을 누리지 못했다는 사실이다. 있는 그것에 만족하며 안빈낙도(安貧樂道)의 삶을 추구하려 했으나 현실은 그렇게 마음대로 되지 않았다. 이제는 선한 사마리아인과 같이 경제적으로 이웃을 돕는 선한 일을 하며 마음의 기쁨을 누릴 수 있는 삶을 살고 싶다. 예전에는 그것이 나에게 불가능하다 생각하였으나 요즈음은 가능할 수도 있다는 생각이 들어 그 방법을 찾고 있다. 이와 같이 긍정의 마음을 갖고 새로운 전성기를 꿈 꿀 수 있도록 인도해 준 나이 든 지금이 나는 좋다. 이것은 젊은 시절에 알 수도 없고 찾을 수 없었던 나에게 큰 축복이라 생각하며 감사와 평생의 업(業)에 눈을 뜨게 해 준 나이 든 지금이 좋다.

우리 시대의 3대 철학자라 일컬음을 받던 세 분 중 김태길, 안병욱 교수님은 돌아가시고, 1920년 생으로 100세가 넘으신 김형석 교수님은 홀로 남아 지금도 왕성히 활동하고 계신다. 김 교수님은 인생의 황금기는 60세부터 75세까지이며 잘 관리하면 90세까지 연장될 수 있다고 설파하신다. 교수님의 말씀에 위로와 격려를 받으면서도 우리는 벌써 황금기의 중간에 와 있음이 안타깝게 여겨지기도 한다. 하지만 이순신 장군의 "신에게는 아직도 12척의 배가 남아 있습니다"라는 말씀처럼 우리에겐 인생의 황금기가 반이나 남아 있음을 마음에 새긴다. 우리 성동 동기들이 멋지고 아름다운 인생, 풍성한 결실을 거두는 인생의 황금기가 되길 기도한다.

어린 소녀의 기도를 되찾게 해준
할머니의 틀니

박금출

경희대 치대 졸업. 입안에 행복치과 원장. 덕분애(치아모) 이웃돕기 회장. 통합전문 임상의. 교합학회 인정의. 시와 시학 운영위원, 시산맥 운영고문. TV '엄지의 제왕', '황금알', 'MBC 기분 좋은 날', 'TV조선 만물상', '내몸 사용설명서' 등 출연. 다수의 신문과 잡지에 기고. 혁신한국인대상, 모범기업인대상 보건의료부문, 대한민국지역사회공헌대상 국회법제사법위원장상, 나눔대상 보건복지부장관상과 적십자총재상, 모범기업인대상 보건복지위원장상. 베스트인물대상 등을 수상했다. 대한민국 나눔클럽 공동대표를 역임했으며, 저서로는 수필집 '입안에 행복을 심는 사람들', '치아를 보면 건강과 체질이 보인다', '덕분에 (감사합니다. 사랑해요)', '습관의 황금 키, 습관의 시크릿'(II상·하), '습관 고치는 것은 쉬운 일이다' 등이 있다.

치과병원 개원 첫해에 어쩔 수 없는 사정으로 바로 옆 건물로 이전을 하게 되었다. 이전한 지 몇 달이 지나지 않았을 때였다. 검은 얼굴에 깡마른 할머니 한 분이 치료를 받으러 오셨다. 구강검사를 해보니 뽑을 치아도 있고 치료받아야 할 치아가 너무 많았다.

"그 동안 식사를 어떻게 하셨어요? 치아가 너무 많이 안 좋으시네요."

"원장 선생님, 이를 해 넣으려면 얼마나 들까요? 상담 좀 해 주세요."

X-ray 등 간단한 검사와 소독 후 상담실로 들어오시게 했다. 위아래 틀니를 해 넣고 치료하는 데 백만 원 정도 들겠다고 말씀드렸다. 그러자 할머니는 한참을 망설이는 표정으로 어렵게 말문을 여신다.

"가진 돈이 조금밖에 없는데요, 가장 싼 것으로라도 어떻게 안 될까요? 밥을 못 먹어서 기운이 없네요. 부탁드립니다."

하시면서 길음동에 살고 있는데, 여기서 치료받은 동네 슈퍼 아주머니가 치료도 잘하고 마음씨 좋게(?) 생긴 원장 선생님께 잘 부탁해 보라고 해서 찾아왔다고 하신다.

"할머니는 가족이 없으세요?"

할머니는 아들이 넉넉지 못해서 이 해달라고 할 형편이 아니고, 딸네 집에서 아침에 우유 배달, 신문 배달하며 같이 산다고 하셨다. 남편이 이미 오래 전에 세상을 떠났고, 국가유공자 연금으로 한 달에 오만 원씩 받는데, 삼만 원은 먹고 사는데 쓰고, 손자들 학용품과 용돈으로 만 원 쓰고, 한 달에 만 원씩 삼 년을 모은 돈 삼십이만 원이 있다고 하시며, 삼십육만 원이 안 된 건 손녀들 병이 났을 때 약값에 썼다고 하셨다.

"원장님, 많이 부족하지만 제가 가진 전부에요. 죄송하지만 원장님 제 이 좀 해주실 수 있어요? 염치 불구하고 부탁합니다."

사실 그 당시에는 내 사정도 그리 좋은 편이 아니었다. 개원할 때는 집안 형편이 어려워서 비용이 많이 드는 큰 진료기구들은 할부로 샀었다. 그나마 종로 6가 부동산 중개소에서 소개한 증축 건물에 개원을 했는데 주변 사람들의 민원 때문에 건축 허가가 안 나와서 두 달 후엔 구청에서 철거반이 나와 지붕을 걷어버렸다. 그 당시엔 정말 하늘이 노랬었다. 그 날은 파란 하늘을 배경 삼아 날아가는 새라도 잡아 치료해주고 싶은 심정이었다. 임시 천막으로 장마철 비 새는 하늘을 가리고 있었고 장마 비에 물이 샜다고 밤중에 연락이 와서 달려 나가 새벽부터 진료기구와 젖은 소파를 닦고 말리는 소동도 몇 차례 있었다. 여러 상황상 안정이 안돼서 진료를 제대로 할 수 없는 형편이었다. 결국 개원 오 개월 만에 바로 옆 건물로 이전을 하게 되었다. 동두천에 계시는 부모님이 걱정 하실까봐 새로 하는 인테리어와 이전 비용을 알리지도 못했고, 결국 큰아버지 소개로 사채까지 얻게 되었다. 개원 초기 병원 수입으로는 새로운 재료 구입비, 할부금과 사채 이자까지 준비하느라 부모님 생활비도 보내드리지 못하고 있을 때였다. 내 코가 석자였을 때라, 나는 잠시 동안 고민에 빠져들었다.

그때 치과 의사가 되기로 결심하던 중학교 시절 어느 날 밤이 생각났다. 그 당시 아버지가 몸이 불편하시자 그 후로는 어머니가 생활전선에 뛰어들게 되셨고, 각종 계를 많이 하셨다. 그 당시엔 대다수 사람들이 어려운 시기였다. 파산을 하고 밤에 몰래 이사를 가버리는 계원이 자주 생겼고, 그때마다 계원들이 집으로 몰려와 한바탕 난리가 났다. 그 날도 낮에 심하게 소란이 있었던 밤이었다. 그 당시 가난했던 우리 집은 부모와 4형제가 한방에서 같이 잤었다. 깊은 밤 이야기 소리에 잠이 깨게 되었다. 부모님은 앞으로 아이들 공부도 못 시킬까봐 걱정에 걱정을 거듭해서 잠을 이룰 수 없으셨던 것이다. 두 분은 오늘의 힘든 상황을 서로 위로하고 계셨다. 어머니는 금출이가 커서 치과 의사가 되어 아버지의 한을 풀어 주었으면 좋겠다고 하셨다. 그러다 내일부터 독하게 마음먹고 빚잔치를 해서라도 우리 애들을 공부 시켜야겠다고 말씀하고 계셨다. 깨어 있는 것을 눈치 채실까봐 옆으로 누운 상태에서 움직일 수가 없었다. 흐르는 눈물은 이내 베개를 소리 없이 적셔 나갔다. 나는 커서 부모가 나를 키우기 위해 세상에 진 빚을 갚아드리겠다고 결심하며 두 손을 꼭 쥐고 있었다. 나는 간절한 기도를 했다.

"하느님 제가 치과 의사가 되어 부모님이 자식 키우느라 세상에 진 빚을 갚게 해주세요. 부탁입니다. 어려운 이웃을 돕는 훌륭한 치과의사가 될게요. 정말이에요. 제가 갚아드릴 께요. 도와주세요, 하느님!"

어린 마음에 부모님이 먼 훗날에 나를 키우느라 세상에 진 빚 때문에 좋은 곳에 못 가시게 될까 봐 걱정이 되었다. 그래서 그런 기도를 올렸던 것이 어느새 베개는 젖어서 누워 있기 힘든 상태로 푹 젖어 버렸으나, 그래도 난 움직일 수가 없었다.

할머니의 부탁을 듣는 순간 그때 생각이 주마등처럼 떠올랐다.

"그래요 할머니 해드릴게요. 걱정하지 마세요."

"원장 선생님, 너무너무 고마워요. 덕분에 밥이라도 좀 먹겠네요. 정말 고맙습니다."

할머니의 기구한 인생에서도 살아생전에 이런 좋은 일이 생기리라고는 생각치도 못했다며, 계속 고맙다고 꾸벅꾸벅 인사를 하는 환해진 눈가엔 어느새 이슬이 맺히고 계신다. 하지만 나는 진심으로 고마워 어쩔 줄 몰라 하는 그 검게 주름진 얼굴 속에 띄워진 환한 미소에서 치과의사가 된 기쁨과 보람을 얻었고, 무엇보다도 '어린 시절의 기도'를 되찾게 해준 깨우침이 고마웠다. 어린 시절 내게 정겨운 옛날 이야기를 가장 많이 들려주었고 나를 유독 귀여워해 주시던 돌아가신 외할머니의 정 깊은 사랑도 떠올랐다. 외할머니도 할아버지가 일찍 돌아가시자 그 후로 오랜 세월을 팔남매를 키우느라 고생고생으로 살아 오셨다고 했다. 방학 때 외사촌 형과 우리 집에 머물다 가시는 날에는 헤어지기 아쉬워하며, 어머니께 받은 용돈을 쪼개어 내손에 꼭 쥐어 주고는 눈물을 안보이려 얼른 돌아서서 가시곤 했었다.

치료를 시작한 지 서너 달이 지나 틀니를 끼는 날이었다. 치료비를 가져오셨는데 꼬깃꼬깃 오래된 신문지에 쌓인 누렇게 쉰 돈을 원장실 탁자 위에 올려놓으며 고맙고 미안해서 어쩔 줄 몰라 하면서 감사해 하셨다. 그 누렇게 낡은 돈을 보는 순간 남편을 잃고 어렵게 살아온 그분의 고생하며 살아온 주름진 생애가 검게 타고 마른 손마디에 그대로 남아 있는 것 같았다. 저 돈이 어렵게 모은 저분의 전 재산인데…. 그 순간 마음이 너무 아프도록 찡해왔다. 도저히 다 받을 수가 없었다. 잠시 후 나는 반쯤 집어 손에다 꼭 쥐어드리며 말씀드렸다.

"할머니, 제가 반만 받을게요. 이제는 맛있는 것도 사 드시고 건강하게 오래오래 사세요."

"아니에요, 원장 선생님! 이거라도 다 받으세요. 무슨 말씀이세요. 안돼요."

서로 밀고 당기는 실랑이가 계속됐다. 결국 돌려받은 돈을 들고 계시던 할머니가 내 손을 잡고 기어이 복받치는 울음을 터뜨리셨다. 서로 손을 마주잡고 한참을 그렇게 울었다.

-수필집 〈입 안에 행복을 심는 사람들 II〉 중에서

친구 따라 글쓰기

양병무

인간개발연구원 원장, 재능교육 대표이사, 인천재능대학교 교수를 지냈다.
현재 감사나눔연구원 원장으로 '감사나눔 운동'과 더불어 책과글쓰기대학
학장을 맡아 '글쓰기 전도사', '책쓰기 전도사'로 활약하며 집필 활동을 계속
하고 있다.

"인생은 B와 D 사이의 C다."

실존주의 철학자 사르트르가 한 말이다. 인생이란 탄생(Birth)하여
죽음(Death)을 맞을 때까지 끊임없는 선택(Choice)의 과정이란 뜻이
다. 우리는 하루에도 크고 작은 많은 선택을 하며 살아간다. 삶이란
선택의 연속이다.

20여 년 전, 노동경제연구원 부원장 시절 나의 상사가 외부에서 왔
다. 그 상사는 노동문제에 대한 조예가 깊지 않은 편이었다. 외부로
나가는 글을 쓸 때 전문가의 도움이 필요했다. "박사니까 글을 잘 쓸
테니 앞으로 외부로 나가는 글은 좀 도와주세요?" 상사는 진지하게
부탁을 했다. 연구원의 실질적인 책임자인 나로서는 글을 쓰지 못한
다고 발뺌할 수 없는 상황이었다. 사실 나는 그때까지 전공에 관한 글
은 써 왔으나 일반인을 상대로 한 글은 쓰지 않았었다.

상사의 글쓰기를 어떻게 잘 도와줄 수 있을까?

여러 각도로 궁리해 보았다. 글쓰기 학원에 다니는 생각을 하고 알아보았으나 직장 다니면서 시간을 맞추는 게 쉬운 일이 아니었다. 물론 글쓰기 학원이나 대학교 평생교육원의 글쓰기 과정을 수강하면 글쓰기에 많은 도움이 되었으리라. 하지만 당시 처한 환경을 생각하며 여러 가지로 고민하다가 떠오른 생각은 '신문 칼럼'을 벤치마킹하는 전략이었다.

인기 있는 신문의 칼럼 하나를 선택하여 매일 두 번씩 읽고 그 스타일을 모방하여 글을 쓰기로 마음먹었다. 처음에는 전체적인 내용을 읽었고, 두 번째는 제목, 첫 문장, 인용문의 형태, 접속사, 끝 문장 등에 밑줄을 쳐가며 읽어보니 글의 구조가 어느 정도 이해가 되었다.

추가 체크 사항으로 인상적인 표현도 눈여겨보았다. 문장 구조, 좋은 문장, 수사법 등을 분석했다. 문장의 길이도 살펴보았다. 이렇게 신문 칼럼 하나를 골라 매일 두 번씩 읽다 보니 2개월이 지나자 글쓰기의 틀이 보이기 시작했다. 6개월 정도 되니 글을 써보고 싶은 욕구가 올라왔다.

당시의 유명한 칼럼니스트인 조선일보의 김대중 논설위원과 유근일 논설위원, 동아일보의 김중배 논설위원의 글은 많은 감동을 주었다. 그들이 쓰는 글의 스타일을 벤치마킹하면서 "나도 노력하면 어느 정도 글을 쓸 수 있을 것 같다"라는 작은 용기가 생겼다. 전문성을 가지고 글을 쓰면 언젠가 좋은 글을 쓸 수 있으리라는 꿈도 꿀 수 있었다.

반면 소설가의 글을 보면서는 한계를 느꼈다. 그때 동아일보에 소설가 최일남 선생이 칼럼을 쓰고 있었는데, 문장이 어찌나 부드럽던지 글을 읽다 보면 어느새 결론에 도달해 있었다. 풍부한 어휘력으로 물 흐르듯이 글을 쓰는 것을 보니 역시 괜히 소설가가 아니구나 하는 경외감이 들었다. 나는 "소설가처럼 글을 쓰는 것은 어려울 것 같다"는 결론을 내리고 "소설가와는 경쟁하지 않겠다"고 마음속으로 다짐했다.

이렇게 결심하니 글 쓰는 스트레스가 상당히 줄어들었다. 소설가의 흉내를 내며 '문학적인 글'을 쓰겠다고 목표를 정했으면 아마도 수많은 좌절을 맛보았을 것이다. 나는 글을 쓰는 데 나의 강점을 살리기로 마음먹었다. 전문성을 가지고 칼럼 스타일의 글을 쓰겠다고 결심한 것이다. 내 이야기를 듣고 어떤 분이 말했다.

"매일 신문 칼럼을 읽었지만 한 번도 분석해 본 적이 없었습니다. 하지만 칼럼을 분석하면서 읽다 보니 정말 글 읽는 재미를 알게 되었고, 나도 노력하면 글을 쓸 수 있을 것 같은 '막연한 자신감'이 생겨났습니다. 칼럼을 한 번 읽는 사람과 두 번 읽으며 분석하는 사람과의 차이가 작가가 되고 안 되고의 차이였음을 알게 되었어요."

신문은 우리가 매일 접하기 때문에 항상 가까이에 있다. 접근하기가 쉬워 편리하고 실천력을 높일 수 있다. 나 역시 일반인을 상대로 글을 써서 책을 내고 싶다는 마음이 생겼다. 처음에는 글쓰기가 쉽지 않았다. 매주 글을 써서 1년 정도 모아서 일반인을 위한 첫 책 『명예퇴직 뛰어넘기』를 펴냈다. 첫 책이 나오고 나서 계속해서 글을 쓰고 책을 출간하게 되었다. 『감자탕 교회 이야기』, 『주식회사 장성군』, 『행복한 논어 읽기』 등은 화제의 책이 되기도 했다.

나는 어쩌다가 '칼럼형 작가'가 되고 나서 만나는 사람들에게 글쓰기와 책 쓰기를 적극적으로 권유하기 시작했다.

"누구나 글을 쓰고 책을 낼 수 있어요. 다만 방법을 모를 뿐입니다. 그 방법을 제가 소개해 드릴게요."

이 말이 글쓰기와 책 쓰기에 관한 나의 지론이 되었다.

인간개발연구원 원장 시절에 글쓰기와 책 쓰기의 꿈을 체계적으로 실현하기 위해 인간개발연구원 소모임 활동의 일환으로 'CEO 에세이클럽'을 만들었다. 30여 명의 CEO와 전문가들이 한 달에 한 번 만나서 강사를 초빙하여 강의를 듣고, 각자가 써 온 글을 서로 평가하면서 글쓰기와 책 쓰기를 위한 순수한 모임으로 성장했다. 이 모임은 현재 '책과글쓰기대학'으로 명칭을 바꾸어 많은 회원이 참여하여 왕성하게 활동하고 있다. 나는 이 모임에서 '학장'을 맡아 글쓰기와 책 쓰기를 열심히 권장하고 있다. 책을 낸 회원들도 점점 늘어나고 있다.

내가 맨땅에 헤딩하는 식으로 글쓰기를 시작하여 작가가 된 과정을 설명하면 사람들은 나에게 "글쓰기 과정을 책으로 내주세요?"라고 부탁했다. 이런 내용을 담아서 『일생에 한 권 책을 써라』, 『인생이 바뀌는 행복한 책 쓰기』를 발간하여 글쓰기와 책 쓰기를 안내하는 지침서가 되었다. 덕분에 '글쓰기 전도사' '책 쓰기 전도사'라는 별명도 얻었다.

글쓰기는 일시적으로 고통이 따르지만, 그 고통을 뛰어넘어 얻는 기쁨과 행복은 이루 말할 수 없다. 이제 어떠한 상황에서도 글을 쓸 수 있다고 생각하니 작가는 '영원한 현직'이라는 말이 더욱 실감 나게 다가온다.

나이가 들면 누구에게나 반갑지 않은 불청객, 외로움이 찾아온다. 그런데 글을 쓰면 외롭지가 않다. 나이가 들수록 글쓰기는 나의 다정한 친구가 될 수 있다.

벌써 고등학교 졸업 후 50년이나 지나갔다.

50주년 기념 작품집 발간을 기획한 우리 동기회가 자랑스럽다. 50주년을 맞이했다고 모두 작품집을 발간하는 게 아니기 때문이다. 작품집 발간을 위한 원고 마감 두 달 정도 앞두고 이도준 동기회장의 부탁으로 친구들 앞에서 "친구 따라 글쓰기와 책 쓰기"를 주제로 강의를 했다. 나는 학교 다닐 때 문예반도 아니고 문학 쪽에는 근처도 가보지 못했다. 그러나 글을 쓰지 않으면 안 되는 상황이 되어서 글을 쓰다 보니 작가가 되었다.

사실 우리는 삶 속에서 알게 모르게 글쓰기 연습을 많이 하고 있다. 글쓰기에서 나는 두 가지를 강조한다. "글은 머리로 쓰는 게 아니라 자료로 쓴다." 머리로 글을 쓰려면 머리가 아프다. 자료를 가지고 쓰면 자료를 잘 연결하면 글이 되는 것이다. 메모가 중요한 이유이다.

또 하나 "기록하지 않으면 기억되지 않는다"라고 말한다. 글은 자료로 쓴다고 했는데 자료에는 '글로 쓴 자료'와 '기억 속의 자료'가 있다. 기억 속에 있는 자료는 기록하지 않으면 세월의 흐름과 함께 사라지고 만다. 호랑이는 죽어서 가죽을 남긴다고 했다. 만물의 영장인 인간은 기록하지 않으면 세상을 떠날 때 남는 게 없다.

100세 시대가 열리고 있다. 우리에게는 아직도 가야 할 길이 남아 있다. 글쓰기를 통해 인생 후반전을 즐겁게 도전하자. 글쓰기를 계속하다 보면 자연스럽게 책을 낼 수 있다.

누구나 마음속에 "말하고 싶은 것, 전하고 싶은 것, 남기고 싶은 것"이 있다. 그것을 쓰면 글이 되고 책이 된다. 글쓰기와 책 쓰기는 처음에는 힘이 들지만 쓰다 보면 좋아지고 행복해진다.

자랑스러운 우리 성동고 친구들이여, "친구 따라 글쓰기와 책 쓰기!" 과감하게 도전해 보자.

무엇이 우리를 자유롭게 하는가

오진환

법원에서 서울지방법원 북부지원 부장판사를 끝으로 퇴임한 후 변호사로 일하고 있다. 공정거래위원회 비상임위원, 국민권익위원회 자문위원 등을 역임했고, 서강대학교 감사를 마치고 지금은 이사를 겸직하고 있다.

당신은 다시 태어나도 현재 직업을 선택하시겠습니까?

당신은 다시 태어나도 지금 아내와 결혼하시겠습니까?

진지하게 때로는 우스갯소리로 종종 묻고 대답하는 대화의 소재다. 바꾸어 말하면 "현재의 직업에 만족하십니까, 또는 지금 아내와 행복하십니까?"라는 말일 것이고, 결국은 "당신은 직업 그리고 아내 선택을 잘 하였다고 생각하십니까?"라는 질문이 될 것이다.

우리의 삶은 태어나서부터 매순간 끊임없는 선택의 연속이다. 무슨 음식을 먹을 것이고, 무슨 옷을 입을 것이며, 누구와 만날까 하는 사사로운 일상생활에서부터 어느 학교를 가고 무엇을 전공하며, 어떠한 직업을 선택할 것인가, 그리고 나아가 어떠한 사람과 결혼하여 아이는 몇 명이나 낳을까 하는 무거운 주제에 이르기까지, 어느 한 순간도 선택 없이 지나가는 경우가 없다. 그런데 그 선택이 사사로운 일상생활이라면 어떠한 선택을 하건 별 문제가 없지만, 무거운 주제의 경우에는 한 번의 선택이 인생을 깡그리 바꾸어 놓기도 한다.

　　미국의 유명한 계관시인 로버트 프로스트(Robert Frost, 1874~1963)는 "가지 않은 길"이라는 시에서, 인생에 있어서 선택의 중요성을 잘 표현하고 있다.

　　노란 숲 속에 길이 두 갈래 갈라져 있었습니다
　　안타깝게도 나는 두 길을 갈 수 없는
　　한 사람의 나그네라 오랫동안 서서
　　한 길이 덤불 속으로 꺾여 내려간 데까지
　　바라다 볼 수 있는 데까지 멀리 보았습니다
　　그리고 똑같이 아름다운 다른 길을 택했습니다
　　그럴 만한 이유가 있었습니다
　　……
　　거기에는 풀이 더 우거지고 사람 걸은 자취가 적었습니다
　　……
　　훗날에 훗날에 나는 어디에선가
　　한숨을 쉬며 이 이야기를 할 것입니다
　　숲속에 두 갈래 길이 갈라져 있었다고,
　　나는 사람이 적게 간 길을 택하였다고,
　　그것으로 해서 모든 것이 달라졌더라고

　　어떻게 하는 것이 가장 현명하고 바람직한 선택일까? 우선 선택의

주체인 내가 과연 어떠한 사람인지 정확히 파악하고 있어야 한다. 객관적인 주제 앞에서 그 주제를 감당할 주관적인 능력이나 여건이 되는지 고려하지 않고 객관적인 면만 보고 선택하였을 때 그 선택이 성공할 리 없음은 당연할 것이기 때문이다.

먼저 나의 신체적인 능력부터 보자. 흔히들 '아침형 인간'과 '저녁형 인간'이 있다고 하듯이 사람마다 다르다. 태생이 강건하여 운동에 적임한 사람이 있는가 하면 반대인 사람도 있다. 한의학에서 말하는 체질론에 의하면 사람마다 음식도 일상생활도 누구에겐 유익하고 누구에겐 해롭기도 한다.

경제적인 문제나 사회문화적인 인간관계는 어떤가? 혈연이나 학연이 다 다르고, 부모로부터 받은 유형, 무형의 자산이 천차만별이다. 삶은 누구나 동일한 출발선에서, 그리고 평편한 운동장에서 시작하는 것이 아니다. 이와 같이 나의 주관적인 능력과 여건을 정확히 파악한 연후에 이제 선택의 과제 앞에서 객관적으로 가장 바람직하고 현명한 선택을 하여야 한다.

나는 평생 '최선을 다해서 살자'라는 말을 내 가슴속 인생의 모토로 삼고 살아왔다. 내가 부모님으로부터 받은 신체와 능력, 나의 인적·물적 자산 정도 등등 모든 여건 하에서 내가 할 수 있는 최선을 다하고 살면 된다고 다짐하였다. 그렇게 살고 나면 내가 걸어온 삶에 대해서 후회가 없을 것이다. 그리고 한평생 살고 나서 후회가 남지 않으면 되는 것 아닌가, 그렇게 생각하여 왔다. 후회 없는 삶을 살기 위해서 최선을 다하라고 했는데, 결국 최선을 다하는 것은 선택의 연속인 인생살이에서 그 선택을 잘하라는 의미와도 같다.

선택, 즉 의사결정을 잘하기 위해서 우리는 어떻게 하여야 하는가? 의사결정에 필요한 정보를 최대한 그리고 성실하게 수집하여야만 한다. 책이나 인터넷을 통하여 수집할 수 있는 것이면 내 스스로 하면 된다. 그리고 다른 사람의 지식이나 의견, 경험이 필요하면 내가 아는 인적 네트워크를 통하여 최대한 그에 관련된 정보를 수집한다. 정보 수집에 필요한 시간이 너무 오래 걸리면 안 된다. 내가 할 수 있는 범위 내에서 최대한 빨리 많은 정보를 수집한 후에 최종 결정은 내 스스로 할 수밖에 없다.

이때 중요한 것은 최종 의사결정을 할 때, 내가 선택한 것과 반대되는 의사결정을 하였을 경우를 가정하여 기로에 선 선택의 두 가지 방향에 대하여 장단점이나 부작용 등을 충분히 검토하여야 한다는 것이다. 그 검토 결과 장점이 많고 부작용이 적은 것을 선택하면 된다. 나중에 내가 선택한 것이 잘못된 것으로 판명이 되더라도 그 순간 나는 최선을 다하여 합리적인 방법으로 선택하였기 때문에 후회를 할 필요는 없는 것이다.

내가 말하는 것은 A와 B 두 가지를 놓고 의사결정을 하기 전에 A와 B 두 가지를 가정하여 시뮬레이션을 충분히 하라는 것이다. 즉, A를 선택하되 B를 선택하면 어떤 일이 벌어질까 하는 것을 A를 선택한 후에 하지 말고, A와 B 두 가지를 놓고 충분히 시뮬레이션을 한 후 의사결정을 하라는 것이다.

반평생을 법률가로 살아온 나의 사회생활도 대부분 이와 비슷하였다. 선례가 없는 어려운 법적 쟁점 앞에서 여러 개 가능한 견해를 발굴하여 장점과 단점, 그리고 그로 인하여 발생할 파장 등을 충분히 검토하고 시뮬레이션한 후 어느 하나로 결정하는 것이다.

이렇게 충분한 시뮬레이션을 거쳐 결정한 다음에는 그 결과에 대하여 순응하여야 한다. 그 선택을 할 때 나는 나의 모든 능력과 조건을 감안하여 충분히 검토한 후 결정하였기에 다시 돌아간다 해도 똑 같은 선택을 할 것이기 때문이다. 결과가 좋건 나쁘건 그것은 인간의 몫이 아니다. 운이고 팔자고, 최종적으로 하느님의 뜻이다. 그것을 두고 울고 웃은들, 좌절하고 후회한들 무슨 의미가 있는가? 마음 상하여 정신적으로나 신체적으로 아파할 시간에 결과를 받아들이고 나서 대안을 찾아서 다시 출발하는 것이 현명하다.

충분한 시뮬레이션 없이 성급하게 결정하고 나서 후회하는 것은 비효율적이고 유해하다. 그리고 A와 B 두 가지를 놓고 충분한 시뮬레이션을 한 후에 한 의사결정에 대하여 다시 반추하여 후회하는 것도 정신건강에도 유해하고 부질없는 짓이다. 나중에 유사한 선택상황이 되었을 때, 그때 가서 고려하면 된다. 그것이 고등능력을 부여받은 인간만의 덕목이라고 나는 생각한다.

'나는 자연인이다'라는 TV 프로그램을 종종 본다. 내가 당장 따라서 실천하고 흉내를 내지는 못하지만 마음만은 절절하다. 봄에 동토에서 깨어나 시리도록 아름다운 연녹색 싹을 틔우고, 여름철 온 세상 짙은 초록을 뽐내다가 가을 만산홍엽으로 옷을 갈아입고, 이어서 하나둘 땅으로 떨어져 뒹구는 낙엽들을 보며, 우리 인생도 별거 아닌데, 저 나무와 풀처럼 살아가는 자연의 일부에 불과한데, 하고 깨닫고 마음을 다잡곤 한다.

내가 꿈꾸는 것은 도시가 아닌 시골에서 자연에 파묻혀 사는 그 자체를 목표로 삼는 것만은 아니다. 자연인의 삶을 기준으로 삼고 지향함으로써 온전히 자유로워지는 삶을 말하는 것이다. 그럴듯한 집과 자동차를 소유하여야 하고, 분위기 좋은 식당에서 기름진 음식을 먹어야 하고, 필요할 때 배경 좋은 친구와 사회적 커넥션이라도 있어야만 어깨가 으슥해지고 기를 펴고 살지만, 그렇지 못하면 온몸에 힘이 빠지고 기가 죽는, 그래서 실패한 인생처럼 소극적으로 그저 그런 삶을 영위하는 것은, 한 번뿐인 인생에 대한 실례가 아닐까? 없으면 없는 대로 살고, 어려우면 돌아서 가는, 모든 것을 내려놓고 우리 인생의 원래 모습처럼 최소한의 물자와 여건 속에서도 불편해하지 않고 잘 적응하면서 살아가는, 그렇게 온전히 자유로운 삶을 나는 꿈꾸는 것이다.

어쩔 수 없이 인생의 황혼기를 향하여 가는 세월 앞에서, 이제부터는 좀 다른 삶을 살고 싶다. 잠시라도 궤도를 이탈한 별똥별이 흔적을 남기듯이, 나도 이제는 좀 궤도를 이탈하여 살면서, 덤으로 남들에게 희망과 행복을 주고 선한 영향력을 미치는 조그마한 흔적이라도 남기고 싶은 것이 노년을 앞둔 나의 소망이자 각오다. 특별히 주위를 의식할 필요 없이, 내가 하고 싶은 일, 필요한 일을 마음껏 하며 즐겁게 살고 싶은 것이다. 그 목표를 행해, 그 뜻을 이루기 위하여, 나는 오늘도 열심히 기도하고 움직이고 있다.

에밀리 디킨슨(Emily Dickinson, 1830~1886)은 이렇게 읊었다.

내가 만일 한 사람의 심장 찢기는 아픔 막을 수 있다면

내 인생 헛되지 않으리

내가 만일 한 사람의 고통 덜어줄 수 있다면

한 사람의 아픔 가라앉힐 수 있다면

그리고 기운 잃은 울새 한 마리 둥지로 날아가게 도와줄 수 있다면

내 인생 결코 헛되지 않으리

......

배롱나무라 쓰고 여름이라 읽는다

윤재학

동국대 식품공학과를 졸업하고 해태제과에서 10년간 근무했다. 그 후 20여 년간 다양한 식품류의 제조, 유통 관련 일을 했으며, 현재는 성남 야탑역 인근에서 CU편의점을 운영 중이다. 강물처럼 긴 삶의 궤적을 보며 지금은 "무외시(無畏施)"와 "아타락시스(Ataraxia)"의 삶을 추구하며 살고 있다.

아파트 화단에 그리 크지 않은 배롱나무가 꽃을 피우기 시작했다. 남쪽보다 개화 시기가 늦다. 배롱나무는 무궁화 자귀나무(야합수)와 더불어 여름을 대표하는 꽃나무 중 하나다. 배롱나무가 꽃을 피우기 시작하면서 나의 여름은 시작되고, 비로소 여름은 여름다워진다. 배롱나무는 난대성 식물이라 예전에는 중부 이남 지방에서 많이 식재하였는데, 지금은 중부지방에서도 흔히 볼 수 있는 수종이 됐으니 이 또한 지구 온난화의 증거가 아닐까. 배롱나무는 옛부터 사람들에게서 많은 사랑을 받아왔다. 그래서 그 이름도 다양하다.

7월 초부터 꽃이 피기 시작하면 9월 하순까지 피고 지기를 반복한다. 그 기간이 100일에 이르니 백일홍(百日紅)이다. 그런데 그 꽃이 나무에서 피고지기를 반복하여 "목(木)백일홍"이라 불리운다. 이와는 별개로 이 나무의 줄기는 표피가 떨어져 나간 부분이 매우 단단하고 반질반질하다. 그런데 이 반질반질한 줄기를 간지럽히듯 긁어 주면 작은 꽃가지들이 간지럽다는 듯 흔들려 "간지럼나무"로도 불린다. 서민적이며 재미있는 이름이다. 이렇듯 여러 이름으로 사랑받고 있는 배롱나무의 식물 분류표상의 분류를 보면 또 다른 흥미로움이 있다. 배롱나무는 식물 분류학상 부처꽃과(科) 중 배롱나무속(屬)에 위치한다. 여기서 부처꽃과라는 분류가 흥미롭다. 6~7장의 꽃잎이 곱슬곱슬 주름이 잡힌 모양이 부처님의 머리카락을 연상시켜서 그렇게 분류하지 않았을까 하고 생각해 본다. 그런 이유 때문인지 오래 전부터 배롱나무는 사찰에서 많은 사랑을 받아왔다. 특히 사찰에서 가장 중심이 되는 대웅전에는 오래되고 유명한 배롱나무가 많다. 그래서 나의 여름 사찰여행은 그 절의 명성보다 그곳의 배롱나무를 만나는 즐거움이 더 크기도 하다. 그런 여름의 추억이 있는 사찰 중 개심사와 선운사의 기억을 떠올린다.

　개심사(開心寺)는 서산시 운산면에 위치한 절로 이름 그대로 마음이 열리는 절이다. 불교 신자는 아니지만 거의 매년 한 번씩은 가는 절이다. 4월에 피는 청벚꽃으로도 유명하지만 여름의 배롱나무꽃을 보러 가는 이도 많다. 경내에 들어서기 위해 건너야 하는 연못의 이름이 경지(鏡池 : 마음을 비추는 거울이라는 뜻)다. 이 연못 가운데 놓인 외나무다리를 건너면 왼쪽으로 연못에 비친 배롱나무가 나를 맞는다. 떨어진 꽃잎은 연못 위에서 다시 한번 피어 한 폭의 설치예술 혹은 행위예술을 펼친다. 수령이 280년을 넘겼지만 줄기의 단단한 자태와 꽃의 화사함 앞에 나는 아주 작아지고 순진해진다. 그리하여 그 외나무다리를 건너 계단을 오를 즈음이면 마음도 열린다(開心). 소박하고 오래된 사찰의 건물들, 마음을 비추는 경지(鏡池), 그리고 경지에 드리운 고귀한 배롱나무의 자태. 내가 개심사를 찾는 이유들이다. 선운사(禪雲寺) 이른 봄에는 동백꽃으로 수많은 관광객이 찾는 절이지만, 몇 년 전 나는 9월 20일 경 꽃무릇(석산, 많은 사람들이 상사화와 혼동)을 보러 갔다. 주차장에서부터 경내에 이르기까지 펼쳐지는 꽃무릇의 화려함은 아름다움을 넘어 서러움을 떠올리게 한다. 기회가 되면 꼭 한 번은 봐야 될 장관이 아닐까 한다. 그 꽃무릇의 장관이 끝날 무렵 경내 만세루(萬歲樓) 앞의 배롱나무가 나의 걸음을 멈추게 한다. 너른 마당에 고고한 자태다. 9월 하순임에도 가지는 여전히 꽃을 밀어올리고 있다. 눈길을 드니 대웅보전(大雄寶殿) 앞의 배롱나무가 반기듯 흔들린다. 두 그루의 배롱나무는 대웅보전 좌우에 단아히 위치한다. 나무의 수형(樹形)을 보면 내방객을 공손히 맞이하듯 계단 아래까지 가지를 늘어뜨리고 있다. 그 놓인 위치를 보면 계단 위 좌우에서 대웅보전의 세 분의 부처님을 협시(挾侍)하듯 단호하다. 선운사에서 해후(邂逅)하듯 만난 그 배롱나무는 그 후로도 오랫동안 내게 호강의 의미를 떠올리게 했다.

그 밖에도 배롱나무가 유명한 곳으로는 신사임당이 율곡을 위해 기도했던 600년이 넘은 오죽헌의 배롱나무. 몇 년 전 친구들과 갔던 담양 오죽헌 원림의 배롱나무. 그 외에도 많은 사찰의 배롱나무꽃은 사찰의 여름을 장식한다. 배롱나무는 서원(書院)에서도 많이 볼 수 있지만, 왜 사찰에서 이렇게 사랑을 받을까? 배롱나무의 줄기는 수시로 껍질을 벗고 그 속살은 흰색을 띠며 단단해진다. 그런 배롱나무를 보면서 스님들이 수행 정진할 때 힘든 속세의 인연과 때를 배롱나무 껍질처럼 벗어 내라는 의미라 한다. 또한 하안거 수행이 끝날 무렵(解制,

음력 7월 15일)이면 배롱나무의 꽃이 가장 곱고 화사하니 그 꽃을 보면서 수행의 고단함을 견디시라는 의미는 아닐는지. 그리고 보면 배롱나무를 식물분류학상 부처꽃과(科)로 분류한 것이 결코 우연은 아닌 듯하다. 아파트 화단에 피기 시작하는 배롱나무꽃은 아직 갸날프다. 그 꽃이 화려해질수록 여름은 깊어지고 나의 여름도 풍성해질 것이다.

부(富)의 법칙
(The Dynamic Laws of Prosperity)

이도준

2020년부터 23회 동기회 회장을 맡고 있으며, 졸업 50주년 기념행사 준비에 여념이 없다. 광운대학교에 진학, ROTC 16기로 육군 소위 임관하여 중위 전역 후, 조흥은행에서 첫 사회생활을 시작했으며 신한은행 한남동기업 금융지점 지점장으로 명예퇴직하기까지 30년간 근무했다. 현재 "대한민국 ROTC 찬양단" 부단장으로 기독교 합창단 활동을 열심히 하고 있다.

이 책『富의 法則』은 지금으로부터 20년 전인 2003년 2월 국내 첫 출간 즉시 서점가에서 베스트셀러로 선정되었던 책으로 그 해 3월 읽어보고 독후감으로 정리해 놓았었으나, 2022년 6월 새롭게 출간된 개정판을 구입하여 읽어보고 일부 수정 보완하여 작성하였음.

◇ 초판 1회 발행 (2003년 2월 10일)

개정 1판 1쇄 발행 (2018년 4월 19일)

개정 1판 7쇄 발행 (2022년 6월 1일)

◇ 펴낸곳 : 국일 미디어, 옮긴이 : 남문희

◇ 저자 소개 : 캐서린 폰더 (목사 / 여)

저자는 첫 남편과 사별 후 어린 아들과 단둘만 남게 된 후부터 직업 훈련을 받아 본 적이 없고 다른 생계 수단도 갖고 있지 못해 우울증과 질병, 외로움, 경제적 궁핍으로 인해 완전히 좌절하여 온 세상이 등을 돌리고 하는 일은 모두 다 잘못되는 것만 같았던 시절에 아들을 책임 진 몸으로 자포자기한 채 인생을 망칠 수는 없었다. 감정적으로나 신체적, 금전적으로 최악의 상황에 빠져 있던 무렵 성공과 실패를 판가름하는 결정적인 수단, 즉 생각의 위력을 깨닫게 되고 이를 바탕으로 "富의 사고 습관"을 체계화하고 실천하여 본인이 이를 입증해 냈음. 일례로 이 책을 집필하는 과정에서 처음에는 단칸방에 살고 있었으나, 책의 전반부를 마칠 때에는 목사가 되어 사택에서 집필을 하게 되었으며 이 책을 마무리 지을 때는 백만장자들이 사는 고급 주택단지가 한눈에 내려다보이는 아파트에 살면서 이미 富와 명예를 얻은 상태였음.

1953년부터 목사로 활약 중인 저자는 긍정적인 마음가짐과 성공의 필수관계를 많은 강연과 저서를 통해 알린 공으로 "여성계의 노먼 빈센트 필"이라고 불리고 있음.

◇ 富의 정의
사전적 해석 : Prosperity (번영, 번창, 융성, 성공, 행운, 부유)
저자의 해석 : 물질적인 풍족은 물론 정신적으로 충만한 만족을 누리는 삶으로 건강과 행복 그리고 여유로움
◇ 에피소드
이 책의 원고를 타이핑하던 2명의 비서가 富의 원리를 깨닫고 실천

후 富를 획득하여 연속적으로 도중에 그만두는 일이 발생하고, 심지어는 저자의 가정부까지도 이 책을 읽어보지는 않았으나 저자의 富의 원리에 대한 이야기를 듣는 과정에서 영향을 받아 자기의 소망인 디자이너가 되기로 결심하였고, 현재 의류업계에서 성공해서 부자가 되어 있음.

1부. 당신을 부자로 만들어주는 富의 법칙

법칙 1. 富에 관한 고정관념을 깨라.

1) 우리는 富를 열망해야 한다. : 富는 곧 행복이다.

2) 가난은 죄(罪)다.

가난은 신이 인간을 위해 무한하게 베풀어 놓은 자원 앞에서 스스로 등을 돌림으로써 저주를 받는 '일종의 지옥'이다. 또한 가난은 불편하고 자존심 상하는 경험이다.

3) 생각이 성공을 만든다

생각은 현재의 우리를 만들었으며, 앞으로의 우리도 만들 수 있다.

법칙 2. 富의 원리를 적용하라.

1) 법칙 중의 법칙

받기 위해서는 먼저 주어야 하고, 주는 것이 있으면 반드시 보상이 있다. - 에머슨

2) 거저 얻을 수는 없다.

수확하기 전에 먼저 씨를 뿌려야 하는 것이다.

내어 주지도 않고 씨를 뿌리지도 않으면 결코 富를 향한 통로에 들어설 수 없다.

3) 발산하라 그러면 흡수하리라.

'발산과 흡수의 원리'= 富의 원리

4) 마음이 먼저다.

만사는 먼저 마음속에서 이루어진다.

마음이란 이미 존재하는 세계와 아직 존재하지 않는 세상 사이를 연결하는 고리이다.

5) 우울한 기질은 날려 보내라

풍요로운 인생을 살기 위해서는 먼저 우리 안에 있는 어두운 기질을 날려 보내야 한다.

법칙 3. 여백을 만들라.

1) 여백의 법칙

인생에서 더 큰 富를 원한다면 먼저 그것을 받아들일 만한 빈 공간을 만들라. 즉, 원하는 것을 채울 수 있는 여백을 만들어야 한다.

2) 버릴 것은 과감히 버려라.

바람직하지 못한 것을 제거함으로써 자동적으로 더 좋은 것이 들어올 자리를 만드는 것이다.

3) 의도적으로 부유한 이미지를 만들라.

여백을 만들고 원하지 않는 것은 과감히 내버릴 때, 가능하면 최대한 부유한 분위기를 내려고 노력할 때, 富는 우리를 향해 다가오기 시작한다.

법칙 4. 불타는 열망을 가져라.

1) 목표를 향해 간절한 열망을 불태우고 달성 계획을 글로 적어서 날마다 확인하고 수정하는 과정을 반복하라.

2) 강력한 열망이 성공의 추진력이다.

하나의 큰 목표에는 몇 가지 작은 소망이 연결되게 마련이고, 큰 목표가 달성되는 순간 그 나머지 것들도 자동적으로 성취된다.

3) 富는 계획된 결과이다.

富는 의도적인 생각과 행동의 결과이다.

4) 매일 매일 목록을 만들라.

예상 외로 많은 사람이 이 방법을 사용한다.

5) 고민거리를 늘어 놓고 다닐 때 화(禍)를 부른다.

곤경에 처했다면 그 일이 어떻게 해결되기를 원하는지 매일 매일 조용히 글로 옮기는 것이 좋다. 그렇게 하면 소망하는 개선 방향을 자신의 마음에 새겨서 확신하게 됨은 물론, 잠재의식에 새겨진 소망이 타인에게 영향을 미쳐 협조와 도움을 얻을 수 있게 된다.

6) 당신의 과거와 미래를 지배하라.

방법은 같다. 과거의 실수에 대해 어떤 점을 고쳤으면 좋았을지, 현재와 미래에 나의 삶은 어떻게 되기를 바라는지 글로 적어라.

7) 효력을 의심치 말라.

"바로 시작하라. 용기 속에 천재성과 힘 그리고 마법이 들어있다."

법칙 5. 상상력을 동원하라.

1) 상상력 〉 의지

상상력과 의지가 충돌할 때 늘 상상력이 승리한다. - 에밀 쿠에(프랑스/의사) 입증

2) 성공은 먼저 마음 속에서 이루어진다.

가난, 실패와 전쟁을 벌이면 오히려 문제만 확대되는 경우가 많다. 그 대신 간접적인 방법, 즉 조용하면서도 끈질기게 富를 상상하는 편이 훨씬 낫다.

성공을 마음 속에 그리며 인내하라 / 끊임없이 상상하라.

3) 이기적으로 상상하지 말라.

다른 사람이 받은 행복을 탐내서는 안된다. 내가 겪기 싫은 일을 타인이 겪는 것을 상상해서도 안 된다. 우리가 마음에 그린 이미지는 반드시 우리 자신에게 돌아오게 되어 있다.

4) 진정으로 열망하는 것을 상상하라.

사람은 자기가 상상하는 대로 변해 가게 되어 있고, 끊임없는 상상은 무엇이든 변화시키고 창조하는 능력을 발휘한다. 이것은 절대 부인할 수 없는 분명한 사실이다.

법칙 6. 꿈의 실현을 명령하라.

1) 말을 통해 명령한다.

소리 내어 다짐하는 것은 지배권을 얻고 컨트롤한다는 일종의 명령의 법칙이다.

2) 소리 내어 다짐하면 반드시 만족스러운 결과를 만난다.

소리 내어 다짐할 때 기적이 일어난다.

다른 사람과 함께 다짐해 보자 / 다짐하는 내용을 글로 적어라 / 건

강을 다짐하라 / 다짐의 위력

법칙 7. 타인의 성공을 빌어줘라.

자기 자신과 타인에 대해 생각할 때 富와 번영, 성공과 승리가 주된 생각이 되어야 한다는 의미.

1) 타인의 富를 빌어줄 때 내 인생도 바뀐다. ☞ 죄수와 대기업 대출 매니저의 사례

2) 말하는 습관도 주의해야 한다.

자신과 타인에 대하여 긍정적으로 말하는 습관을 가져야 한다.

가능하면 상대방의 성공을 격려하는 쪽으로, 앞서 실패를 경험한 사람이라면, 현재의 좋은 점을 강조하여 성공할 수 있도록 용기를 심어주는 것이 좋다.

3) 긍정적인 사고 습관을 유지하라.

굳이 사람들에게 내가 꼭 성공할 것이라고 노골적으로 말할 필요는 없다. 먼저 내 마음에 성공에 대한 확신이 뿌리 내리도록 하는 것이 중요하다. 그렇게 할 때 우리 마음 속의 확신이 외부로 '발산'되어 타인의 잠재의식에 전달된다. 아마도 사람들은 우리가 '발산'한 富와 성공의 에너지에 영향을 받게 되어 사업이나 거래 등 모든 방면에서 우리와 접촉하기를 원할 것이다. 마음 속으로 富와 성공을 확신하여 차분하게 일에 임할 때, 전에는 알지 못하던 富의 마음가짐을 가진 사람들이 우리 주변으로 몰려들 것이다. 그들은 우리의 고객이 되고 사업 동료가 되고 친구가 된다.

4) 궁핍에 대한 대화를 삼가라.

富에 관한 것이 아니면, 말하지 말고 행동하지 말고 생각하지도 말라

5) 실패 앞에서 좌절하지 말라.

실패란 승리를 향한 기초공사와 같은 것

6) 조급해하지 말라.

조급해 하는 순간 富의 사고 습관은 정지되고 두려움을 갖게 되고, 두려움은 곧 실패의 서막이다.

7) 옹졸하게 행동하지 말라.

나를 부당하게 대하는 사람이라 할지라도 악의를 품지 말라. 그것은 시간 낭비일 뿐이다.

성공을 향해 달려가다 보면 그렇게 살아가는 사람들도 만날 수 있다. 나 자신을 제외하고는 어느 누구도 나의 성공과 부를 빼앗아 갈 수 없다.

법칙 8. 돈에 대한 모순된 생각을 버려라.

1) 돈에 대한 감사가 富를 불러온다.

우리가 존중하는 것이 우리에게 다가오게 돼 있고, 경멸하는 것은 우리를 배척하게 되어 있다. 돈도 그 원리대로 작용한다. 돈에 대해 호의적인 생각을 가지면 돈은 계속해서 불어난다. 반면 내 돈이든 남의 돈이든, 돈을 경멸하고 무시한다면 그것은 결국 우리 품에서 돈을 밀어내는 것과 같다.

2) 富의 황금률(黃金律)

돈을 좀 가졌다고 자만하거나 돈이 없다고 다른 사람을 시기해서는

안된다.

돈에 대해 긍정적이고 감사하는 태도를 가질 때만이 우리는 돈의 노예가 아닌 돈의 주인이 될 수 있다.

3) 목표를 분명히 할 때 돈을 벌 수 있다.

돈은 富의 사고 습관을 사랑하며, 그것에 풍부하게 보답한다.

법칙 9. 부유해지기 위해서 일하라.

1) 마음가짐이 차이를 만든다.

고학력 여성의 잦은 전직 실패 사례 vs 가난하고 연로한 미망인의 성공 사례

2) 일은 신성한 것

인간의 창조적 에너지가 표출될 수 있는 출구를 찾으면 인간은 만족감을 느끼고, 자신의 일이 신성하다고 생각하게 된다. 반대의 경우에 불행을 느끼고 저주라고 생각하게 된다.

3) 비난에 연연하지 말라.

'빈곤 취향'인 사람들과는 다르게 생각하고, 행동하고 반응해야 한다.

우리가 사는 세상을 발전시키는 동인(動因)은 어떤 상황에서도 건설적으로 생각하고 행동하는 사람이다.

4) 이제부터가 시작이다.

"일이란 '놀이'가 가장 고도로 표현되는 형식이다. 일이 유쾌한 활동인지 힘든 노동인지는 우리 자신과 타인 그리고 세상에 대한 마음가짐에 달려 있다."

2부. 당신을 부자로 만들어 주는 또 다른 富의 법칙

법칙 10. 사랑과 친절을 베풀라.

1) 사랑은 능치 못할 일이 없다.

경제적인 성공이란 자신의 능력 15%에 다른 사람들과의 조화롭게 어울리는 능력 85%가 더해져서 이루어지는 것으로 이타적인 친절과 호의를 통해서 다른 사람들과 잘 어울리는 재능은 먼저 사랑이 있어야 가능하다.

2) 사랑은 반드시 승리한다.

3) 공적(公的)인 면에서 사랑을 표현하라.

공적인 사랑의 표현 ⇒ 진지한 관심과 찬성, 감사, 공손하고 친절한 태도

4) 사생활에서도 사랑의 표현은 중요하다.

부부간의 사랑 표현 / 자녀에게 사랑을 표현하라 / 격려를 받으면 어린이는 쑥쑥 자란다 / 사랑으로 훈육하라.

5) 바로 지금부터 사랑을 표현하자.

법칙 11. 경제적으로 독립하라.

1) 현실에 무릎 꿇지 마라.

현재의 경제적인 상황에 불만을 품는 것은 경제적인 독립을 이루는 첫걸음.

2) 감정을 소모하지 말라.

혼란스러운 생각과 감정, 행동은 정신력까지 약하게 만든다.

그 결과 富의 필수요건인 신체 특히, 두뇌의 에너지를 고갈시키고, 富의 계획을 실행하는데 꼭 필요한 감정의 추진력까지 약화시킨다.

3) 크게 생각하라.

대부분의 성공자들은 크게 생각한다.

4) 시간과 에너지를 관리하라.

"뚜렷한 하나의 목표에 집중하는 것, 그리고 그 밖의 모든 산만한 것들을 거부하는 데에 성공이 달려있다." - 에마 커티스 홉킨스

5) 경제적인 독립을 확신하라.

하루를 시작하고 마칠 때마다 풍요와 성공을 다짐하는 것, 마음으로 결과를 만들어 내는 일은 훨씬 수월하다.

6) 아무리 심각한 장애물이라도 극복할 수 있다.

경제적인 독립을 이루려면 부정적인 태도부터 반드시 고쳐야 한다. 성공한 사람들이 얼마나 심각한 장애물을 극복해야 했는지를 알게 된다면 입을 다물게 될 것이다.

7) 구체적으로 상상하라.

8) 경제적인 독립을 위한 아홉 가지 원칙

① 그 결과를 마음속에서 간절히 그리도록 한다.

② 나 자신이 진정으로 원하는 것을 마음 속에 그려야 한다.

③ 마음속에 품은 성공과 富의 계획은 아무에게나 함부로 털어놓지 말라.

④ 부와 성공을 위해 필요한 모든 일을 기한을 정해서 실천에 옮긴다.

⑤ 결과가 즉시 나타나지 않아도 불안해 하거나 당황하지 말라.

⑥ 타인이 말하는 것에 신경 쓰지 말라.

⑦ 경제적인 독립을 열망하고 계획함으로 그 꿈은 이미 마음 속에서 실현되었음을 명심.

⑧ 다른 사람이 이루었다면 당신도 그렇게 할 수 있다는 것을 기억하라.

⑨ 富를 위해 필요한 모든 물질은 이미 세상에 존재하고 있다. 그것을 정복하는 것이 우리의 몫이다.

법칙 12. 당신의 직관(直觀)에 따르라.

1) 당신은 이미 천재적인 능력을 갖추고 있다.

각자에게 주어진 직관을 계발해야 한다.

2) 'YES' 와 'NO'를 구분해 주는 직관

밖에 보이는 모든 상황과는 반대되는 내부의 소리에 더욱 관심을 가지라.

3) 직관은 다른 경로를 통해서도 해답을 알려준다.

4) 두 번째 천재적인 능력은 창조적인 상상력이다.

앞일을 내다보고 일을 할 수 있다면 결과는 100% 만족일 것이다. 창조적인 상상력 또한 그에 못지 않게 좋은 성과를 내는 방법이다.

5) 내 곁에 또 한 사람이 함께 한다면…

단 두 사람이라도 하나의 목표를 놓고 마음을 맞추고 생각을 공유한다면 능률은 극대화되고 목표 달성을 위한 더 큰 활력과 에너지가 생성된다.

법칙 13. 잠재된 특별한 능력을 깨워라.

1) 첫번째 특별한 능력, 텔레파시

텔레파시는 조화를 이루는 힘으로 불필요한 의사소통의 단계를 감소시킬 수 있다.

2) 두번째 특별한 능력, 투시력

오감(五感)을 사용하지 않고도 외적인 사실이나 사건을 인지해 내는 능력을 키워야 하되, 긍정적인 투시력을 키우도록 노력해야 한다.

3) 세번째 특별한 능력, 예지력(豫知力)

예지력은 성공을 달성하는데 특별한 능력을 발휘하는 또 다른 요소

4) 네번째 특별한 능력, 염력(念力)

염력을 이용하면 좋은 쪽으로 영향을 줄 수도 있다.

5) 생각은 무생물에도 영향을 미친다.

무생물까지도 우리의 생각, 특히 풍요로운 마음가짐에 정확히 반응한다.

비록 무생물이지만 그 안에는 신성한 지성이 가득 차 있어서 우리가 어떤 생각을 가지고 있는지 그대로 파악해 내기 때문이다.

법칙 14. 자신감을 가져라.

1) 잠들기 전에 자신감 넘치는 생각을 하라.

좋은 결과에 대한 행복하고도 설레는 생각으로 마음을 가득 채울 때 우리의 잠재의식은 그런 생각들을 일종의 명령으로 받아들인다.

2) 장점을 살려줘라.

칭찬과 감사의 표현을 아끼지 않으며 상대방이 가진 장점을 살려주

는 것

법칙 15. 당신의 매력(魅力)을 발휘하라.

1) '매력'은 세상의 모든 사람을 매료시키는 말이다.

2) 매력을 한마디로 표현하면 '조화'이다.

신체와 마음, 대인관계, 일터의 분위기 등 모든 분야에서 우리는 조화를 원한다.

'조화'는 富와 성공을 위해 갖추어야 할 첫 번째 필수 요건이다.

"매력은 조화이고 조화는 그대로 富를 끌어들인다."

3) 매력에는 나이 제한이 없다.

매력은 누구에게나 잠재되어 있음을 알아야 한다.

4) 정신적, 정서적 매력 ⇒ '매력'은 '친절'이다.

5) 신체적 매력

전문가들은 인간이 신체적인 특징에 지대한 영향을 받기 때문에 낯선 사람에 대한 인상은 처음 만나는 20초 안에 결정된다고 강조한다. 따라서, 신체적인 매력의 위력을 과소 평가해서는 안된다.

법칙 16. 긍정적 사고로 빚에서 벗어나라.

1) 빚에 대해서 꼭 기억할 만한 유쾌한 사실 한 가지.

당신이 빚을 지고 있다면, 그것은 누군가 당신을 믿고 있다는 뜻이다.

그것도 경제적으로 믿을 만큼 신뢰를 갖고 있다는 뜻이 되는 것이다.

2) 분노와 공포가 빚을 만든다.

불평이 빚을 만들고, 감사가 富를 부른다.

3) 현금으로 지불하는 습관을 들여라.

법칙 17. 富의 사고로 건강을 되찾아라.

1) 부조화가 질병을 일으킨다. 마음 가짐이 치유 능력을 발휘한다.

2) 행복이 병을 치유한다.

치료의 기본은 용서에 있다. 분노를 다스려라.

3) 용서와 잡동사니의 처분, 건강한 상상력이 건강의 비결

법칙 18. 끊임없이 인내하라.

1) '인내'는 '포기하기를 거부한다'는 뜻이며, 나아가 '끈질기고 확고하게 지탱해 나간다'는 뜻

2) 인내는 '할 수 있다'는 마음가짐

실패에 무릎 꿇지 않겠다는 의지이며, 중도 포기나 우유부단(優柔不斷)이 있을 수 없다.

어떤 난관 앞에서도 인내하고, 뒤를 돌아보지 말고 앞을 보라. 인내하면 못할 일이 없다.

결 론

캐서린 폰더(Catherine Ponder)는 성공과 풍요로운 삶을 이루기 위한 저서 "富의 법칙"으로 유명하다. 이 책은 富와 풍요를 창출하기 위한 마음의 언리와 실천적인 지침을 제시하고 있다.

내용 요약

1. 마음의 집중력 : 부의 법칙은 마음의 집중력에 초점을 둠.

우리가 마음으로 집중하고 믿는 것이 현실로 변환될 수 있다고 믿는다면, 부와 풍요를 창출할 수 있다.

2. 긍정적인 태도 : 긍정적인 태도를 유지하고 미래에 대한 긍정적인 기대를 갖는 것이 중요하다. 우리가 마음으로 미래를 상상하고 믿는 것이 현실로 이루어질 수 있다.

3. 감사의 태도 : 감사의 태도를 갖는 것이 부의 법칙에서 중요한 요소.

우리가 이미 가지고 있는 것들에 대한 감사를 표현하고, 풍요로운 삶을 기대하며 감사하는 것이 부의 흐름을 더욱 확대시킬 수 있다.

4. 선한 행위 : 富와 풍요를 창출하기 위해서는 선한 행위를 실천해야 한다.

다른 사람들을 도와주고 나눔의 마음을 갖는 것은 부의 흐름을 높이는데 도움된다.

5. 풍요로운 상상 : 부의 법칙은 풍요와 성공에 대한 상상력을 키워야 한다.

우리가 부와 풍요를 상상하고, 그 상상을 실현하기 위해 행동한다면, 우리는 富의 힘을 더욱 활용할 수 있다.

앞으로 30년

이석규

20대와 30대에는 삼성에 잠깐 근무하다가 명동에서 레스토랑을 4개 운영했고, 현재는 부동산회사, 건설회사, 플랜트회사를 경영하고 있다. 부모님을 모시고 수원 광교에 거주한다.

장마, 폭우, 무더위!

올 여름은 기상변화로 예측을 불허하는 날씨가 지속되며 앞으로 더욱 그럴 것이다. 성동고등학교를 졸업한 지 50년. 기념 책자를 발간한다고 한다. 우리 나이가 어느덧 70살을 바라본다. 백세시대에 남은 30년을 어떻게 살것인가? 우리 모두가 안고 있는 문제이다. 행복, 건강, 가족 간의 사랑, 가정경제가 구축되어야 할 것이다. 이러한 문제를 해결하는 것은 무엇일까? 나는 우리의 언어가 미래를 좌우한다고 믿는다.

그렇다! 말로 표현되는 순간부터 내 운명이 달라지기 시작하는 것이다. 긍정적인 말, 긍정적인 마음은 주변 사람들이 행복해지도록 영감을 불러 일으킨다. 그리고 자신도 행복감과 자신감을 갖게 된다는 것이다. 긍정의 말과 희망을 주는 말은 아무리 남용하고 주변 사람들에게 나누어 주어도 결코 줄어드는 법이 없는 무한 에너지다.

긍정의 말은 저절로 퍼져나가 주위 사람들을 행복으로 물들이는 향기다. 그런 가운데 나의 행복도 배가 되어진다.

남은 30년! 인생의 새로운 국면을 여는 기분 좋은 일들은 항상 긍정적인 태도에서 시작된다. 우리가 가지고 있는 문제들도 이 긍정의 힘이 열쇠가 될 것이다. 남은 30년을 성공하기 위해서는 우리는 늘 희망적인 말을 습관화해야 한다. 절대 죽이는 말이나 부정적인 말을 해서는 안된다. 타인에게는 물론이고 자기 자신에게도 긍정적인 말을 아끼지 말아야 한다.

예로

"나는 복받은 사람이다."

"나로 인해 다른 사람도 축복을 받게 된다."

"난 소중한 사람이다."

"난 잘할 수 있다."

"난 건강하다."

"난 행복하다."

그 사람이 쓰는 말을 보면, 그 사람의 미래가 보인다. 그 말들의 씨앗대로 열매가 맺기 때문이다. 그래서 남은 30년을 성공리에 잘살기 위해서 우리는 한결같이 긍정적이고 생산적인 말을 해야 한다. 더 나아가 희망의 말을 나누어야 한다. 무엇보다도 '할 수 있다'는 희망의 말, 가능의 말을 사용하며 남은 30년을 아름답게 성공적으로 마무리 짓기를 바랍니다. 성동 23회 동기 여러분~♡

반백의 미학

정재수
하나은행에서 23년 근무하고 지점장으로 재직 중 퇴직하였으며, 한남뉴타운에서 부동산중개업소를 운영하고 있다. 음악과 통기타를 좋아하며 북미에 두 아들이 살고 있고 아내와 둘이서 하남시에 거주 중이다.

서문 (오십의 의미)

내 어릴 적 오십 살은 알 수 없는 머나먼 훗날이었고, 지금 나에게 오십 살은 돌아가고 싶은 아득한 옛날이다. 세월의 흐름 속에 먼 훗날은 이제 옛날로 되어버렸다.

반백은 백 살의 절반인 나이 오십을 의미하고, 검은 머리와 흰 머리 반반을 의미하기도 한다.

이제 오십을 훌쩍 넘어 머릿결도 흰머리가 절반 이상으로 백발이 되고 보니 학창 시절 더디고 힘들다고 생각했던 오르막 인생길이 유수같이 흘러 내리막길로 접어든 지 이미 오래되었다.

공자는 "오십 지천명"이라 하여 오십을 하늘의 뜻을 알 나이라 하였고, 맹자는 "오십보백보"라는 가르침을 통해 오십과 백은 정도의 차이가 있을 뿐 본질은 같다고 하였다. 오십이 주는 의미 있는 날로서 서양 풍속에서 결혼 오십 주년을 축하하는 행사인 금혼식이 있는바, 동서고금을 통해 반백의 의미가 새삼 크게 느껴지는 오십의 가치이다.

고교 졸업 50주년

고등학교를 졸업한 지 어느새 50주년을 맞게 되었다. 목표로 삼은 것도 아닌데 오십 세를 넘어 이십 년의 시간이 지나고 고등학교를 졸업한 지 반백 년의 시간이 흘러서 고희에 이르게 되었다.

마음은 그대로인데 몸이 따르지 않는다는 옛 어른들의 말씀이 이제 우리의 이야기가 되었다. 생각은 변함이 없는데 노쇠한 신체는 점점 세월의 무상함을 절감케 한다.

미래가 오늘이 되고 과거가 되어 버린 세월의 흐름 속에 기쁨도 슬픔도 추억으로 간직한 채 지금 나는 어디쯤 가고 있으며 어디로 가고 있는가? 50주년이라는 특별한 시점에서 잠시 가던 걸음 멈추고 가슴에 묻어둔 회한과 단상의 언어들을 반추하며 미래의 내 모습을 그려 본다.

헌신과 헌신짝

나의 부모님이 그랬듯이 자식들을 키우고 뒷바라지하며 주어진 운명처럼 헌신의 시간을 살았다. 당연한 책무이자 도리라는 생각에 싫거나 힘들다는 생각은 해본 적도 없고 또 그런 생각을 가질 겨를도 없이 삼십 년의 세월이 빠르게 지나갔다.

기러기아빠로 중년의 시간 20년을 살았다. IMF 외환위기 때 우리 사회에 열풍처럼 불어닥친 조기유학에 많은 가정이 기러기 가족이 되었고 나도 망설임 없이 기러기아빠의 대열에 합류하게 되었다.

아이들이 자라서 성인이 되어 직장에 들어가고 가정을 이루는 모습을 보며 흐뭇한 기쁨도 맛보았다. 때로는 고맙다는 말은 고사하고 날선 말로 섭섭함만 토로하는 자식들 태도에 헌신은 간데없고 쓸모없는 헌신짝이 되어 버린 내 모습에 "인생이란 이런 것인가?" 하는 씁쓸한 자조까지 하게 되었다.

나의 부모님도 노년에 나와 같은 허무함과 서운함을 느끼셨을 거라는 생각을 먼 길 떠나신 지 오랜 시간이 지나서야 비로소 깨닫게 되었다.

헌신의 끝은 헌신짝이지만 헌신짝의 끝은 가이없는 사랑이라는 것을 이제야 알게 되었다.

유붕낙호아

인생에 있어 많은 사람과 인연을 맺고 살아간다. 가족, 친구, 선후배 등 다양한 사람들과 만나고 헤어지고, 정을 나누고, 때로는 크고 작은 상처도 받으며 스스로 깨우치면서 성장하고 완성해간다. 혈연, 학연, 지연과 좋은 인연, 스쳐 가는 인연 등 많고 많은 인연 중에 인생에 커다란 영향을 끼치는 존재 중 하나가 바로 친구이다.

사람은 나이가 들어갈수록 더해가는 외로움을 풀어줄 친구가 꼭 필요한 것 같다. 쌍소리도 웃으며 받아줄 친구, 학창 시절을 떠올리며 추억을 공감하는 친구, 기쁜 일은 축하해주고 슬픈 일은 나눌 수 있는 친구, 나의 죽음까지도 애도하고 명복을 빌어줄 친구, 그런 친구들과 노년을 함께하는 것이 관포지교에는 못 미칠지언정 커다란 즐거움이 아니겠는가?

반백의 미학

과거 수명이 짧았던 시기에는 60세까지 생존한 사람에게 환갑잔치를 열어 가족과 친지들이 모두 기뻐하고 축하해주었으며, 70세에 이른 사람은 아주 드문 옛사람이라는 의미에서 고희라 칭하고 공경하였다.

그러나 근래에는 평균수명이 90에 가까워지다 보니 환갑은 물론 칠순잔치도 하지 않고 가족끼리 모여 식사하는 것으로 축하 잔치를 갈음하고 있다. 지공거사를 거쳐 고희를 앞둔 나에게 삶의 화두를 던져본다.

고희(古稀)가 되어 고희(高喜)로 살아가자.

칠순을 앞둔 나이에 보기 드문 옛날 사람이 되어서 뒷방늙은이로 가는 세월을 한탄 속에 보내기보다 고매한 마음으로 기쁨 넘치게 살아가자고 스스로에게 주문하고 다짐해본다.

잘 살았다. 그럭저럭 잘 살았다. 내 생애 또 다른 반백을 만들어야겠다.

못 채우면 어떠하리. 그 또한 욕심이다. 여백은 반백의 여유로움으로 남겨두자. 잃어버린 나, 잊고 살았던 나를 찾아보자. 안 해본 일, 못 해본 일도 해보자. 젖은 낙엽답게 집 안 청소와 설거지도 하고 한두 가지 요리도 익혀서 밥상 위에 올려보자. 되도록 잔소리는 하지 말자. 드라마 보면서 눈물이 나와도 애써 감추지 말자. 가만히 누워 맞이하는 시간보다 씨앗 하나 뿌리고 가꾸는 시간들을 행복하게 여기자. 호호백발이 되어서도 반백의 세련되고 중후한 모습과 가벼운 발걸음으로 종점을 향해 걸어가야겠다.

그리고 어느 날 웃으며 홀연히 떠날 수 있으리라.

이 또한 아름답지 아니한가.

맺음글

내 생에 첫 번째 글을 칠십 가까운 나이에 쓰게 되었다.

일기도 아니고 수필도 아니고 자서전은 더욱 아니다.

내 삶의 편린들과 머릿속에 남아 있는 기억, 가슴속에 담긴 잔상들을 독백처럼 두서없이 주저리주저리 늘어놓았다. 가슴이 뻥 하고 뚫렸다. 시원하다.

물처럼 살자

최대희

경기도 하남시에 위치한 주식회사 케이오에스라는 광학기기 회사 대표이다.
외국 회사의 광학 실험기기를 수입, 공급하고 특별한 용도로 재구성 및 조립
도 하고 있다. 분광학 실험 관련이 주된 분야이며 천체 관측이나 현미경을 사
용하는 특수 영상 분야에도 많이 활용된다.

"물처럼 살자"

웬 뜬금없는 소리냐고 하시겠지만 이게 제 삶의 첫째 좌우명입니다.

무색·무미·무취, 그야말로 맛도 냄새도 없고, 담는 그릇에 따라
모양이 바뀌고, 있는 듯 없는 듯, 평소에는 필요성을 잘 느끼지 못하
지만 없으면 안 되는 필수품이지요. 요즘처럼 개성이 강한 사람이 어
필하고, 튀는 사람이 인기를 얻는 시대에 뒤떨어진 사고일 수도 있지
만 그렇게 물처럼 살고 싶습니다.

피천득 님의 글이던가?

내가 미워하는 사람은 없고, 내가 좋아하는 사람은 많고, 그 정도면
잘 살다 가는 거야.

이렇게도 살고 싶은 사람입니다.

 여기에 글을 올리는 건 글을 쓰기 싫어하는 내게 여간 고민이 아닙니다. 주최 측의 거듭된 전화와 협박에 쓰기는 하는데, 차라리 소설이라 생각하고 쓰겠습니다.

 경기도 양평군 강하면의 산골 마을에서 태어나 산자락을 놀이터로 남한강을 수영장으로 어린 시절을 보내며 왕복 8km 거리의 초등학교를 걸어 다녔는데 이때 자연스럽게 체력이 키워졌나 봅니다.

 국민학교 교사이신 아버님 덕분에 하루 세 끼 끼니를 거른 적이 없는 부잣집(?) 큰아들로 태어난데다가 내가 태어나기 전에는 집안에 남아가 별로 없어서 어릴 때는 할머니, 아주머니들의 사랑을 독차지하여 "땅"을 한 번도 밟아보지 못했다는 얘기도 있습니다만 기억은 나지 않습니다.

 당시 가난했던 시골 동네에서 하루 세 끼 다 챙겨 먹는 집이 흔치 않았기 때문에 부자였다는 얘기지, 사실 서울 부자들에 비할 바는 아니고요.

 어릴 때의 아버님은 엄하고 무서운 분이셨습니다. 멀리서 "어이, 너희들 이리 와봐" 하고 부르시면 동네 꼬마들이 모두 목소리만 듣고도 슬슬 기었으니까요.

 이 무서운 분 아래서 살다 보니 700:1의 기적도 있었습니다. 초등학교 4학년 때인가 어떤 녀석들이 하필이면 학교 앞의 밭을 털었습니다, 소위 "서리"라고 하는. 무우 서리, 닭 서리, 참외 서리 등등 먹을 건 죄다 훔쳐 먹고 그러다 걸리면 경찰서에 가기보다는 꿀밤이나 종아리 맞는 정도로 끝나던 시절이었죠. 서리를 당한 밭 주인이 학교에 통보를 했고, 아침 조회시간에 한참 훈시를 들었습니다. 그리고 마지막으로 "이 나쁜 녀석들! 남의 밭에 들어간 너희는 다 도둑이다. 이제까지 남의 밭에서 훔쳐먹지 않은 녀석 있으면 손 들어봐" 해서 손을 들었는데 전교생 700명 중에 나 하나였습니다.

촌놈이 초등학교를 졸업하고 서울로 진학하여 중고등학교를 얼빵하게 다니다가 서울 애들 체력이 별게 아니란 걸 알게 되었습니다. 중학교 때 오래달리기 대회를 한 적이 있는데 반장에게 나도 뛰어볼까 하고 물었다가 단칼에 짤렸습니다. "니가 뭘 뛰겠다고" 그런데 우리 반 대표는 힘이 들어 완주도 하지 못했습니다. 아니, 겨우 그 거리를 다 못 뛰네, 헐.

그러다가 고등학교 때 5000미터 달리기 선수를 뽑는데 여러 쟁쟁한 선수들을 제치고 1등을 했습니다. 이게 다 산 자락을 뛰어놀던 시절에 축적된 촌놈 체력이 아니겠습니까? 축구대회에 나간다고 하기에 나도 해보자 했더니 촌놈 취급하며 안된다 하더니 막상 나보다 잘 차는 선수도 별로 없어 보였습니다. (여기 이런 거 써도 되나?) 5000미터 선수로 효창운동장, 서울운동장(지금은 없어진 동대문운동장)서 뛰어도 보고 축구 대회 나가서 조기에 탈락도 해보고, 공부도 조금 해보고, 그렇게 이거저거 다 해보다가 대학에 들어갔습니다.

군에 입대했는데, 후반기 교육으로 기갑학교에 들어가 13주 동안 탱크에 관한 모든 걸 배우고 전차 부대에서 3년간 근무했습니다. 남자들은 다 알지만 군대는 축구 잘하면 편합니다. 기갑학교에서 다른 친구들 다 뺑뺑이 돌 때도 혜택이 많았습니다. 그러다가 1등으로 기갑학교장 상을 받으며 졸업했습니다. 군대 체질이었나 봅니다. 차라리 말뚝을 박을 걸 그랬나 하는 생각도 있었습니다.

남동생 둘이 있습니다. 바로 아래는 유명 대학교의 학장인가 하고 은퇴하고 셋째는 축구 국가대표 감독까지 했습니다.

어떤 얼빠진 친구가 내게 "형만한 아우 없다는데 너는 이상하다. 네가 둘째보다 공부를 잘했냐, 셋째보다 공을 잘 찼냐?" 그러데요. 그래서 내가 그랬습니다. "야 이 멍청아, 옛말 그른 것 봤냐? 형만한 아우 없다고, 둘째가 나보다 공을 잘 차냐 아니면 셋째가 나보다 공부를 잘 했냐?"

지금은 ㈜케이오에스라는 회사에서 광학 실험기기 수입업을 하고 있습니다. 한 마디로 설명하기는 힘든데, 파장별로 빛의 세기를 측정하는 Spectrometer(분광기), 그리고 이미지를 촬영하는 초 고감도 카메라 등이 주력 제품입니다. 이것으로 몇백 광년 밖의 별 사진도 찍고, 현미경에 장착하여 아주 희미한 영상의 사진을 찍기도 합니다. 번개가 얼마나 짧은 시간에 생겼다가 없어지고, 무슨 색으로 구성이 되는지… 이런 건 쉬운 편입니다.

한 우물을 오래 팠더니 외국에도 이 분야에서 일을 하는 친구들이 많이 있어 아직도 해외 출장이 잦은 편입니다. 이들에게 지금도 도움을 받고 있습니다. 인간관계는 동서양이 비슷해 보입니다.

이제, 이 나이가 되니까 "은퇴"에 대해 많은 얘기를 듣습니다.

맥아더 장군의 말씀을 기억합니다. 노병은 죽지 않는다 사라질 뿐이다. 체력과 머리가 허락하는 한 은퇴는 하지 않으려 합니다. 다만 일을 서서히 줄여가다가 "Fade Away"하려고 합니다.

물처럼 살다 보니 물 하고 아주 친해졌습니다. 증류수나 생수보다는 보다는 오염수(?)를 좋아합니다. 보관 용기에 요롷게 쓰여 있습니다. 13%, 16%, 20%, 40%, 52%, 65% ….

나는 성동고등학교를 사랑합니다. 우리 23회를 사랑합니다. 은사님들을, 선후배를 존경하고 사랑합니다. 힘이 있을 때까지 이 마음 그대로 유지하려 합니다. 물을 좋아하는 성동인은 특히 더 좋아할 것 같습니다.

코로나로 우리가 잃어버린 것들

『불편한 편의점』을 읽고

최봉준

종합병원에서 20여 년간 근무했으며 퇴직 후 건대입구에서 요식업, 원룸 임대사업을 하다가 현재는 약품 관련 납품일을 하고 있다. 동기모임(동부모임, 산악회, 바둑모임)에 관심을 갖고 참여한 바 있으며 영흥도에 텃밭 220평 운영하고 있다. 강동구 명일동에 살고 있으며 슬하에 1남1녀를 두었고 모두 출가시킨 상태이다.

한동안 책을 읽지 않았다.

이제는 의식적으로 책을 읽어야 겠다는 생각을 하지 않는 한 책을 가까이하지 않는다.

예전에 나는 책을 가까이 두고 살았다. 굳이 책을 읽지 않아도 손 뻗으면 닿을 곳에 항상 책이 있었다. 하지만 지금의 나에게 책은 인테리어 소품이 되어버린 지 오래다. 그래서 큰 맘 먹고 김호연 작가의 책 두 권을 주문했다.

예전부터 눈에 들어왔던 대표작 '불편한 편의점'과 '망원동 브라더스'였다. 사실 '망원동 브라더스'는 예전부터 알고 있었던 책이었다. 하지만 제목과 표지에서 느껴지는 가벼운 느낌 때문에 선뜻 손이 가지 않았던 책이었다.

아이러니하게도 똑같은 작가의 '불편한 편의점'은 무언가 아이러니한 제목과 따뜻한 느낌의 표지 때문에 먼저 손이 갔다.

이 세상의 모든 고난과 진지함을 다 끌어다 놓은 듯한 현재의 국내 본격 소설과는 다르게 우리 주변 사람들의 소소한 이야기와 그것을 바라보는 작가의 따뜻한 눈길이 느껴지는 것 같았다.

이제 나도 나이가 들었는지 거창한 주제나 담론을 담고 있는 이야기보다는 이렇게 사람 냄새 나는 소소하고 따뜻한 이야기가 끌리나 보다.

우리 삶에 코로나라는 불청객이 퍼지면서 우리는 단절되고 비연결적인 세계를 강요받게 되었다. 코로나 이전에 그런 움직임이 없는 건 아니었지만 코로나는 우리들이 그 변화에 적응할 수 없을 만큼 급격하게 세계를 변화시키고 있다.

그런 숨 쉴 틈 없는 변화의 틈바구니 속에서 우리가 상실해버린 것은 우리가 관계를 맺고 서로의 체온을 확인했던 어떤 '장소'들이다.

그런 현실에서 그나마 우리에게 숨 쉴 곳을 내어주는 곳이 바로 편의점이다.

사람들을 만나 수다를 떨고, 서로의 안부를 물어보던 곳들, 예를 들어 동네 입구의 작은 슈퍼나 연필이나 샤프심을 살 수 있었던 문구점 같은 공간이 편의점으로 채워진 것이다.

개인적으로 그 변화가 달갑지는 않지만 편의점은 어느 순간 우리들의 일상에 없어서는 안 될 '공간'이 된 것이다. 그렇다고 편의점이 과거의 그런 공간들에서 일어났던 소통과 관계 형성을 대신해 주지는 않는다. 공간이 변한 것은 그것을 이용하는 사람들의 생각과 필요가 변한 것이기 때문이다.

그렇기 때문에 일반적으로 우리들에게 편의점은 불특정 다수가 들어왔다가 사라지는 공간 그 이상도 그 이하도 아니다. 하지만 이 책의 작가는 '편의점'이란 장소에 약간의 서사를 곁들여 편의점에 따뜻한 온기를 담으려고 했다.

작가의 그런 장치가 성공했느냐, 실패했느냐는 논외로 하고, 난 작가의 그런 의도에 취향 저격을 당했던 것 같다.

소설의 내용은 평이했다. 위치도 좋지 않고 딱히 이벤트도 하지 않는 불편한 편의점. 그 편의점은 주인인 할머니와 우연히 할머니를 만나 편의점 야간 알바를 하게 된 독고라는 노숙자, 그리고 그들과 관계를 맺게 되는 편의점의 손님들.

서사 자체는 특별할 것이 없는 이야기이다. 오히려 이 소설의 메인 서사라 할 수 있는 독고의 이야기가 너무 클리셰 덩어리라 아쉬웠다. 그렇다면 이 소설의 장점은 무엇이냐? 작가가 영화 시나리오 작가 출신이라 그런지 인물들의 대사발나 캐릭터 설정이 디테일하게 잘 잡혀 있었다. 그런 힘이 있었기 때문에 소설의 마지막 페이지까지 지루하다는 느낌이 들지 않았다.

우리는 코로나를 겪으며 많은 것을 잃었다. 난 그 중에 '공간'이라는 개념을 눈여겨 보고 있다.

이제 우리 말로 소설을 쓰는 작가들이 알 수 없는 인간의 심층 세계만 탐구하지 말고 우리의 일상이 숨 쉬는 조그맣고 소중한 장소를 소설의 주무대로 설정하는 건 어떨지 조심스럽게 추천해 본다.

단골 프리미엄

허필성

ROTC 16기. 현대중공업과 한국검정에 근무. 1997년 뉴질랜드 이민 후 2003년부터 중국 장가항에서 한성검사를 운영하고 있으며 더불어 서울에서 노년을 준비 중이다.

"2천 원입니다."

"오늘도요?"

참, 아니, 너무 착한 가격이네! 요즘 들어 가끔 허리가 시큰거리거나 무릎에 물이 차고 부어올라 물리치료, 부황에 침까지 맞는 일이 자주 있었다.

그런데 시원한 에어컨 바람과 마음의 안정(?)을 느끼게 하는 은은한 한약 내음을 1시간이나 더 즐겼는데… 2천 원이라니.

집으로 돌아오며 대한민국인 임이 자랑스러워 발걸음도 가벼웠다.

그러다 문득, '이게 어떻게 된거지? 주민등록이나 전화번호, 심지어 이름도 묻지 않고 진료를 보고 진료비를 청구했네.' 생각이 여기까지 미치자 부실 또는 오인 진료의 의심까지 들었다. 그러면서 어찌된 일인가 생각해 보니 간호사 아줌마가 내 외모나 매너에 끌려 내 신상을 기억하는 건가? 아니면 요즘 갑자기 진료 횟수가 많아 자연스럽게 기억할 수도 있겠다는 생각이 들었다. 그 이유가 첫 번째라면 흐뭇할 수도 있겠지만 두 번 째라면 병원 단골 프리미엄이라 씁쓸한 마음이 들었지만 나를 기억해 주는 마음은 고맙다.

"하이, 필&베티"
"하이, 페트릭"

오늘도 점심 때만 되면 어김없이 손을 들고 우리 부부의 이름을 부르며 가게에 들어서는 페트릭. 페트릭은 우리 부부가 뉴질랜드에 이민와서 처음으로 시작한 Dairy Shop(편의점)의 단골 고객이다. 우리 부부는 늘 점심 때 나타나는 그를 위해 늘 그랬듯이 오븐에 준비해 두었던 Mince & Cheese Pie, 코카콜라와 말보르 담배를 내어놓고 외상장부에 기록한다. 이것도 단골에 대한 파스트 트렉이요, 일종의 프리미엄이다.

"내일이 주일이에요"
"약속이 있는데…"

교회 가자는 마누라의 말에 엉뚱한 핑계를 대고 말끝을 흐린다. 뉴질랜드나 중국에서 살 때는 출장을 제외하고는 주일날에 빠져본 적이 없었다.

그렇다고 신앙심이 깊어서는 아니고 주위 사람들이 다 교회에 가는데 혼자 다른 데로 셀 데도 별로 없었다. 하지만 교회만 가면 누구나 알아주는 안수집사다. 기도도 못하지만…

부끄러운 안수집사 교인이었었다.

그런데 코로나로 인하여 자연스럽게 은퇴하고 서울 생활을 다시 시작하면서 부터는 요리조리 꾀를 부린다. 확실히 서울 생활은 재미있는 일도 많고 오라는 데도 많다. 그것도 없으면 내가 나서서 건수를 만들기도 쉽다.

요즈음은 관혼상제에도 자주 참석하게 된다. 그런데 예전과는 달리 결혼식보다는 부고 소식이 더 많아졌다.

이만큼 살다 보니 이제는 우리에게도 그날이 가까와옴이 느껴진다. 어차피 진화론을 믿는 무신론자가 아니라면 지금이라도 자주 교회에 얼굴을 비춰 천국에서 단골 프리미엄이라도 누릴 수 있도록 해야겠다.

자!

우리 모두 그날의 프리미엄을 위하여!

원샷!

친구들에게 들려주고 싶은 이야기

홍영남

전공은 건축공학이다. 첫 직장인 감사원에서 1981년부터 33년을 근속했고,
2014년에 명예퇴직 후 건설회사 임원으로 5년 근무했다. 현재 영락교회 시
무장로로 섬기고 있다. 학창시절에 문예반 활동을 했다.

1. 병이 있으면 고칠 약도 있다

공직생활을 삼청동산(감사원)에서 한창 왕성하게 일할 때인
30~40대 때 발의 티눈 통증으로 엄청 고생했던 일이다.

오른발 엄지발가락 구부리는 쪽에 볼펜 심 끝부분인 점(点) 만한 크
기에서 티눈이 시작되어 대수롭지 않게 여겼는데 이게 조금씩 자라더
니 발가락을 구부릴 수 없을 정도로 커져서 걸을 때 심한 통증을 주어
서 주변의 병원을 여러 곳을 전전하였다.

개포동 살 때는 J피부과를 다니고, 약수동 살 때는 유명하다는 양재
동 G피부과를, 그리고 안국역 부근 H병원 등을 다니면서 외과 수술,
질소냉동 수술, 레이저 수술 등등 여러 가지 수술과 치료를 받았지만
낫기는커녕 부위만 점점 더 커지고, 수술 후 1주일 이상 보행 시 수술
부위가 자극을 받아 피가 낭자(?)하여 오른쪽 구두 안쪽이 피가 묻는

일이 비일비재하였다. 거기다가 손에도 종양이 여러 곳으로 번져서 약 10여 년을 남들이 모르는 고통과 심적 우울감 등으로 힘들게 지냈다.

나를 치료한 어느 의사는 "당신의 질병이 악성종양인데 제 능력으로는 도저히 안 되겠네요. 오늘 진료비는 내지 말고 가세요. 정말 죄송합니다" 하면서 백기(?)를 들 때 순간 나는 절망적이고 엄청 난감했다. 악성종양이라니? 그렇다면 암이란 말인가? 속으로 무섭기도 하고… 이거 누가 고쳐줄 수 없나? 이대로 고통을 안고 계속 살아야 하나? 말이 10년이지, 수술하고 아물기 위해 며칠간 집에 있어야 하는 답답함과 따분함이 말할 수 없이 힘들었다.

그런데 어느 날, 약사이신 큰 매형이 전화를 주셨다. "처남, 독일 H사에서 임상시험하고 새로 시판된 티눈약이 있는데 한번 구입해 발라 보게" 하신다. 뭐 별거 아니겠지 반신반의 하고 "베루말"을 종로5가의 약국에서 구입해 열심히 발랐다. 그런데 이게 웬일? 메니큐어 식으로 피부를 바르면 며칠 지나서 표면의 살이 한 겹씩 뜯겨 지면서 서서히 속까지 들어가 나중에는 종양의 뿌리까지 완전히 뽑아 버리는 게 아닌가? 10년 지긋지긋하게 고생했던 것이 2달 만에 완치가 된 것이다.

그리고 발의 티눈이 고쳐지니 손의 여러 곳에 번진 티눈도 거짓말 같이 다 없어지는 것이다. 악성종양, 암 수준의 병이 그토록 힘들게 하고 병원도 수없이 찾아다닌 것을 약을 발라서 완치가 되다니. 어른들의 말이 생각난다. "병이 있으면 그걸 고칠 수 있는 처방약이 있다는 거."

지금은 베루말이 의사 처방이 있어야만 구입할 수 있다. 내가 이 약을 입소문 내서 티눈으로 고생하는 직장 식구들에게 많은 도움을 주었다.

2. 먼저 마음의 병부터 고치자

인생 2모작도 마친 3년 전, 지공도사(지하철 공짜표 인생)가 일 년 남은 그해, 새벽에 일어나면 왼쪽 다리가 쥐가 나는 저림 현상이 일어나더니 조금씩 부위가 올라가다가 허벅지까지 통증을 주어서 양말 신기도 쩔쩔매는 고통에 시달려서 옷을 입기가 불편하게 되었다. 이거 왜 이러나? 매일 아침 아파트 헬스장에서 운동도 꾸준히 하는데… 주변에 수소문해 보니 아마 척추에 문제가 있으니 정형외과나 통증의학과 진료를 받으라 해서 15년 전에 무릎이 아파서 고생할 때 완치케 한 약수동 B정형외과를 찾았다. 의사가 내 이야기를 듣더니 척추 디스크의 이상이 있는 것 같다면서 CT 촬영하고 MRI까지 찍었다.

나는 이날 이때까지 CT, MRI를 찍어본 일이 없이 건강하게 살았는데 하루에 동시에 다 찍다니… 촬영 결과는 허리 요추 디스크 4번, 5번 사이 디스크 왼쪽이 거의 없는 수준이라 뼈끼리 닿을 때 생기는 통증이니, 이를 수술로 하는 방법과 로봇 ATT 시술로 고칠 수 있다는 것이다. 실손보험을 가입한 것이 없어서 생각보다 고가(高價)이지만 의사의 권유를 믿고 로봇 ATT시술을 받기 시작했다. 20번 시술을 하는데 별 반응이 나타나지 않아, 의사와 상담하였더니 10번 더 늘려주었다. 그러나 시술을 다 마쳤어도 치료 효과는 별로였다.

길거리 지나다니면 통증의학과, 정형외과, 도수체조, 물리치료실이 광고판이 눈에 많이 들어온다. 전에는 별 관심이 없었는데. 늙는다는 것을 실감하면서…

이제부터는 작은 병들을 안고 살 나이가 되었나 보다. 요즘같이 고령화 시대에 아직 살날이 많이 남았는데 어쩌나? 솔직히 직장을 퇴직해서 사기가 위축되는데 회복이 되지 않은 병까지 얻어서 많이 우울하고 속상했다.

그러던 어느 날, 삼청동 식구 모임이 사당역 부근에 있어 맛집에서 점심을 하고 소화도 시킬 겸 총신대역까지 걷다가 우연히 R서점에 들렸는데, 서가에 그 많은 책 중에서 내 눈에 팍 들어오는 책이 있었으니 "하나님의 힘으로 병이 낫는다"(손기철 지음/규장)라는 책이다. 이 책을 읽고, 병의 근원은 우선 마음에 있다는 것을 알게 되었다. 먼저 마음의 병부터 고치고, 주변의 지인들로부터 배운 허리에 좋다는 체조를 매일 열심히 병행해서 꾸준히 했더니 5개월 만에 허리로 인한 통증이 거짓말같이 완치가 되었다.

이 책의 몇 가지를 발췌해 여기에 소개한다.

"오늘날 가장 큰 문제가 되는 암이나 성인병은 대부분 과거의 상처와 쓴 뿌리, 삶의 다양한 스트레스로부터 기인하는 경우가 많다"

"죄가 없다면 질병도 없다는 말이 있다"

"믿음의 기도는 병든 자를 구원하리니…"(야고보서 5:15)

"질병의 진정한 근원은 스트레스가 아니라, 직간접적인 죄이다"

"하나님이 당신을 용서하셨는데 우리가 우리 자신을 용서하지 못한다면 얼마나 교만한 것이겠는가?"

"하나님은 병을 치유하는 분이실 뿐 아니라, 우리가 병들지 않도록

온전하게 하시는 분이다."

　혹시 "난 눈에 흙이 들어가도 이것만큼은 절대 용서할 수 없어" 같은 분노를 나도 모르게 품고 있지는 않은가? 그런데 생각해 보니 한두 가지가 아니었다. 그래서 나는 과거의 상처와 쓴 뿌리를 모두 내려놓기로 했다. 먼저 나의 응어리진 감정을 하나하나 풀고, 상대방에게 다가가서 화해하고 용서를 구했다. 그리고 매사에 온유한 마음을 가졌더니….

미수 허목 선생의 도가적 삶에 대한 연구

고희상

경기도 연천에 거주한다. 기 철학 전공 철학박사이고, 연강기품(漣江氣稟)연구소를 운영하며, 내단학연구와 기명상 수련을 하고 있다. 연천에서 역사·문화·기철학 강의와 한탄강유네스코 세계지질공원 해설사 활동을 하고 있다.

Ⅰ. 들어가는 말

조선 시대의 유학 변천 과정을 보면 성리학·예학·실학의 순서로 발달했다고 볼 수 있다.[1] 조선 성리학은 16세기 전후에 융성기를 맞이하며, 16세기 중엽 이후에는 도학을 숭상하는 사림파가 득세를 하고 있었다. 몇 차례의 사화를 거치면서 이들은 '산림유(山林儒)'와 '묘당유(廟堂儒)'로 나뉘게 된다. 산림유란 학문과 경륜을 갖추고 초야에 은거하며 후학을 양성하고 학문에 몰두하며 현실정치를 비판하는 사람들이고, 이때의 대표주자는 서경덕(徐敬德, 1489~1546년)과 조식(曺植, 1501~1572년) 등이었다. 묘당유는 과거를 통해 벼슬길에 나아가 등용이 되면 개인의 영욕보다는 나라의 안위를 위해 멸사봉공의 정신으로 경세제민하는 선비를 말한다. 이들의 대표자는 이황(李滉, 1501~1570년)과 이이(李珥, 1536~1584년)를 들 수 있다. 하지만 후대에 가면서 이들 사이의 경계 자체가 모호해졌다.[2]

17세기 전후는 조선 시대의 예학시대로 생각할 수 있는데, 미수 허목(1595~1682년)이 살았던 17세기는 조선 시대 사상사에서 리학의 이론이 더욱 심화되어 정치와 사상은 물론 사회 전반에 걸쳐 생활적 규범으로까지 자리 잡게 되고 예학이 성행했던 시기였다.

허목은 이러한 성리학적 풍토에서 다른 성리학자들과 달리 분명하게 구별되는 다른 학문적 경향을 가지고 있는 학자였다. 그는 육경과 고학을 학문의 중심으로 삼았으며, 특히 『기언』에서 그의 사상체계를 살펴볼 수 있는 「청사열전」이 실려 있는데, 이 글을 중심으로 그의 학문 속에 담긴 도가적 세계관을 잘 살펴볼 수 있다. 그리고 그는 일생 내내 늘 겸손한 삶과 대쪽 같은 선비 정신을 가진 인물이다. 따라서

---

1) 정인재, 윤백호의 「예론과 윤리사상」 정문연, 연구논총, 82-84쪽
2) 강성률, 「성리학의 발전」 『청소년을 위한 동양철학사』, 반석, 2009.

이 논고에서는 허목의 학문 속에 담긴 도가적 세계관을 살펴보고 평생을 겸손의 미학적 삶을 살았던 선비의 삶을 조명해보고자 한다.

II. 미수 허목의 생애와 학문적 연원

1. 생애

미수 허목은 선조 28년(1595년)에 서울 창선방(彰善坊)에서 태어나서 숙종 8년(1682년)에 경기도 연천(漣川)에서 88세에 세상을 떠났다. 미수 허목 선생은 17세기 우리나라 역사상의 인물로 너무나 잘 알려진 분이다. 그는 본관이 양천(陽川)인 허씨 명문의 출신으로 을사사화(乙巳士禍) 때 홍원(洪原)으로 귀양을 간 좌찬성 허자(許磁, 1496~1551년)[3]의 증손이며 모계(母系)로는 시인으로 유명한 백호(白湖) 임제(林悌)의 외손이다. 부인은 청백리로 유명한 오리 이원익(1547~1634년)의 손녀이다.

부친은 허교(許喬, 1567~1632년)로 자는 유악(維嶽), 수옹(壽翁)이다. 서경덕(徐敬德, 1489~1546년)의 제자로 유교·불교·도교에 통달한 박지화(朴枝華)에게 학문을 배웠다. 1598년(선조 31) 김명원(金命元)의 천거로 군자감참봉(軍資監參奉)이 되어 군량 분배의 일을 맡았으나 호조의 미움을 받아 파직되었다. 이후 의금부도사·선공감직장 등을 거쳐

---

3) 중기의 문신. 예조판서를 거쳐 우참찬(右參贊), 공조판서를 지냈다. 대사헌이 된 후 윤원형 등과 함께 소윤(小尹)으로서 대윤(大尹)인 윤임을 제거하는데 가담, 위사공신(衛社功臣) 3등에 책록, 양천군(陽川君)에 봉해졌다.

1608년(광해군 즉위년) 양성현감(陽城縣監)이 되었다. 이듬해 고령현감으로 부임하여 오랫동안 미제로 남았던 살인사건을 해결하였다. 1618년(광해군 10년) 거창현감으로 부임하여 3년간 근무한 후에 산음현감으로 옮겨갔다. 인조반정 후에는 임실현감·포천현감 등을 역임하였다. 7군데의 고을을 다스렸으나 집안은 항상 가난하였다. 거문고를 즐겼으며 도교의 수련술에 관심이 많았다.

미수 허목이 스스로를 논한 「허미수자명(許眉叟自銘)」에 의하면 다음과 같이 자기 자신에 대해 소개하고 있다.

> 나의 이름은 허목(許穆), 자(字)는 문보(文父)이다. 본관은 공암(孔巖)인데 한양의 동쪽 성곽 아래에서 살았다. 나는 눈썹이 길어 눈을 덮었으므로 스스로 호를 미수(眉叟)라 하였다. 태어날 때부터 손금이 '문(文)'자 모양이었으므로 또한 스스로 자를 문보(文父)라 하였다. 나는 평생 고문(古文)을 매우 좋아하였다. 일찍이 자봉산(紫峯山)에 들어가 고문 공씨전(孔氏傳)[4]을 읽었다. 늦게야 문장(文章)을 이루었는데 그 글이 대단히 호방하면서도 지나치지 않았다. 특별한 것을 좋아하며 혼자 즐겼다. 옛사람이 남긴 교훈을 마음으로 추구하여 항상 스스로를 지켰다.[5]

그런데 조부와 외조부 모두 사환(仕宦)으로 크게 현달(顯達)하지 못했을 뿐 아니라 미수 허목 자신도 반평생이 넘도록 벼슬과 인연이 없

---

4) 유교 십삼경(十三經) 중의 하나로서 효도에 관한 내용을 다루고 있는 효경 중의 하나이다. 한무제 때 노(魯)의 공왕(恭王)이 공자의 옛집을 헐면서 나온 것인데, 이를 공안국(孔安國)이 주석을 하였다 하여 『공안국전 孔安國傳』 또는 『공씨전』이라 한다.
5) 「허미수자명(許眉叟自銘)」, 『기언(記言)』 제67권 「자서속편(自序續編)」

이 오직 한 사람의 학자로서 연구와 저술을 일삼는 한편, 각 지방으로 여행과 유람을 다니고 있었다.

미수 허목은 1624년 30세에 경기도 광주지역 우천(牛川)에 있는 자봉산(紫峯山)에 들어가 고문(古文) 『공씨전(孔氏傳)』을 읽고 선진·서한 뒤에 고문이 망하였으므로 당송(唐宋)이 하는 볼 만하지 않다고 하였다.[6] 그는 독서와 글씨에 전념하였지만 32세 되던 1626년(인조 4년)에 서인계 유신(儒臣)인 박지계(朴知誡) 사건으로 과거 응시 자격을 박탈당하였다. 그가 동학(東學)의 재임(齋任)으로 있을 때 서인계 유신(儒臣) 박지계(朴知誡, 1573~1635년)가 인조의 생모 계운궁 구씨에 대하여 추숭(追崇)의 의(議)를 제기하자 미수 허목은 그를 '봉군난례(逢君亂禮)', 즉 임금에게 아첨하여 예(禮)를 문란시켰다고 비판하고 그의 이름을 유적(儒籍)에서 지웠다. 이것이 문제가 되어 허목은 과거 응시 자격을 박탈당하였다. 나중에 비록 정거(停擧)가 풀렸지만 과거의 뜻을 버리고 자봉산에 은거하면서 학문에 몰두하였다.[7]

2. 미수 허목의 학문적 연원

미수 허목은 어려서부터 종형 허후(許厚, 1588~1661년)[8]에게 수학

6) 이병도, 『한국유학사』 아세아출판사, 1987, p282
7) 재앙을 물리친 위대한 예술, 허목의 척주동해비 (한국향토문화전자대전)
8) 허후(許厚, 1588년~1661년)는 조선시대 중기의 문신, 성리학자, 작가, 시인이다. 본관은 양천(陽川)으로 자는 중경(重卿), 호는 관설(觀雪) 또는 돈계(遯溪), 일휴(逸休)이다. 인조반정 이후 북인으로서는 처음으로 출사한 인물들 중의 한 사람이며, 제1차 예송 논쟁 때는 다른 북인 당원들과 함께 남인인 허목, 윤휴 등의 견해에 동조하였다. 우의정 허목의 사촌형이며, 정구·장현광(張顯光)의 문인이다.

했고, 23세에는 허후와 더불어 성주에 있는 퇴계 이황의 고명한 제자 중 한 사람인 한강 정구(1543~1620년)에게 3년간 사사하였다.

한강 정구는 성주 출신으로 중종 38년(1543년)에서 나서 광해군 12년(1620년)에 세상을 떠나갔다. 1555년(명종 10년) 무렵에는 5촌 이모부인 오건(吳健)[9]에게 역학을 배웠는데 시간이 되지 않아 건(乾)·곤(坤) 두 괘(卦)만 배우고도 나머지 괘는 스스로 유추해 깨달았다 한다. 1563년에 이황(李滉)의 문하에 찾아가 스승으로 글을 배웠고, 1566년에 조식(曺植)을 찾아뵙고 스승으로 삼아 그의 문하에도 출입하며 글을 배웠다. 또한 얼마 뒤에는 대곡 성운(成運)을 찾아가 그의 문하에서도 수학하였다. 당대의 삼현인 퇴계, 남명, 대곡한테서 학문을 익혔지만 끝내 벼슬로 출세하는 길을 외면하고 과거를 보지 않았다.[10] 그는 퇴계에게 『심경(心經)』에 관하여 질의하고 학문 방법을 들은 뒤에 과거에 뜻을 두지 않고 오로지 경전만을 연구하였으며 뒤에 동강 김우옹의 천거로 벼슬을 하여 대사헌에 이르렀다.[11]

『심경(心經)』이란 것은 심학(心學), 곧 인간의 내면세계인 마음에 침잠하는 공부의 지침서이다. 일찍이 퇴계는 『심경후론(心經後論)』을 지은 바 있는데, 한강 정구는 경전과 선현들의 말에서 자료를 보충하여 그 의미를 발휘코자 하였다. 이 책이 그의 『심경발휘(心經發揮)』이다.

---

9) 본관 함양(咸陽). 자 자강(子强)이며 호는 덕계(德溪)이다. 31세 때 남명 조식(曺植)의 문하에 들어가 수학하였고 이후 퇴계 이황(李滉)의 문하에서도 학문을 수학하였다. 『명종실록(明宗實錄)』 편찬에 참여하였다. 오건의 학문은 궁리거경(窮理居敬)을 중시하였다. 그의 학문은 퇴계 이황의 이기철학(理氣哲學)과 남명 조식의 경의철학(敬義哲學)을 융합한 것으로 평가된다. 저서에 『덕계문집』 『정묘일기(丁卯日記)』가 있다. 산청(山淸)의 서계서원(西溪書院)에 배향되었다.

10) 이용선, 『청백리 열전』 매일경제신문사, 1993, p.99

11) 이병도, 『한국유학사』 아세아출판사, 1987, p.281

한강 정구의 학문의 성리학적 특색은 이 책에서 찾아볼 수 있거니와 예학에 관한 저술도 매우 많았는데, 그는 왕사부동례(王士不同禮) 창시하였으며, 그는 왕가례(王家禮)와 사가례(士家禮)의 차별성을 강조하여 왕사부동례의 근거를 제시하였다. 그는 조선의 왕은 중국의 신하라는 것을 부정하지는 않았으나 조선의 국왕은 조선에서의 국왕이므로 왕가의 가례를 적용해야 된다고 보았다. 이는 허목의『방국왕조례』로 계승되었고, 예송 논쟁 당시 남인들의 왕가의 예절과 일반 사대부의 예절이 다르다는 이론적 근거를 제시한다.

한강 정구는 경학, 산수, 음양오행, 풍수지리, 의약, 병진(兵陣)과 책략, 군사 지식 등에 두루 정통했으며, 당대의 명문장가로 많은 제자를 배출했다. 그의 조카사위가 되는 여헌장 현광도 그의 제자였고, 모계 문위, 등암 배상룡 등을 길러냈고, 북인계열 문신인 윤효전이나 현종, 숙종 때 예송 논쟁을 주도한 미수 허목 역시 그의 문하생이었다. 한강 정구의 이 같은 학풍은 뒤에 미수 허목에게 깊은 영향을 끼쳐 그의 사고를 더욱 학문적 시야를 넓혀주었는데 특히 예학의 대가로 자리매김하게 하였다.

한강 정구의 사상은 미수 허목은 물론 윤휴, 윤선도 등에게 영향을 미쳤고, 이들을 통해 후대의 남인 성리학자와 남인 실학자들에게로 계승되었다.

미수 허목은 훌륭한 스승이 계시다고 하면 불원천리를 하여 찾아 나서기를 서슴지 않았는데, 한강 정구 사후 그의 수제자인 모계 문위(文緯, 1554~1631년)와 여헌 장현광의 문하에서 수학하였다. 마침내 한강 정구의 많은 제자 중에서 가장 후배였던 미수 허목이 후일 한강 정구 학통의 상속인이 되었을 뿐 아니라 그의 학통을 근기 지방으로 가져와서 근기학파를 형성시킴으로써 서애(西厓)·학봉(鶴峰)의 후계자들인 영남학파와 함께 퇴계학파의 두 조류(潮流)를 이루게 하였다. 일찍이 번암(樊巖) 채제공(蔡濟恭: 1720~1799년)이 성호(星湖) 이익(李瀷: 1681~1763년)의 묘갈명(墓碣銘)을 지으면서,

"우리의 학문은 원래 계통이 서 있다. 퇴계는 우리나라의 공자(孔子)로서 그 도(道)를 한강(寒岡)에게 전해 주었고 한강은 그 도를 미수에게 전해 주었는데, 성호는 미수를 사숙(私淑)한 분으로, 미수를 통하여 퇴계의 학통에 이어졌다."

라고 하였다. 이에 의하면 미수 허목은 위로는 퇴계의 학을 물려받아, 아래로 성호 이익의 학으로 발전적 계승이 되었음을 볼 수 있다.

여기서 우리가 크게 주목해야 할 것은 미수 허목의 학사적(學史的) 위치(位置)이다. 위에서 밝혀진 바와 같이 미수 허목이 위로는 퇴계의 학을 물려받고 아래로 성호의 학으로 발전시킨 분이라 한다면, 미수 허목은 영남의 성리학(性理學)과 근기의 실학(實學)에 가교자적(架橋者的) 역할을 한 분임에 틀림없는 것이다.[12]

---

12) 『미수기언(眉叟記言)』 해제(解題) 이우성(李佑成)

Ⅲ. 허목 사상의 도가적 배경과 권도(權道)와 「청사열전」

1. 미수 허목 사상의 도가적 배경

미수 허목의 생장 배경에는 도가적 배경이 자리 잡고 있다고 해도 과언이 아니다. 왜냐하면 허목의 부친 허교는 앞서 언급한 바와 같이 서경덕(徐敬德)의 제자로 유교·불교·도교 에 통달한 박지화(朴枝華)에게 서 학문을 배웠다고 한다. 그리고 허목은 1609년 15세에 양성현감으로 임지에 부임하는 부친을 따라서 고령, 거창, 산음, 임실, 금천, 포천으로 동행하였다. 1633년 38세가 되어 부친이 포천현감으로 재직 중 돌아가실 때까지 18년 동안을 부친과 함께 하면서 부친의 정신세

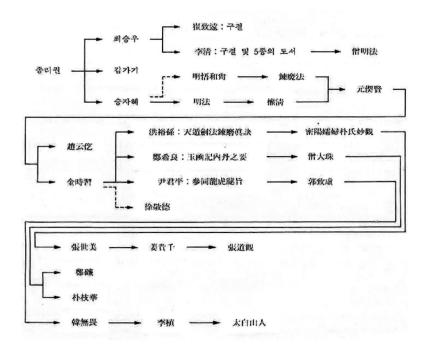

계나 교육 등에 많은 영향을 받았다고 볼 수 있다. 부친인 허교의 사승관계를 살펴보면, 허교는 박지화로부터 사사를 받았다고 하였는데 박지화는 『해동전도록』에 의하면 조선의 단학파로서 조선의 도맥을 이루는 한 사람으로 나타난다.

조선의 도맥 관계를 좀 더 자세히 살펴보면 조선 도교사상적(내단사상) 위치에서 『해동전도록(海東傳道錄)』[13] 『해동이적(海東異蹟)』[14] 『청학집(靑鶴集)』[15] 등의 도교사서에서는 김시습을 조선 내단사상의 선구자로 꼽고 있으며, 박지화는 그로부터 도맥을 이어 받은 사람으로 표현되고 있다.

조선 도맥은 김시습으로부터 전수되는 데 다음과 같다. "김시습은 『천둔검법연마결(天遁劍法鍊魔訣)』을 홍유손(洪裕孫)에게 전수하고, 『옥함기·내단지법(玉函記·內丹之法)』을 정희량에게, 『참동용호비지(參同龍虎祕旨)』를 윤군평(尹君平)에게, 단학(丹學)을 서경덕에게 전수한 것으로 되어 있어 조선 단학파의 비조라 할만하다. 윤군평은 곽치허(郭致虛)에게 전수하였고, 정희량(鄭希良, 1469~?)은 대주(僧 大珠)에게 전수하였으며 정렴과 박지화(朴枝華)에게 전수하고, 홍유손은 밀양상부(密陽孀婦) 박씨묘관(朴氏妙觀)에게 전수하고 묘관은 장도관(張道觀)에서 전수하였다. 곽치허는 한무외(韓無畏, 1517~1610년)에게 전수하고, 권청

---

13) 1610년(광해군 2)에 한무외(韓無畏)가 찬술한 도가서(道家書). 우리나라의 도가 단학(丹學), 즉 내단수련(內丹修鍊)의 계보를 밝힌 책이다. 인조 때의 어떤 승려가 가지고 있던 것이 이식(李植)에게 전하여져 세상에 알려지게 되었다.

14) 1666년(현종 7) 홍만종이 단학설화를 수집하여 인물별·시대별로 배열하고 평설을 달아 펴낸 전기집

15) 조선 중기 조여적이 찬술한 선가서. 이 책을 엮은 조여적은 조선 중기의 기인으로 호는 청학이다. 그는 이 사연(李思淵)으로부터 선술(仙術)을 배웠다.

(權淸)은 남궁두(南宮斗, 1526~1620년)에게 전수하고 또 조운흘(趙云仡)에게 전수하였다"[16]고 전한다.

이와 같이 박지화는 정렴과 같이 서경덕과 승 대주로부터 도맥을 전수받았다.

미수 허목은 『기언 별집 제26권』 유사(遺事) 박수암(朴守庵)의 사실(事實)을 통해 서경덕과 박지화, 정렴, 정작에 대해 논하고 있다.

"박지화(朴枝華) 선생의 자는 군실(君實)이요 호는 수암(守庵)이니, 서화담(徐花潭)에게 『주역(周易)』을 배웠고 수련(修鍊)하는 술법을 좋아하여 금강산에 들어갔다가 7년 만에 돌아왔다. 제자들이 그 술법을 물으면 선생은, "세상을 떠나서 홀로 살아가려는 선비나 혹할 일이요, 글 공부하는 사람들의 힘쓸 바는 아니다."하고 말하지 않았다.

정북창(鄭北窓, 이름은 염)과 서로 친하였고, 북창의 아우 고옥 장인(古玉丈人)이 스승으로 섬겼다. 화담이 하루 종일 기수학(氣數學)만을 보고 있기에 선생이 묻기를, "운수(運數)가 어떠합니까?" 하니, 화담이 대답하기를, "천하의 운수는 중국이 먼저 패운(敗運)을 받을 것이다."하였다. 또 묻기를, "우리 동방의 운수는 어떠합니까?" 하니, 화담이 대답하지 않는데, 겨우 3세 (世)인 숭정(崇禎 명의종(明毅宗)의 연호)에 이르러서 유적(流賊)들이 북경을 함락시켜 오랑캐의 근거지가 되었고 명나라 주씨(朱氏)는 대를 잇지 못하였다.

선조(宣祖) 계미년에 학사 허봉(許篈)이 갑산(甲山)으로 귀양 갔다. 그해 여름에 요사스러운 귀신이 갑산에 나타났는데, 희번덕이는 눈과 큰 이

---

16) 이능화, 『조선도교사』, 보성문화사, 2000, p203.

빨과 흐트러진 머리 채로 오른손에는 활을 쥐고 왼손에는 불을 들고 있
었다. 고을에서 군사를 일으켜서 북을 치고 활을 쏘아 물리치는데, 허봉
이 축려문(逐厲文)을 지었다. 선생이 이 소문을 듣고 말하기를, "10년이
넘지 않아서 나라에 큰 난리가 날 것인데, 남방에서 시작될 것이다." 하
였다. 그 뒤 10년인 임진년에 과연 왜적이 쳐들어와 전쟁이 7년 만에 겨
우 끝이 났다. 임진란 때에 선생의 나이가 80이 넘었는데, 자손들이 피
난가느라고 흩어져서 서로 잃었다. 수춘(壽春, 春川))에서 물에 빠져 죽
을 때 선생이 나무를 깎아서 '백구(白鷗)는 본디 물에서 자는 것이다. 무
슨 까닭으로 너무 슬퍼하랴.'[17]라고 써놓았다. 선생이 술수학에 밝더니
아마 미리 알았던 것인가. 선생은 항상 고요한 마음으로 사물(事物)에 흔
들리지 않았고, 성품도 간결하고 문장도 또한 그러하였다."[18] 하였다.

『동국신속삼강행실도(東國新續三綱行實圖)』[19]에는 박지화가 학관(學
官)으로써 임진왜란 때 왜적으로부터 욕됨을 당하지 않으려고 물에

---

17) 白鷗元水宿 何事有餘哀
18) 『기언 별집 제26권』 유사(遺事) 박수암(朴守庵)의 사실(事實)
19) 『동국신속삼강행실도』의 편찬은 조선시대 문신 이성 등이 왕명을 받아 『삼강행실
도』·『속삼강행실도』의 속편으로 편찬한 예서인데, 임진왜란 발발 후 효자, 충신, 열
녀 등의 사실을 수록·반포하여 민심을 격려하려는 취지를 가지고 있었으니, 이 책 이
름에 나타나 있는 것처럼 우리나라 사람에 국한되면서[東國] 무려 총 1,587인을 수
록하여 권질이 방대하다는 특징을 가질 뿐 아니라, 수록된 사람들이 계급과 성별의
차별 없이 내노(內奴)·관노(館奴)·사노(私奴)·관노(官奴)·시노(寺奴) 같은 천인이라 하
더라도 행실이 뛰어난 이는 모두 망라하였다는 의의를 가지고 있는 문헌이기도 하
다. 특히 임진왜란이라는 전란을 통하여 얻은 겨레의식의 발전과 더불어 백성을 위
로하고 도덕의식을 높이려는 광해군의 의지가 녹아 있다. 그림과 언해가 나란히 편
집되어 중세 미술과 국어학 연구에 매우 귀중한 자료이며, 당시의 풍속, 사상, 관습
등을 엿볼 수도 있는 문헌이다. (김문웅 『역주 동국신속삼강행실도 3집』 세종대왕기
념사업회.

빠져 죽으면서 정문을 받게 된 사실을 말해 주고 있다.

박지화가 80세 때 임진왜란이 일어나자, 친구 정굉(鄭宏)과 더불어 포천의 백운산(白雲山) 사탄촌(史吞村)에 피란하였다. 적병이 가까이 오자 정굉은 다시 피난길을 떠났는데, 이때 자신은 늙어서 더 이상 갈자 정굉은 다시 피난길을 떠났는데, 이때 자신은 늙어서 더 이상 갈 수 없으니 훗날 이곳에서 다시 만나자고 하면서 두보(杜甫)의 오언율시 2구절(白鷗元水宿 何事有餘哀)을 써서 나뭇가지에 걸어놓고 시냇물에 빠져 죽었다고 전한다.

동국신속삼강행실도(東國新續三綱行實圖)는 다음과 같이 말한다.

"지화투수(枝華投水, 박지화가 물속에 몸을 던져 죽다)

학관(學官)인 박지화(朴枝華)는 서울 사람인데, 젊어서부터 화담 서경덕(徐敬德)을 스승으로 모시고 많이 배워 시문(詩文)에 능하고, 평생을 고상하고 깨끗하게 살면서 스스로 언행을 조심하며 지켰다. 성리학(性理學)에 뜻을 기울이면서 주역(周易)에 더욱 깊이 들어가니 사람들이 그 나아간 데의 깊은 경지를 엿볼 수 없었다. 임진왜란 때 왜적이 침략해 오자 산골 속으로 피하였는데, 사람이 말을 보내어 달아나기를 권하였으나 이를 듣지 아니하고 냇가에 단정하게 앉아 있었다. 뒤이어 왜적이 곧 이르게 되니 의리를 지켜 욕먹지는 않겠다면서 물에 빠져 죽었다. 지금의 임금께서 정문(旌門)을 내리셨다."[20]

박지화는 평생을 고상하고 깨끗하게 살면서 스스로 언행을 조심하

---

20) 김문웅 『역주 동국신속삼강행실도 3집』(충신도 권1) 지화투수(枝華投水)

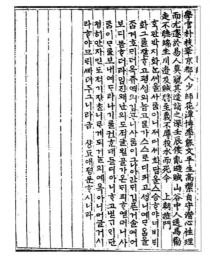

며 지킨 사람으로 임진왜란 때 충절을 지킨 충신으로 선정되어 임금(광해군)으로부터 정려문을 하사받았다. 이러한 모습은 그의 제자인 허교에게도 영향을 준 것으로 보인다. 허목은 부친 허교의 묘갈명을 지으면서 다음과 같이 부친의 모습을 회고하고 있다.

불초가 스스로 밥 먹고 말할 수 있는 나이 때부터 35년을 옆에서 모셨는데, 항상 경계하여 말하기를, "이익을 보면 수치를 생각하고 의리를 들으면 반드시 힘쓰며, 스스로를 욕되게 하여 남에게 아첨하는 짓을 하지 말라." 하였다. 공은 7개 고을을 두루 다스렸으나 한 번도 치산(治産)을 도모한 적이 없었다. 거문고 타는 것을 좋아하였는데, 세속의 음악은 타지 않았다. 일찍이 홀로 탄식하기를, "평생 스스로 옛사람처럼 되기를 기약하였는데, 세상에 나를 알아주는 이가 없이 하찮은 녹을 구하여 뭇사람과 똑같이 추구하였다. 참으로 처음 다짐했던 마음에 부끄럽다." 하였다. 박지화 선생이 살았던 옛 마을을 지날 때마다 반드시 말에서 내려 말하기를, "소싯적에 따르고 존경했던 분이 살았던 곳이다. 늙었지만 감히 잊을 수가 없구나."[21] 하였다.

이렇게 볼 때 허목은 부친을 35년을 옆에서 모시고 있었고, 자기 이익을 사사롭게 추구하지 않는 관료이며, 맑고 청렴한 삶을 사는 선비(淸土)로서의 부친 삶을 그대로 배웠고, 또 스스로 옛사람 즉 예로 부터 도맥을 이은 사람들처럼 살고 싶었는데, 녹을 구하느라 뭇 사람들과 똑같은 삶을 살았던 것에 대한 부끄러움과 스승인 박지화를 잊지 못하는 부친의 마음을 글로 잘 남겼다. 이와 같이 허목이 부친의 영향을 많이 받았다는 것은 그가 남긴 『기언』 곳곳에서 잘 드러나고 있다.

허목의 가계(家系)에서 주목해야 할 것은 외가(外家)이다. 즉 외조(外祖)와 외숙(外叔)으로 부터 많은 영향을 받았을 것으로 보인다. 허목은 선조 때의 시인 백호 임제(林悌, 1549~1587년)의 외손이다. 임제는 동서분당에 실망하여 벼슬을 버리고 명산을 유람하다가 요절한 천재시인이며 반주자학적인 면이 짙다. 그의 아들 임게(林垍, ?~?)는 『해동이적』에 의하면 도맥을 이어받은 도가의 일인(一人)이다.[22] 이렇게 허목의 생장 배경에는 부친 허교와 은자적인 처세의 외조(外祖)와 도가의 한 사람인 외숙으로부터 도가적 영향을 직·간접적으로 많이 받았음을 알 수 있다.

---

21) 『기언 제42권』 허씨 선묘 비문(許氏先墓碑文) 자손의 비갈(碑碣)을 부기함 포천 현감(抱川縣監) 부군 묘지(墓地)
22) 최경환외 2인, 『허미수의 학·예·사상 논고』 「미수도가의식에 관한 연구」, 미수연구회, 1998, p.180

2. 권도(權道)와 「청사열전」

허목은 『기언』에서 도가적 경향의 글인 「청사열전」[23]을 73세 때 남기게 된다. 「청사열전」의 글은 김시습, 정희량, 정렴, 정작, 정두의 행적과 사람됨을 서술하였다. 여기에 강서(姜緖)와 조충남(趙忠男, ?~?)의 유사(遺事)가 부록된 작품이다. 이 글은 『기언 원집 38권』 동서기언(東序記言)에 보인다. 허목은 「청사열전」 서두에서 이렇게 말한다.

"세상의 변고를 당하여 속세와 인연을 끊고 은둔하여서 혹 행적은 더럽혔지만 삶은 깨끗이 한 사람이 있으니, 그 몸은 깨끗함에 맞고(身中淸) 세상을 등진 것은 권도(廢中權)에 맞는 사람을 성인은 허여하였다. 그러므로 청사열전을 쓴다.[24]

고 하며 「청사열전」을 짓는 당위성을 말하고 있다. 허목은 『논어 미자(論語 微子)』편을 빌어 청사(淸士)란 그 몸은 깨끗함에 맞고 세상을 등진 것이 권도(權道)에 맞는 사람으로 공자(聖人)도 허락한다고 여기는 것이다.

'신중청 폐중권(身中淸 廢中權)'이란 말은 『논어 미자(論語 微子)』18편을 인용하여 설명한 것으로 공자는 학문·덕행이 있으면서 세상에 나서지 않고 묻혀 지내는 일민(逸民)의 행동방식을 언급한 글이다. 공자는 말한다.

---

23) 『기언』제11권 중편
24) 當世變.逃世絶俗.或有穢其跡而潔其行者.身中淸.廢中權.聖人許之.作淸士列傳

"일민은 백이, 숙제, 우중, 이일, 주장, 유하혜, 소련이다. 공자께서 말씀하셨다. "그 뜻을 낮추고 그 몸을 욕보이지 않은 자는 백이와 숙제이다". 유하혜와 소련을 평하시기를 "뜻을 굽히고 몸을 욕되게 하였으나, 말이 윤리에 맞으며 행실이 사려에 맞았으니 이런 점일 뿐이다". 우중과 이일을 평하시기를 "숨어 살면서 말을 함부로 하였으나 몸은 깨끗함에 맞았고(身中淸) 폐함(벼슬하지 않음)은 권도에 맞았다(廢中權) 나는 이와 달라서 가한 것도 없고 불가한 것도 없다."[25]

고 하였다. 일민이란 학문과 덕행이 높지만 벼슬 살지 않고 세상을 벗어나 있는 사람을 가리킨다. 일(逸)은 유일(遺逸), 민(民)은 무위(無位)를 뜻한다. 불강기지(不降其志)는 항상 뜻을 높이 지님을 말한다. 불욕기신(不辱其身)은 몸을 맑게 지녀 오욕(汚辱)을 입지 않음을 말한다. 여(與)는 감탄과 추정의 어조를 지닌다.

이렇기 때문에 유학자인 허목의 입장에서도 도가의 도맥(道脈)에 관련된 사람들의 행적이 유학에서 말하는 권도와도 맞으니 이 글을 쓴다고 한 것이다.

'폐중권(廢中權)'의 권(權)에 대해 다시 논해보면 『논어 자한(子罕)편』 제9에 언급이 되고 있는데 내용은 다음과 같다.

---

25) 逸民: 伯夷·叔齊·虞仲·夷逸·朱張·柳下惠·少連. 子曰: "不降其志, 不辱其身, 伯夷·叔齊與! 謂柳下惠·少連降志辱身矣, 言中倫, 行中慮, 其斯而已矣; 謂虞仲·夷逸隱居放言, 身中淸, 廢中權. 我則異於是, 無可無不可."

"공자께서 말씀하셨다. 더불어 함께 배울 수는 있어도 함께 도에 나아갈 수는 없으며 함께 도에 나아갈 수는 있어도 함께 권도를 행할 수는 없다"[26)]

라고 하였다. 이 글에 대한 정자(程子)[27)]의 주(註)에 따르면,

"권은 저울이니, 물건을 저울질하여 경중을 하는 것이다. 더불어 권도를 행한다는 것은 일의 경 중을 저울질하여 의리에 합하게 함을 말한다."[28)]

고 한 것이다. 권(權)은 저울추 권으로 저울추를 잡은 사람은 모든 사물의 경중을 잴 수 있어서 이 추를 잡은 힘은 곧 권력이 된다. 그래서 일의 경중을 판단하고 각 상황에 따라 달리 대처하는 것을 말하기도 한다. 이는 원칙을 완전히 알고 난 이후에야 가능하므로 도를 이루고 난 이후에 가능한 마지막 단계로 설정되어 있다.

권도(權道)라는 것은 사전적 정의로 그때그때의 형편(形便)을 따라 일을 처리(處理)하는 방도, 목적(目的) 달성(達成)을 위(爲)한 수단(手段), 방편(方便) 일을 처리하는 방법을 말한다. 그러므로 권도란 정도(正道)를 실현하는 하나의 방법론이며 변통론(變通論)이라 할 수 있다. 권도는 상황성을 전제로 한 것이기 때문에 일정하고 불변적인 행위규범

---

26) 子曰 可與共學 未可與適道 可與適度 未可與立 可與立 未可與權
27) 程子는 北宋 때 학자 程顥(1032-1085)와 程頤(1033-1107) 형제를 존칭하는 말이다.
28) 權稱錘也 所以稱物而知經重者也, 可與權 謂能權經重 使合義也.

을 가지지 못하며 그때마다 다른 행위 양식으로 나타나는 특성을 가진다.

맹자(孟子)가 "남녀가 물건을 주고받을 때 직접 손을 맞대지 않는 것은 예이고, 형수가 물에 빠졌을 때 손을 잡아서 건져주는 것은 권도이다."고 하여 예와 권도를 연계시킨 것이나, 이이(李珥, 1536~1584)가 "때를 따라 중(中)을 얻는 것을 권(權)라 하고, 일에 처하여 마땅함에 합치되는 것을 의(宜)라고 한다."[29]라고 하였다.

이와 같이 권도를 행할 때에는 그 형세에 따라 처신(處身)을 달리 해야 하는 것이다. 평화롭고 무사할 때에는 정도[經]를 지켜야 하지만 위태롭고 다급할 때에는 권도[權]를 행해야 하는 것이다. 김시습도 "상황의 변화에 따른 권도와 불변의 경상을 일치시켜가는 것은 사람에 달려 있지 도(道)에 달려있는 것이 아니다."고 하였다.
   그러므로 허목은 이 권에 대한 충분한 이해를 가지고 청사열전을 작성한 것으로 보인다.
기언 별집 제9권 / 기(記)에는 이런 글이 실려 있다.

"백운사 동쪽은 수춘(壽春)의 사탄(史呑)이다. 수춘은 옛날의 맥국(貊國)으로서 산이 깊고 돌이 많은 곳인데, 그 백성들은 질박하고 어수룩하며, 간혹 세상을 피해 은거하는 선비가 여기서 살기도 한다. -중략- 경태(景

---

29) 『栗谷先生全書』 拾遺 卷5 / 雜著 二 "隨時得中之謂權. 處事合宜之謂義. 權以應變. 義以制事".

泰) 말년에 김시습(金時習)이 세상을 피해 이곳에서 숨어 지냈기 때문에 오세동자동(五歲童子洞)이라고 부른다 한다. 김시습은 다섯 살밖에 되지 않았을 때 『대학』과 『중용』의 뜻을 이해하여 '오세동자(五歲童子)'라고 불렸던 인물이다. 일찌감치 큰 명성을 얻었으나 세상의 변고를 보고는 하루아침에 자취를 감추어 스스로 세상과 인연을 끊고, 감개(憾慨)하여 원한을 품은 채 죽을 때까지 자신의 행동을 후회하지 않았으니, 그의 시를 읽어 보면 사람으로 하여금 눈물을 떨어뜨리게 한다."[30]고 하였다.

사실상 허목은 큰 명성은 얻었으나 세상의 변고를 보고는 하루아침에 자취를 감추어 스스로 세상을 피해 은거하는 선비들의 삶을 칭송하고 있다. 또 그 글에는 다음과 같은 글이 덧붙여져 있다.

"사탄에서 동남쪽으로 30리 떨어진 곳은 모진(牟津)인데, 모진 위에는 이 문순공(李文純公)의 사당이 있다. 그 남쪽으로 또 30리 떨어진 청평산(淸平山)에는 은자(隱者)가 농사짓던 곳이 있다고 전해진다. 고려의 태악서 승(太樂署丞) 이자현(李資玄)이 세상을 버리고 은거하여 산속에서 40년을 살았는데, 왕이 예(禮)를 갖추어 소견하고서 욕심을 줄여야 한다는 경계를 듣고는 "도덕 (道德)을 갖춘 노인이다."라고 칭찬하였다.
내가 근래에 일이 없어서 「청사전(淸士傳)」을 짓고 또 「석경총명(石鏡塚

---

30) 『기언 별집』 제9권, 기(記) "白雲. 東壽春之史呑. 壽春古貊國. 山深多石. 其民樸駮. 或有逃世之士居之. 史呑. 壽春初境. -중략- 景泰末. 金時習逃世絶跡. 隱於此. 謂之五歲童子洞云. 斯人生五歲. 通大學 ,中庸. 號曰五歲童子. 旣早得大名. 遭世故. 一朝逃去. 自絶於世. 憾慨怨恨. 終其身不悔. 讀其詩使人流涕"

銘)」[31] 44자를 지었으니, 세상을 피해 은둔하여 몸을 깨끗이 했던 옛 선비의 마음을 밝게 알 수 있다. 청평사(淸平寺)는 식암(息庵) 이악승(李樂丞)이 세운 것이라 한다. 수춘의 산수와 고사(古事)를 말하면서 이를 아울러 기록한다."[32]

이 글에 보면 허목은 「청사전(淸士傳)」을 짓고 또 「석경총명(石鏡塚銘)」 44자를 지었는데 이 글들을 지은 이유가 세상을 피해 운둔하여 몸을 깨끗이 했던 옛 선비의 마음을 밝게 알 수 있게 하려는 거라고 설명하고 있다. 이런 모습은 허목의 일생 내내 지녔던 마음 자세라 할 수 있다.

「석경총명(石鏡塚銘)」이란 원주 치악산에 은거하여 지절(志節)을 지킨 원천석(元天錫)의 묘명(墓銘)을 말한다. 원천석은 고려말과 조선 초(麗末鮮 初)에 은거한 선비로, 본관은 원주, 자는 자 정(子正), 호는 운곡이다. 고려 말 정치가 문란해지자 치악산에 들어가 농사를 지어 부모를 봉양하며 살았다. 이방원(李方遠)을 왕자 시절에 가르친 바 있었으므로 태종이 즉위한 후 누차 불렀으나 응하지 않았고, 태종이 집

---

31) 원천석(元天錫, 1330~?)의 묘지명으로,『기언』 권18 중편에 실려 있는「운곡선생명(耘谷先生銘)」이다. 원천석은 여말선초(麗末鮮初)의 은사로, 본관은 원주, 자는 자정(子正), 호는 운곡이다. 고려 말 정치가 문란해지자 치악산에 들어가 농사를 지어 부모를 봉양하며 살았다. 이방원(李方遠)을 왕자 시절에 가르친 바 있었으므로 태종이 즉위한 후 누차 불렀으나 응하지 않았고, 태종이 집으로 찾아갔으나 미리 알고 산속으로 피해버렸다.

32) 상게서. "史吞東南三十里牟津. 津上有李文純公祠堂. 其南又三十里淸平山中. 傳言隱者之莊. 高麗大樂丞李資玄遯世自隱. 入山中四十年. 王以禮召見. 聞寡欲之戒. 稱之曰. 道德之老者也. 僕近無事. 作淸士傳. 又石鏡塚銘四十四言. 古之士逃世潔身. 其心可明. 淸平息庵李樂丞所築云. 言壽春山水古事. 幷識之".

으로 찾아갔으나 미리 알고 산속으로 피해버렸다. 허목은 이 묘비명에서 다음과 같이 기록하였다.

"내 들으니 '군자는 은둔하여도 세상을 저버리지 않는다.' 하였는데, 선생은 비록 세상을 피하여 은둔하였지만 세상을 잊은 분은 아니었다. 절개를 지켜 흔들리지 않고 자신의 순결을 보존하였다"[33]

허목은 원천석의 묘명을 작성하면서 뜻을 굽히지 않고 몸을 욕되게 하지 않아 백대(百代)의 스승이 될 만하다고 평가하면서 다음과 같이 아름다운 행적(行蹟)을 기리는 글을 찬(贊)하였다.

깊은 산속 은둔한 선비 / 巖穴之士

시세 따라 거취 정하였네 / 趣舍有時

몸 비록 세상에 아니 나서나 / 縱不列於世

그 뜻을 굽히지 아니하고 / 能不降其志

그 몸을 욕되게 아니하여 / 不辱其身

후세에 교훈을 세웠으니 / 敎立於後世

하우·후직·백이·숙제 동등하거니 / 則禹稷夷齊一也

아 선생이여 백대의 스승 될 만하여라 / 先生可爲百代之師者也

이렇게 세상을 살면서 뜻을 굽히지 않고 몸을 욕되게 하지 않는 행실은 온전한 덕을 갖춘 성인(聖人)의 관점에서 본다면 현인(賢人)의 한

---

33) 『기언』 제18권 중편 / 구묘(丘墓) 2 운곡선생명(耘谷先生銘)

국면에 그치겠지만 평범한 사람의 관점에서 본다면 지고(至高)한 일이 아닐 수 없다.

허목(許穆)은 고뇌하는 방랑자 김시습(金時習), 시대의 광인 정희량(鄭希良), 도가(道家)의 기인 정렴과 정작 형제, 경상우도의 고사(高士) 정두(鄭斗)를 위해 「청사열전(淸士列傳)」을 지었다. 다섯 사람은 세상에 변고가 있자 속세와 발을 끊되 공자가 말했듯이 몸이 깨끗함에 맞고 버려져도 권도에 부합했으므로 청사(淸士)라 할 만하다고 본 것이다. 난세를 피하는 일시적 행동만 깨끗하고 삶 전체의 자취는 극히 더럽다면 그런 사람은 청사(淸士)라 할 수가 없다.

허목의 도가적 취향은 『기언』의 많은 부분에서 나타나지만 특히 도맥을 가진 인물을 정리한 '청사열전'이 대표적이다. 청사열전은 김시습, 정희량, 정렴, 정작, 정두 등 조선시대의 도가적 취향을 보인 인물들에 관한 열전으로 허목이 이러한 인물들을 선호했음을 보여 준다. 허목의 이러한 취향은 외조인 임제의 은자적인 처세에 영향을 받은 것이라는 지적도 있다.[34] 「청사열전」에 나오는 인물들은 조선시대 도가의 학맥을 정리한 해동전도록이나 홍만종의 『해동이적』에도 나오는 인물들로 이러한 인물들의 존재는 조선시대에 삼교회통을 추구한 지식인들이 나타났음을 의미한다. 17세기는 성리학과 이단을 절충하려는 회통주의가 근기를 중심으로 나타났으며, 이들은 주로 서

---

34) 정옥자, 『조선후기 역사의 이해』, 「미수허목의 역사의식」, ,1993, p89 재인용 17세기 중후반근기남인학자의 학풍 pp.218-219

경덕, 조식, 성운, 이항복의 학풍을 따르고 있었다.[35] 허목은 「잡저」
를 통해서도 정렴에 대한 추모의 정을 표시했으며, 박지화, 서기, 이
남, 등 정통성리학과는 구별되는 방향에서 하나의 사상 조류를 형성
하고 있던 인물들의 행적을 소개하였다.

허목은 기본적으로 성리학자이지만 학문의 다양성을 취했기 때문
에 이러한 도가적 성향을 일부 계승했다고 볼 수 있다. 허목 56세에
처음 관직을 받아 30년간 관직생활을 했지만 그의 삶의 중심은 대체
적으로 처사(處士)적인 생활태도에 있었다고 볼 수 있다.

Ⅳ. 나오는 말

미수 허목의 학문적 연원으로 보면 퇴계 학통을 계승하고 남명, 대
곡한테서 학문을 익힌 근기의 실학에 가교자적 역할을 하신 남인의
영수이지만 일생을 과거를 보지 않고 벼슬로 출세하는 길을 외면하
고 겸손한 삶을 이어가신 분이다. 이러한 배경에는 허목 선생의 가계
(家系)를 구성하는 친가와 외가로 부터 많은 영향을 받았으며 앞서 언
급한 바와 같이 그들로 부터 도가적 삶의 영향을 받을 수 밖에 없었던
것으로 보여진다.

허목은 부친 허교를 35년을 옆에서 모시고 있었기에 부친의 삶에
서 많은 가르침과 영향을 받았다. 부친은 자기 이익을 사사롭게 추구
하지 않는 관료이며, 맑고 청렴한 삶을 사는 선비(淸士)였고, 부친의

---

35) 한영우, 「17세기 후반~ 18세기 초반 홍만종의 회통사상과 역사의식」『한국문화』
  12, 1993

스승은 조선의 도맥을 이은 서경덕의 제자 박지화로서 자연스레 허목에게까지 도가적 사상이 전해졌을 것이라고 추측 할 수 있다.

이러한 도가적 경향에 따라 젊은 시절 허목이 정거(停擧)를 당해 과거를 볼 수 없었지만 그 정거가 풀렸어도 과거의 뜻을 버리고 은거하면서 고학(古學)을 학문의 근본으로 삼으면서 육경(六經)을 바탕으로 박학(博學)의 세계를 추구하였다. 이렇게 산림처사(山林處士)의 길을 가던 그의 56세 때에 최초로 정릉 참봉(靖陵參奉)에 제수 될 때 상신(相臣) 원두표(1593~1664)가 추천하면서 "배운 것이 많고 학문이 넓고 글을 잘하며, 그 뜻이 품위가 높고 수준이 높다."[36]라고 하며, 그의 박학하고 수준 높은 학문적 인품을 높이 평가하였음을 잘 알 수 있다.

허목의 『기언』에는 그의 사상체계를 살펴볼 수 있는 「청사열전」이 실려 있는데 이 글을 중심으로 그의 학문 속에 담긴 도가적 세계관을 잘 살펴볼 수 있다. 이 글에서 그는 조선의 도맥을 잇는 대표적 인물들인 김시습, 정희량, 정렴, 정작, 정두의 행적을 적고 있다. 이렇게 볼 때 허목에게서는 완연한 도가적 경향을 찾아볼 수 있다. 그러나 허목은 앞서 「청사열전」의 서두를 인용하여 설명한 바대로 유학자다움을 잃지 않으면서 그 유학을 종지(宗旨)로 하면서 부수적으로 도가적 사상을 취한 유학자인 것이다.

---

36) 『조선왕조실록』,「고종실록」20권, 고종 20년 10월 24일 신미 5번째기사 "相臣元斗杓薦曰: '博學能文, 高尙其志.'"

V. 참고문헌

• 『朝鮮王朝實錄』

• 『栗谷先生全書』

• 김도련 외『국역 미수기언(記言)』민족문화추진회, 1984.

• 이병도, 『한국유학사』아세아출판사, 1987.

• 이용선, 『청백리 열전』매일경제신문사, 1993.

• 이병도, 『한국유학사』아세아출판사, 1987.

• 이능화, 『조선도교사』, 보성문화사, 2000.

• 김문웅, 『역주 동국신속삼강행실도 3집』

• 최경환 외 2인, 「미수도가의식에 관한 연구」, 『허미수의 학·예·사상 논고』, 미수연구회, 1998.

• 임채우, 「척주동해비에 나타난 도가적 세계관의 문제」『도교문화연구 제39집』, 2013.

• 재앙을 물리친 위대한 예술, 허목의 척주동해비 (한국향토문화전자대전)

• 김영석, 『미수허목의 청사열전연구』경성대 석사논문, 1999.

정선아리랑 후렴의 존재 양상

박관수

민족사관고등학교 교사로 재임했으며, 정선아리랑을 연구하고 있다. 정선에 자주 가고 있으며, 북강원 아리랑에도 관심을 가져보려고 한다. 민속 문화 분야에도 많은 관심을 가지고 있다.

Ⅰ. 머리말

굿, 탈춤, 판소리, 농악, 민담, 민요 등의 무형문화는 움직임, 이야기, 소리 등이 근간을 이루면서 연행된다. 정선아리랑[1]의 경우는 움직임보다는 '이야기'와 '소리'를 중심으로 전승된다. 소리를 하면서 손을 흔들기도 하고, 나무를 하러 가면서 지게 목발을 두드리기도 하고, 술을 먹으면서 젓가락으로 상을 두드리기도 한다. 하지만, 정선아리랑을 부를 때는 선율과 장단이 있고, 이야기가 담긴 가사가 필수적이지만, 움직임이 필수적으로 수반되지는 않는다.

---

1) '정선아리랑'은 토속민요로 그 전승 지역이 강원도 일대였다. 단순히 정선 지역에서만 전승되었다고 해서 정선아리랑이라고 부르는 것은 아니다. 그리고 과거에는 '정선아리랑' 또는 '아리랑'이라는 명칭도 존재하지 않았다. 과거에는 이들을 '소리'라고 불렸었다. 이를 '정선아리랑', '아리랑', '아리리'라고 불린 것은 역사가 그리 오래 되지 않는다. 이 명칭들은 연구자들에 의해 만들어졌다. 이러한 사실은 나이가 많은 가창자들의 증언을 통해 확인할 수 있었다.

정선 사람들은 정선아리랑을 일반적으로 소리라고 부르지 이야기라고 부르지는 않는다. 이는 정선아리랑이 이야기보다는 소리를 중심으로 전승된다는 사실을 보여준다. 그렇더라도 정선아리랑을 이야기라고 부르지 않는다는 사실을 근거로, 이야기보다는 소리가 근간을 이루면서 전승된다고 말할 수는 없다. 정선아리랑은 소리와 이야기가 결합된 채로 전승된다. 가사에는 정선 지역 사람들의 삶이 담겨 있다. 이러한 점에 염두에 두고, 정선아리랑을 소리에 관심을 둔 연구[2]도 있지만, 이야기에 관심을 둔 연구[3]도 했다.

소리에는 대개 후렴이 있다. 모심는소리에도 후렴이 있고, 논매는소리에도 후렴이 있다. 타작할 때도 후렴을 부른다. 상여소리에도 후렴이 있고, 담쌓는소리에도 후렴이 있다. 멸치후리는 소리에도 후렴이 있다.

진도아리랑, 밀양아리랑, 본조아리랑에도 후렴이 있다. 진도아리랑을 부를 때는 "아리아리랑 쓰리쓰리랑 아라리가 났네 / 아리랑 응

---

2) 최헌. 「아리랑의 선율구조 비교 분석」, 『한국민요학 6』 (한국민요학회, 1999. 2).
   김혜정. 「정선아리랑의 음악적 구조와 특성」, 『한국민요학 29』, (한국민요학회, 2010. 8).
   김영운, 「〈아리랑〉 형성과정에 대한 음악적 연구」, 『한국문학과 예술 7』 (숭실대학고 한국문학과학연구소, 2011. 3).
3) 대체로 문학적인 측면에서 연구가 많으나, 문화적인 측면에서 정선아리랑을 논의한 논문도 있다.
   이창식. 「아리랑의 문화콘텐츠와 창작산업 방향」, 『한국문학과 예술 6』 (숭실대학고 한국문학과학연구소. 2010.9).
   김연갑, 『〈아리랑〉의 성격 변화와 정체성 확립과정 고찰」, 『지역문화연구 제11집 (세명대학교 지역문화연구소, 2012. 12). 9).

응응 아라리가 났 네."⁴⁾라고 한다. 밀양아리랑에는 "아리아리랑 쓰리쓰리랑 아라리가났 네 / 아리랑 고개로 넘어간 다."라는 후렴이 있다. 본조아리랑에서는 "아리랑 아리랑 아라리 요 / 아리랑 고개로 넘어간 다."라고 후렴을 부른다. 그러니까 위의 세 가지 아리랑에는 모두 후렴이 있다. 즉, 아리랑 한 곡을 부른 다음에는 후렴을 부르는 형태로 소리가 이루어진다.

　이와 같이 여러 아리랑에 후렴이 있다는 사실을 염두에 두면서, 정선아리랑에도 후렴이 있다고 말할 수 있다. 그리고 실제 소리를 하는 현장에서 가창자들이 후렴을 부르기도 한다. "아리랑 아리랑 아라리 요."라는 본조아리랑의 후렴을 부르는 사람이 있기도 하고, "아리아리랑 쓰리쓰리랑 아라리가났 네."라는 후렴을 부르는 사람이 있기도 하다. 그리고 정선 5일장이나 각 면의 5일장에서 펼쳐지는 공연장에서는 전수조교나 이수자들이 몇 곡 부른 다음에는 본조아리랑의 후렴을 일정하게 부르는 모습을 볼 수 있다. 그리고 정선아리랑을 각인한 기념물에도 정선아리랑 몇 곡 뒤에 본조아리랑의 후렴이 들어가 있다.

　이런 모습을 보고, 일반인들은 물론 연구자들도 정선아리랑에도 후렴이 있다고 생각한다. 아니면, 어떤 연구자들은 이러한 후렴이 매우 드물게 소리로 불리는 것을 보고, 후렴이라고 하지 않고 다른 가사들과 마찬가지로 하나의 가사로 생각해야 한다고 말하기도 한다.

　본고에서는 정선아리랑의 놀이판에서 부르는 후렴의 정체가 무엇인지를 생각해 보고자 한다. 이를 위해, 여러 연구자들이 후렴에 대해 말하는 바보다는 가창자들은 이 후렴에 대해 어떻게 생각하는지를 참

---

4) 소리 마디를 기준으로 띄어쓰기를 했다. 이하 같다.

고하면서 논의를 전개하고자 한다. 필자는 정선아리랑에 대해서도 논문들을 써 왔는데, 가창자들이 정선아리랑에 대해 어떻게 생각하고 있는지가 주로 논의의 바탕이 되었었다. 정선아리랑에 대한 연구자의 생각만 논의의 바탕으로 삼은 논문을 인용하는 데에는 매우 조심했다. 정선아리랑에 대한 연구자들의 생각과 정선아리랑을 부르는 가창자들이 정선아리랑에 대해 생각하는 바가 다른 경우가 많았기 때문이다. 가창자들의 생각을 고려하지 않고 연구자들의 연구 결과만을 연구 논문의 근거로 삼을 경우 오류를 저지를 가능성이 많다.

가창자들이 정선아리랑의 음악적 모습에 대한 생각하는 바는 연구자들과 다르다.[5] 정선아리랑의 가사에 대한 가창자들의 생각도 연구자들이 생각하는 바와 다르다. 어떤 정선아리랑의 가사가 형성된 연원에 대해 연구자들은 모른다. 그 가사가 만들어진 그 마을에 가서 노인네들에게 그 연유를 들어야 이해할 수 있다. 어떤 노인네는 한문 내지 한자로 만들어진 정선아리랑을 자주 부르는데, 그에 대한 연구는 그 노인네를 직접 만나거나 해당 노인네가 사는 마을에 가서 그 연유를 들어야 깊이 있게 연구를 할 수 있다. 본고는 가창자들의 정선아리랑에 대한 이해, 그들을 둘러싸고 있는 문화적 배경[6] 등을 논의의 기초로 삼는다.[7]

---

5) 박관수, 「강원도 민요 연구 비판 - ‘정선아리랑’, ‘모심는 소리’, ‘논매는 소리’, ‘묘다지는 소리’ 연구를 중심으로-」, 『한국민요학 제56집』 (한국민요학회, 2019. 8), 58~64쪽.

6) 박관수, 「정선 지역 마실돌이 놀이판의 심리치유적 효과」, 『민속학 연구 제45호』 (국립민속박물관, 2019. 11), 93~96쪽

7) 박관수, 「민요의 향유론적 연구 방법에 대한 시론」, 『한국민요학 제20집』 (한국민요학회, 2007. 6).

그래야 논의의 오류를 줄일 수 있다.

2. 진도아리랑·밀양아리랑·본조아리랑의 전국적 소통

진도아리랑, 밀양아리랑, 본조아리랑은 토속민요가 아니라 통속민요[8]다. 이들 민요들은 입에서 입으로 전해진 소리라기보다는 유성기 음반, 라디오 등을 통해 전국으로 번진 민요다. 다시 말하면, 몇 세대를 걸쳐 전승이 되기는 했지만, 유행가가 민요화된 노래다. 이러한 민요들은 노래를 잘 하는 사람들이 부른 것을 대중이 암기하여 재생할 뿐이다. 그러다 보니, 선율, 장단, 가사 등이 기본적으로 단일하다.[9] 즉, 입에서 입으로 전달되는 소리처럼 음악적, 문학적 양상이 다양하지 못하다.

이들 소리의 전승 지역은 정선아리랑에 비해 전국적이다. 정선 지역에서 소리를 채록하는 가운데 정선아리랑을 모르는 토박이 노인을 만났다. 그의 나이는 93살이었다.[10] 그에게 정선아리랑을 불러달라고 하자, 밀양아리랑을 불렀다. 이 노래밖에 부를 줄 모른다고 말했다. 임계 5일장에서 부르는 정선아리랑을 불러 달라고 해도, 밀양아리랑을 불렀다. 이처럼 그에게는 밀양아리랑이 정선아리랑인 것이다. 이러한 것은 그가 유성기나 라디오 등을 통해 반복적으로 들리는 밀

---

8) 박관수, 『정선아리랑의 사회문화적 의미』(정선문화원, 2020. 12).
9) 서정매, 「밀양아리랑 선율의 음악적 변이 연구」, 『2022년도 제76차 정기학술대회』 (한국민요학회, 2022. 10). 이 논문에서는 밀양아리랑의 선율이 가수별로 조금씩 변이가 되어 있다는 점을 밝혔다.
10) 이○철(93살, 남), 정선군 임계면 낙천리, 2016년 11월 20일.

양아리랑에 각인되었기 때문에 일어나는 현상이라고 할 수 있다.

대부분의 소리는 선율이나 장단 등의 음악적 요소와, 가사등의 문학적 요소로 구성되어 있다고 했다. 진도아리랑, 밀양아리랑, 본조아리랑에도 각자의 정체성을 형성하는 음악적 요소와 문학적 요소가 있을 것이다. 각 아리랑의 후렴에 사용되는 선율이나 장단은 본사에 사용되는 선율이나 장단과 유사하다. 이러한 후렴들은 각각의 아리랑에만 한정되어 사용된다. 진도아리랑에서 사용되는 후렴은 밀양아리랑에서는 사용되지 않는다. 각각의 아리랑에서 사용되는 후렴은 서로 다르다. 후렴만을 보더라도, 그 소리가 어느 아리랑인지 안다.

그렇더라도 후렴의 음악성 때문에 그 소리가 그 지방의 소리라고 생각하지는 않는다. 진도아리랑의 후렴이 진도 지역의 음악적 특성과 연관이 있고, 밀양아리랑의 후렴이 밀양 지역의 음악성과 연관이 있고, 본조아리랑의 후렴이 서울 지역의 음악성과 연관이 있다고 말할 수는 없다. 각 지방의 음악적 특성과 아리랑의 후렴들의 연관은 자의적일 뿐이다. 즉, 어느 사람인가가 각 아리랑의 후렴을 선정했기 때문에 그 후렴이 그 지방의 아리랑이 된 것이다. 각 아리랑의 선율이나 후렴이 각 지방의 음악적 특성을 반영했다고 볼 수 없다.

그런데 정선아리랑에는 정선아리랑에만 있는 가사가 있음[11]을 발견할 수 있다. 다음을 보자.

둥둥 두만아 새밭파지말 고
대화방림 멋다리로 들병장사가 세

---

11) 필자는 밀양아리랑, 진도아리랑, 본조아리랑을 가사를 연구하지 않았다.

이 소리는 정선에만 있는 소리다. 두만이는 가창자가 사는 마을에서 힘들게 새밭(화전)을 일구며 살아가는 당시의 인물이다. '둥둥'은 두만이를 놀리는 의성어이다. 그 가창자는 '대화방림'이 어느 곳에 있는 지명인지 모른다. '멋다리'도 어느 지역에 있는 인물인지 모른다. 평창에 대화, 방림이라는 곳을 거치면, 횡성 방향에 멋다리가 있다. '들병장사'는 정선에서는 술장수를 말한다. 하지만, 대화, 방림이나 횡성에서는 술을 들고 다니면서 팔면서 매음도 하는 술장수를 의미한다.[12] 정선 사람이 들병장사를 술장수로 생각하기 때문에 "대화 방림 멋다리로 들병장사 가세."라는 가사를 남자인 두만이에게도 부를 수 있다.[13]

이러한 내용은 이 소리를 부른 할머니만이 안다. 정선아리랑을 채록할 때 다른 지역에 사는 노인들에게 이 소리를 의미를 아느냐고 하면, 모른다고 말했었다. 이 소리가 나올 당시에는 그 마을이나 그 옆 마을 정도에서나 그 의미를 알았을 것이다.

이상에서와 같이, 정선아리랑, 진도아리랑, 밀양아리랑, 본조아리랑에 특정 가사들이 공존하는 모습을 정밀히 연구할 필요가 있음을 알 수 있다. 나아가 각 아리랑에만 존재하는 가사들에 대해서도 연구할 필요가 있음도 알 수 있다. 그와 동시에 그 가사들에 대해 각 지역의 가창자들은 어떻게 생각하는지를 탐색해볼 필요가 있음을 알 수 있다. 그럴 경우 각 지역에 존재하는 가사가 지니는 지역적 정체성을

---

12) 요즈음 다방 밖으로 커피 배달에 나서는 다방 아가씨와 유사하다.
13) 위의 책, 8쪽.

파악하는 데 일조할 수 있으리라 생각한다.

3. 정선아리랑의 지역적 소통

정선아리랑은 위에서 제시한 아리랑들과는 다르다. 그들은 통속민 요이지만, 정선아리랑은 토속민요이다. 그들은 전국적으로 유통이 되 지만, 정선아리랑은 정선등 강원도 지역에서만 불렸다.[14] 정선 지역 의 토박이 노인네들은 자신들의 할아버지들도 정선아리랑을 불렀다 고 한다. 그전에도 불렸을 것이라고 단호하게 말한다. 한 지역에 사는 가창자가 진도아리랑도 부르고, 밀양아리랑이나 본조아리랑을 부를 수 있다. 하지만, 다른 지역에 사는 사람들에게 정선아리랑을 부르라 고 하면, 잘 부르지 못한다.

그 이유는 정선아리랑의 가사가 생경하기 때문이 아니다. 정선아리 랑의 가사에도 다른 아리랑에 있는 "담넘어 갈때는 큰맘을먹고 문고 리 잡고서 발발떤다, 숫돌이 고와서 낫갈러왔나 처녀에 선볼라고 낫 갈러왔지. 물명주 단속곳 널러야 좋고 홍당목 치마는 붉어야 좋다." 라는 가사가 있다. 그리고 "수수밭 도조는 내 물어줄게, 구시월까지만 참어다오."라는 가사도 있다. 그러니까 가사가 다른 지역과 독특하기 때문에 정선아리랑을 부를 수 없다고 쉽게 말할 수는 없다.

"아리랑 아리랑 아라리 요 / 아리랑 고개고개로 나를넘겨주 게."라 는 후렴은 정선아리랑을 연구하는 사람들도 정선아리랑의 한 곡으

---

14) 이창식, 「강원아리랑유산의 가창자 공동체와 활용」, 『아시아강원민속 제29집』 (아 시아강원민속학회, 2015. 12), 160쪽.

로 여긴다.[15] 정선아리랑에도 후렴이 있다고 생각하는 연구자들도 있다. 정선아리랑문화재단도 같은 생각을 하고 있음은 다음과 같은 글을 통해서도 알 수 있다. "정선아리랑문화재단은 유네스코 인류무형문화유산인 정선아리랑을 보다 쉽게 배우고 익힐 수 있는 "아리랑 아리랑 아라리요" 아리랑 전문 교육자료집을 발간했다. 이번에 발간된 "아리랑 아리랑 아라리요" 아리랑 전문 교육자료집은 미래의 주역인 어린이들과 일반인들을 대상으로 정선아리랑의 전승·보급은 물론 정선아리랑을 보다 쉽게 접하고 배울 수 있는 교재로 활용하기 발간을 위해 추진했다."[16] 이 글은 "아리랑 아리랑 아라리요"가 정선아리랑을 대표하는 구절로 활용되고 있음을 알 수 있다. 그리고 앞에서 말한 바처럼, 5일장 터에서 정선아리랑이나 전수조교나 이수자들도 정선아리랑을 몇 곡 부른 다음 "아리랑 아리랑 아라리 요 / 아리랑 고개 고개로 나를넘겨주 게."를 부르는데, 그 선율은 본조아리랑의 선율과 같다.

여하튼, "아리랑 아리랑 아라리 요 / 아리랑 고개고개로 넘어간다."라는 가사는 가창자들 또한 마을 소리판에서 부르기도 한다. 그러니까 이 가사는 자주 불리는 편은 아니지만, 어떠한 경로를 거쳤든지 간에 정선 지역에 유입되어 소리로 불리는 것이다.

그런데 다른 아리랑 후렴들처럼 본사를 부른 다음에 후렴을 부르는 형태이면 그 가사의 존재에 대해 의문을 갖지 않았을 텐데, 이를 어떤 가창자는 부르고, 어떤 가창자는 부르지 않는 것을 보고, 이 소리는

15) 진용선 편, 『정선아리랑 가사사전』(정선군 정선아리랑문화재단, 2014. 4), 337쪽
16) http://www.jacf.or.kr

후렴이 아닐 수도 있다는 생각을 갖게 된다. 또한, 동일한 가창자이더라도 어떤 경우에는 부르고 어떤 때는 부르지 않음을 보고, 후렴은 아니라는 생각을 갖게 되었다.

진도아리랑, 밀양아리랑, 본조아리랑이 후렴을 가짐에도 불고하고, 정선아리랑은 왜 후렴을 가지지 않는가를 탐색하는 것은 정선아리랑의 정체성을 밝히는 첫걸음이 된다. 보통 민요는 후렴을 가진다는 생각에 견인되면, 정선아리랑은 본래 후렴이 있는데, 후대에 와서 후렴이 사라졌다고 생각할 수 있다.

그런데 정선아리랑은 본래부터 후렴이 없었다. 이렇게 생각할 수 있는 가장 중요한 근거는 가창자들의 말을 통해서 알 수 있다. 정선아리랑에 대한 향유의식이 뚜렷한 사람들은 자신도 후렴을 부르지 않았듯이, 자신의 할머니, 그 할머니의 할머니들도 후렴을 부르지 않았다고 한다. 이어서 후렴이라고 말하는 곡은 '중년'에나 들어왔다고 말한다.

그리고 후렴이라는 말하는 곡은 정선아리랑의 선율과는 다르다. 진도아리랑, 밀양아리랑, 본조아리랑들은 본사와 후렴의 선율이 약간씩 다르기는 하지만, 대체로 유사하다. 즉, 일정한 테두리 안에서 선율의 다름을 허용한다. 하지만, 정선에서 부르는 "아리랑 아리랑 아라리요."라는 곡의 선율은 본조아리랑과는 유사하지만, 정선아리랑의 선율과는 전혀 다르다. 서로 다름을 허용할 수 있는 근사치를 벗어난다.

장날이면 주변에서 모여드는 노인들 앞에서 소리를 잘한다는 전수조교나 이수자들이 목소리가 좋게 반복적으로 후렴을 부르고, 정선아리랑을 기록하는 기록물에 후렴이 나오고, 정선아리랑을 연구하는 연구자들이 후렴의 존재를 인정하더라도, 가창자들은 정선아리랑을 부르면서 후렴을 반복적으로 부르지는 않는다. 그 이유는 정선아리랑과 본조아리랑의 후렴이 선율 체계도 다르지만, 그 정체성도 다르기 때문이다.

정선아리랑은 지금은 한 줄을 4마디씩 부른다. 가끔 노인네들이나 4마디를 벗어나 5, 6, 7마디로 부른다. 그리고 모든 사람들이 장터에서 전수조교들이나 이수자들이 부르는 선율로 부르지 않는다. 사람마다 개성 있게 마디 수도 변화를 주고 선율도 다르게 하고 가사도 변하게 한다.[17] 정선아리랑은 소리를 할 때 일정한 틀을 유지하면서 그 안에서 선율, 가사 등이 자유로움을 유지한다. 이와 같은 소리 방식이 정선아리랑의 정체성이다. 그러니까 과거의 가창자들은 이러한 정체성을 유지하면서 정선아리랑을 불렀다.

본조아리랑의 후렴이 정선에 유입되고, 정선아리랑을 부르면서 함께 부른다. 진도아리랑, 밀양아리랑도 마찬가지다. 본조아리랑, 진도아리랑, 밀양아리랑 등은 통속민요다. 유성기 음반, 라디오의 확대, 점점 잦아지는 사람들의 이동 등을 통해 통속가요는 그 영역이 확대된다. 하지만, 토속민요인 정선아리랑은 그 확대가 제한적이다. 진도 지역, 밀양 지역, 서울 지역 등의 지역에서 가서 정선아리랑을 부르라고 하면, 부르지 못한다.

본조아리랑의 후렴은 아주 넓은 지역에 존재한다. 서울은 물론, 전국, 해외에도 있다. 하지만, 정선 지역에서는 그 존재가 미약하다. 그 이유는 정선아리랑의 정체성과 본조아리랑의 충돌에 있다. 충돌이 있더라도 진도아리랑, 밀양아리랑, 본조아리랑이 공존하는 것은 그들의

---

17) 박관수, 앞의 책, 5~9쪽

정체성의 근간은 통속성에 있기 때문이다. 통속성은 기본적으로 상대를 수용한다. 하지만, 정선아리랑의 정체성은 통속성과는 거리가 있다. 정선아리랑의 정체성은 지역성에 기반을 둔다.

통속성은 특정 지역을 배경으로 하지 않는다. 그래서 진도아리랑은 진도를 기반으로 하고, 밀양아리랑은 밀양을 기반으로 하고, 본조아리랑은 서울을 기반으로 하지만, 그 아리랑들이 불리는 지역은 국내적이고 국외적이기도 하다. 서로의 전승 지역이 동일하기도 하다. 그렇지만 토속성은 특정 지역을 배경으로 한다. 정선아리랑은 토속민요이기 때문에 전승 지역이 정선 지역에 한정된다.

〈『정선문화』 제25호(정선문화원, 2022)에 실린 글에서 발췌함.〉

제6부

추억의 사진첩

그리운 학창시절

변우용

40년 정도 식품 관련 업무를 하고 있다. 외손녀에게 안전 먹거리를 제공하려고 원료를 개발하여 뚝배기 물항아리를 제조 판매한 것이 인연이 되어 건강 증진 및 치료 가능한 침대까지 영업을 확장하여 성업 중이다.

추억의 흑백사진

상병준

대학을 졸업하고 울산 현대중공업에 근무했다. 현대 계동사옥에 2년 근무한
것 외에는 울산에 줄곧 거주하고 있으며 현재 탁구 코치로 활약하는 등 생활
체육활동에 여념이 없다.

친구들아! 반갑다

정 훈

무역업을 하는 외국인회사에 근무하다 지금은 신월동에서 중고차를 판매하고 있고, 삼성화재의 보험업무도 겸업하고 있다. 경기도 고양시에 거주 중이다.

제7부

오행시 퍼레이드

2023 하계 수련회 오행시 백일장

윤재학

동국대 식품공학과를 졸업하고 해태제과에서 10년간 근무했다. 그 후 20여 년간 다양한 식품류의 제조, 유통 관련 일을 했으며, 현재는 성남 야탑역 인근에서 CU편의점을 운영 중이다. 강물처럼 긴 삶의 궤적을 보며 지금은 "무외시(無畏施)"와 "아타락시스(Ataraxia)의 삶을 추구하며 살고 있다.

졸업식날. 밀가루에 꽃가루에

업어주고 안아주고 축하받았더니

오십 년이 지나 돌아보니

주인공은 백발이고 조연은 사라졌네

년세 드신 장인어른 한잔 술로 위로받네

김명환

네 살 때부터 부친을 따라 낚시에 입문해서 평생 낚시를 즐기고 있다. 현재는 서울과 삼천포를 오가며 바다낚시에 푹 빠져 있는 중이다. 이승을 하직할 땐 빈손으로 가는 것 아니냐며 젊을 때 즐기기를 주위에 적극 권하는 중이다.

졸지에 할아버지가 되어가네요

업보도 시련도 없었습니다

오십 년 동안 편히 살았습니다

주인공 의식을 가지고

년년이 이어지길 바랍니다

허필성

ROTC 16기. 현대중공업과 한국검정에 근무. 1997년 뉴질랜드 이민 후 2003년부터 중국 장가항에서 한성검사를 운영하고 있으며 더불어 서울에서 노년을 준비 중이다.

졸음운전 안되요! (가족을 생각하며)

업종 제한 없어요! (무슨 일이든지 했어요)

오십 년 동안 최선을 다해 살았지요

주마등처럼 스쳐 가는 지난 세월

年年世世花相似 歲歲年年人不同

고희상

경기도 연천에 거주한다. 기 철학 전공 철학박사이고, 연강기품(漣江氣稟)연구소를 운영하며, 내단학연구와 기명상 수련을 하고 있다. 연천에서 역사·문화·기철학 강의와 한탄강유네스코 세계지질공원 해설사 활동을 하고 있다.

졸업하고

업둥이처럼 살다가

오십 년이 흘러가니

주마등처럼 옛일이 저 멀리 가네

년년이 흐르던 시간 60주년에 다시 보리

문길권

두산중공업에서 35년 근무하며 국내, 해외 발전소 건설 분야에 종사했다. 서울 답십리동에 거주하며 23산악회 회원으로 활동하고 있다. 현재 동부모임 회장을 맡고 있다.

졸한 지 벌써 반백년이 지났구나

업무와 생활에 화살같이 지나간 세월이었네

오십 년이란 세월이 너무 짧구나

주어진 앞으로가 얼마인지 모르지만

년식에 구애받지 않는 앞으로를 보내자!

오석환

건설회사 30년 근무 후 현재는 설계 감리회사에 12년째 근무 중이다. 근무 중 틈틈이 공부하여 전기분야 기술사 자격증 3개를 보유하고 있다. 성동고 총동문 기우회장을 지냈으며 현재는 23회 기우회장을 맡아 12년째 활동 중이다.

졸지에 50주년 오행시라!

업적도 없이 지내온 세월이

오십 주년이 되었네

주인이 바로 우리들이라

년말 행사로 이어가 계속(지속)되리라

유장현

대림그룹에서 32년, 한국-프랑스 JV 회사인 VSL Korea에서 6년 등 건설회사에서 직장생활을 했다. 23당구회 전임 회장으로 모임 활성화에 큰 기여를 했다.

졸업한 지 엊그젠데 바라보는 칠십 인생

업보로 맺어진 우정어린 성동 친구

오십 오십 백년 삶도 거뜬히 살아내세

주무대 살아 온 주인공 된 우리 인생

년년세세 길이길이 건강하게 살아가세

은진기

공군에서 16년간 전투조종사 생활을 했다. 그후 아시아나 항공에서 기장으로 27년 동안 근무하다가 43년간의 비행 생활을 마치고 지금은 목동에서 은퇴 생활을 즐기고 있는 중이다. 동기 산악회원이며, 서부모임 회장을 맡고 있다.

졸업한 지 어언 50년이 되는구나

업보가 많았는지 왜 이리 인생이 자갈밭인가

오십 대만 해도 젊다고 자부했건만

주량도 체력도 해가 갈수록 떨어지네

년초에 본 일출같이 가슴이라도 뜨겁게 살아보세

이권희

효성그룹에서 정년 퇴직하였고, 재직 시 나이론원사영업팀에서 나이론원사 영업을 담당했다. 1999년부터 인천 불로동에 거주하며, 현재는 검단신도시 에서 아파트 경비원으로 근무하고 있다. 동기회 연락총무를 맡고 있으며, 취 미로 당구회에서 활동 중이다.

졸지에 세월 흘러 고희가 코앞일세

업치락 뒤치락 인생살이 다 그렇지

오십 보 백 보 앞서거니 뒤서거니

주어진 시간 들을 짧다고 한탄 말고

년(연)어처럼 거슬러 올라 상류에서 놀다 가세

이대우

대기업에서 20년, 2차전지 관련 사업 6년, 자동차부품 수출회사에서 8년을 근무했다. 지금은 5년 째 건물 시설관리 일을 하고 있다.

졸업한 지가 벌써 이렇게 됐나?

업그레이드된 친구도 있고 (젊어보이는 친구)

오십 년 만에 보는 친구도 있네!

주당 친구들도 있고

년(연)연해 하지 말고 오래 살자

이현성

홍천 양덕원으로 10년 전에 이사를 와서 귀농귀촌 생활에 적응을 잘하며 살고 있다. 전원생활에 관심이 있는 동기들에게는 조언을 아끼지 않겠다고 한다. 당구와 낚시가 취미이다.

졸지에 몇 번을 하다 보니

업보인가 합니다

오십 번까지 할 수 있도록

주님께 기도하고 있습니다

년년들이 잘 걸릴 때까지 쭉~~

정문교

한국항공대 운항학과를 졸업하고 아시아나항공, 대만항공, 중국항공사에서 747 기장으로 근무했다. 현재는 에이피에이항공 대표로 재직 중이며, 경기도 고양시에 거주한다.

졸업 50년 되어 오늘 모여 보니
업장 소멸이 한순간에 이뤄졌네
오십 년 세월이 이렇게 짧은 줄
주절주절 얘기할 필요가 없구나
년년이 흘러온 우리 우정 영원하리라

정영수

공릉아카데미과학사라는 가게를 20년 동안 운영했으며, 현재 임대업과 건물 관리를 하고 있다. 취미는 독서, 모형 제작과 부품 수리이다.

졸업으로 인생의 1막을 끝내고
업무를 시작하며 인생의 2막을 달리다가
오십 주년을 맞으며 삶의 마지막을 달리고 있다
주변의 친구들이 하나둘 떠나고 남은 친구들아
년100세가 되어 다시 만나 회포를 나누세

조병휘

충청남도 서산 출신으로 김대중컨벤션센터 사장, 대한무역투자진흥공사 해외마케팅본부 본부장, 동양대학교 경영대학 국제통상영어과 교수, 명지대학교 경영대학 국제통상학과 부교수를 역임했다.

졸업하면 숙제에서 해방이 될 줄 알았건만

업보로다! 업보로구나

오십 년이 되었다고, 졸업한 지 50년이 되었다고 원고 숙제가 나왔다

주야장창 생각을 해도 굳어진 머리에서 나오는 건 없지만

년말까지는 그래도 뭔가 나오지 않을까 기대해 본다

오행시 일반 작품

남택석
경기 수원시에 거주하며, 현재 경기 화성시 소재 삼형전자주식회사 PA(산업용 음향기기)제품 제조 및 정보통신공사업에 종사하고 있다. 10년 전부터 색소폰을 취미로 연주하고 있다.

성동고등학교 23회 동기들아!

동쪽에서 뜨는 해처럼 무람하고 기운 탱천했던 졸업! 앞으로의 항해를

고대하며 얼마나 마알건 유리알 같이 눈이 빛나던가. 당시를 반추하니 인생의

등대를 찾기 위해 혹은 누군가의 등대가 되기 위해 그때까지 머물던 등대에서 벗어나

학의 날갯짓을 흉내 내어 그 작던 겨드랑이 깃털로

교교한 강파에 몸을 맡기고 시운전 했었던 우리들!

23살 먹은 청년 우리 형보다도 젊고 순수했던 시절은 시위 떠난 활 같건만 그때는 몰랐지

회갑연 오른편에 마누라 왼편에 자식끼고 하니까 깨닫게 되더라

졸업식 때 시원섭섭한 끝맛을 삼키고 앞으로 자주 보자는 참 쉬운 약조가 기실은 가장 어렵다는 게

업귀신 한 마리로 인생 살고 나서야 알았으니

50년 인생공부가 짧았다고 해야 할지 구도의 기간이 길었다고 해
야 할지

주야장천의 주인공 23회 동기들아! 2024
년도 졸업 50주년을 기념하며 그 다음도 함께 걸어 나가자꾸나!

이권희

효성그룹에서 정년 퇴직하였고, 재직 시 나이론원사영업팀에서 나이론원사
영업을 담당했다. 1999년부터 인천 불로동에 거주하며, 현재는 검단신도시
에서 아파트 경비원으로 근무하고 있다. 동기회 연락총무를 맡고 있으며, 취
미로 당구회에서 활동 중이다.

성동고등학교 23회 동기들의 학창시절 때 모습은
동안이며 활기차고 총명하던 모습이
50년의 세월이 흐른 지금은
주름살과 흰머리가 늘었지만 세월의
년륜이 물씬 들어 더욱 빛나고 아름답구나

이홍섭

농부 시인. 호는 초석(草石). 동양시멘트에서 4년 여를 근무하다가 1984년 9
월 귀농하여 충청북도 진천에서 사과 농사(성현농장)를 짓고 있다. 시집으로
〈농사꾼의 사랑이야기〉가 있다.

성공적인 인생을 위하여

동에 번쩍, 서에 번쩍

고생을 업 삼아

등허리가 휘어지게 살다 보니

학창시절이 그리웁고

교복 입은 모습도 그립다.

이제 칠순을 넘어서고 보니

십 대 때의 청춘이

삼삼하게 생각나고

회오리 바람처럼 휘몰아치던

졸업식 때의 희망과 포부도

업치락 뒤치락 세월과 싸우다 보니

오십주년을 맞이하게 되었도다.

십대의 패기와 의욕이

주마등처럼 뇌리를 스치고 지난

년연을 쌓아보니 50계단을 지나 70계단이 성스럽게 쌓였도다

한천의

군에서 중위로 제대 후 대우전자 가전부문 연구소 R&D part에서 20년 근무하다가 퇴직, 이후 설계 분야에서 동업을 하였다. 인천 구월동에 거주하며, 여행, 역사 탐구(답사회), 당구, 헬스 등을 취미 삼아 즐기고 있다.

성동고 출신이라는 자부심으로 누구 못잖게

동분서주하면서

50여 년을 나름 열심히 살아왔는데… 나이가 들다 보니

주연에서 엑스트라로 입지가 바뀌어만 가네. 살아온

년수가 뭔 문제더냐. 이제는 멋지게 내 삶을 살자꾸나.

허필성

ROTC 16기. 현대중공업과 한국검정에 근무. 1997년 뉴질랜드 이민 후 2003년부터 중국 장가항에서 한성검사를 운영하고 있으며 더불어 서울에서 노년을 준비 중이다.

졸부가 되었다고 소문난

업둥이 칭구야?

50억 정도 있으면 칭구들에게 좀 써라~ 써~~

주라는 게 아니어요

년들한테만 뿌리지 말고 동기들에게도 쓰라는 거여~~~

지역모임 및 동호회 소식

남가주동기회

남가주 성동고등학교 23회 동기모임은 1970년대부터 2000년대까지 미국으로 이민 온 동기들로 구성된 약 20명의 모임이며 동기들끼리의 소통과 교류를 통해 추억을 공유하고 친목을 다지는 좋은 기회를 제공합니다.

정기모임은 일반적으로 1년에 1회 또는 2회로 진행되며, 경조사나 기념일을 축하하기 위한 특별한 부정기적인 행사도 개최합니다. 팬데믹 이전에는 이동수 동기의 주선으로 매달 1회 골프모임을 가졌으며 최근에는 소완수 동기의 주선으로 매달 1회 소그룹모임을 개최하고

있어 더욱 활발한 교류와 친목을 즐길 수 있게 되었습니다.

현재 이 모임의 구성원 중 약 50%는 은퇴하여 여유로운 노후를 즐기고 있으며, 나머지 50%는 아직 생업을 유지하고 있습니다. 이렇게 다양한 배경과 경험을 가진 동기들이 모여 이민 생활의 어려움과 고난을 함께 겪으며 서로의 이야기를 공유하고 소통하며 지지와 격려를 주고 받을 수 있는 중요한 커뮤니티입니다. (글 : 한세현)

남부동기회

성동고 23회 남부동기회는 2010년 3월에 발족했습니다.

서울 및 수도권 남부지역(분당, 용인, 수원, 화성, 광주 등)에 거주하거나 연고를 둔 동기들의 모임으로 현재 구성 인원은 22명입니다.

매 짝수 달 첫 번째 수요일 저녁에 분당 오리역 인근 식당에서 모임을 갖고 있으며, 참여자 중에는 대한민국 최고 효자 안경용, 바둑의 신 유일모, 사업의 귀재 김덕영 동기가 함께 하고 있습니다. (글 : 이상만)

동부모임

성동고 23회 동기 동부 모임은 서울과 수도권 동부지역에 거주하는 동기들의 친목과 우정을 나누는 모임입니다.

매 짝수 월 둘째 주 목요일 오후 6시에 송파구 방이동 일대에서 모임을 가지며 회비는 3만 원입니다. 동부 모임에서는 음식과 더불어 나누는 대화 외에 공감할 수 있는 '꺼리'를 갖고자 노력합니다. 추억의 사진 보기, 시(詩) 나누기 등입니다. 우리가 이제는 돌아와 거울 보는 여인 그 이상의 세월을 보내고 있기에 '감성'을 지니는 삶이었으면 합니다. (글 : 김용준)

서부모임

서부지역은 인천과 부천, 일산까지 포함하고 있어 광범위하다고 볼 수 있습니다. 약 20여 년 전에 서부에 거주하는 동기들이 여유를 가지게 되면서 모임을 갖게 되었고, 약 10여 명이 모임을 결성하며 초대 회장은 유일모 동기, 총무는 고인이 되신 김경덕 동기가 수고했습니다.

홀수 달 첫째 금요일 오후에 영등포지역을 중심으로 모여 저녁 식사를 겸하고 있습니다. 회장은 2년 임기이며 서봉석, 이대우, 한천의, 김성오, 김진환, 이권희, 은진기로 이어지고 있습니다. 모임이 활성화되었을 때는 30명 가까이 모인 적도 있었습니다. (글 : 은진기)

기우회 (바둑모임)

기우회가 매월 1회씩 정기적으로 모여 친목을 다지게 된 것은 2007년 하반기부터입니다. 실력을 떠나 바둑을 둘 줄 아는 또는 잘 두지는 못해도 구경하기를 좋아하는 동기들의 정기모임인데, 참석인원에 따라 갑조(인터넷기력 3~4단 이상) 및 을조(3~4단 이하)로 구분하여 대국하며 각 조의 우승자에게 시상을 하고 있습니다.

월 모임이 있고 1년에 2차례 반기별 대회, 년말에는 1년을 결산하는 경기를 갖습니다. 모임은 매월 4째주(마지막주) 토요일 오후 2시이며, 회장은 오석환, 총무는 서봉석 동기가 맡고 있습니다. (글 : 오석환)

당구사랑회

당구사랑회는 당구를 사랑하는 친구라면 누구라도 자유롭게 가입이 가능합니다. 현재 59명이 회원으로 등록되어 있으나, 코로나 이후 10~20명 정도가 참석하고 있습니다. 회장 1인, 총무 2인 (업무 및 연락)으로 모임이 구성되어 있으며, 매월 셋째주 금요일 오후 2시부터 논현역 근처에 있는 "논현당구클럽"을 이용하고 있습니다.

매년 총동문당구대회에 꾸준히 참가해 왔으며, 모임이 활성화되면 "23회 당구대회", 이종열 고수의 "당구 레슨" 등 이벤트를 다양화할 계획입니다. (글 : 호문경)

산악회

23산악회는 여러 모임으로 명맥을 이어오다 잠시 끊어졌는데 이병철 당시 회장의 제안으로 2017년 1월부터 다시 시작하게 되었습니다. 코로나로 주춤하기도 했지만 지금까지 65차 산행을 이어가고 있습니다. 보통 10여 명 내외가 참여하며, 매월 셋째 일요일에 산행하다가 종교활동으로 참여가 어려운 사람들을 위해 토요일로 변경했습니다. 둘레길 위주로 산행하고 있으며 한라산과 지리산은 1박2일로, 설악산은 당일로 다녀오기도 했습니다. 뒤풀이 구호는 "백살까지 두발로 산에 가자"는 뜻이 담긴 "백두산"입니다. (글 : 김성오)

역사답사회

우리 생활 주변의 볼거리(유적지, 명승지 등)를 걸으며, 보고 삶의 흔적들을 살피면서 우의를 나누는데 목적을 두고 2023년 3월 14일에 발족한 모임입니다. 오랜 역사를 지녀 곳곳이 박물관인 서울과 수도권의 켜켜이 쌓인 이야기 거리를 '걸으며 보는' 활동을 하고 있습니다.

월 1회, 매월 둘째 주 화요일 오전 10시부터 오후 5시경까지 서울 및 경기도 일대를 중심으로 답사를 하고 있으며, 숙박을 겸한 지방 원거리 답사도 계획하고 있습니다. 대중교통비는 개별 부담이고 식비 및 음료는 현장에서 공동 부담하고 있습니다. (글 : 김용준)

이삼회

이삼회(23회)는 월 1회 모여 골프를 즐기는 친목 모임입니다. 1990년 초에 시작되었다가 외환위기 기간에는 주춤했지만 2004년경에 동서울CC에서 모임을 재개한 후 2023년부터는 시그너스CC (충주)에서 연부킹 예약하여 진행하고 있습니다. 등록 회원은 26명이며, 이 중 18명이 정기적으로 4팀을 꾸려 운영하고 있습니다.

모임은 연간 8회(3월~11월)로 평일에 진행되며 매월 첫째 주 화요일로 정해져 있습니다. 재출범한 모임의 1대 회장은 김성환, 2대 회장은 손기선, 총무는 홍연표 동기가 맡아 수고하고 있습니다. (글 : 홍연표)

졸업 40주년 기념 행사

장소 : 서울 팔레스호텔 그랜드볼룸 　　날짜 : 2014년 12월 15일

다시 보는 행사 소식

2023 하계 수련회

장소 : 양평 숲속의 아침   참가 인원 : 32명

2023 남산 단풍길 걷기

장소 : 남산길   참가 인원 : 28명

2023 성동인의 밤

2023년 12월 4일 서울 중구구민회관에서 거행된 〈2023 성동인의 밤〉에서 23회 동기회가 총동문회로부터 감사패를 수여받았다.

23회 동기회에서는 이날 성동고등학교 장학재단 발전기금으로 5백만 원을 기탁했다.

졸업 동기 명단

(졸업앨범 기준, 3학년 반별, 가나다 순)

1반

강성철	송영규	이한호
고원태	안경용	이 홍
김광용	안광섭	이홍파
김기룡	오건환	임달규
김기종	오세현	장영식
김동한	오진환	전두환
김병노	유제권	전영덕
김순목	윤호명	조용을
김영린	이갑주	최병오
김진환	이경효	최정기
김찬응	이권희	하영준
김창세	이규형	한광수
김창수	이기일	한상호
김철규	이대근	함일권
김학문	이대우	현기섭
김현배	이도형	황성열
김홍수	이병철	황시범
민경남	이병하	황주연
박상우	이성열	
박종관	이승관	
박형중	이재식	
서성만	이진봉	

2반

강영춘	서희원	임종일
고창하	신영복	임종향
권오정	박광신	장욱찬
김대우	박병준	장일균
김 성	박상효	정구홍
김성원	박찬현	정성섭
김성호	박창배	정일권
김세용	변우용	정재수
김승재	빅찬덕	정주호
김영선	서영일	조경욱
김용준	안동욱	조재하
김인용	양병무	조 혁
김재경	우태열	최상진
김정수	윤준기	최성규
김진욱	이동수	한기복
김창련	이 범	한수옥
김헌웅	이숙규	호문경
노성훈	이순천	황성철
맹주철	이승욱	
모상문	이영태	
박건상	이원준	
서준원	이충구	

	3반			4반	
강성훈	박광용	이승종	강남훈	서지원	임익태
곽세천	박석원	이용기	강현욱	소완수	임재극
권성실	박인현	이우만	권 영	송호영	장세훈
권종구	백운석	이정보	김경덕	안명운	전제룡
김기수	백홍철	이정일	김성국	양종한	정국영
김기원	손명식	이종만	김성렬	유준규	정 윤
김명한	손형길	이창선	김성배	윤상호	조전택
김명환	송기석	이홍섭	김성오	윤이덕	조 훈
김성규	신영중	임상철	김성천	윤정욱	최호규
김성빈	안중현	임준영	김영흠	이규봉	황동연
김성진	양도현	임현욱	김종배	이덕구	황영석
김수훈	연창호	장원식	김종선	이도준	
김영민	오명선	정은철	김충의	이문일	
김영수	유장현	최병오	김형중	이상욱	
김영수	윤용유	최영식	남택석	이석규	
김용기	윤한용	홍근화	박성근	이세인	
김정규	이관택	홍승은	박영철	이장순	
김진만	이구형	홍지철	박원식	이종선	
김 철	이규택	황은열	백수현	이종원	
김태욱	이병호		상병준	이후용	
나기준	이봉주		서세창	임동오	
문창기	이성훈		서영호	임선호	

졸업 동기 명단

(졸업앨범 기준, 3학년 반별, 가나다 순)

5반			6반		
강대훈	박재롱	정 훈	강재덕	손기선	조종화
강현택	박철호	조선하	고희상	신경오	조찬상
고광석	박희동	지용우	권영표	심충구	최기우
김광선	서정갑	천상규	김근황	안재규	최대희
김덕영	송용일	최근영	김동순	오해동	탁대식
김동남	안경수	최봉준	김병수	왕경만	한선규
김무철	오세원	최영택	김상필	유성열	한천의
김문석	오철준	한세현	김선태	유재근	허대열
김성환	우제민	홍범주	김성수	유화석	허청훈
김시휘	유건형	황길순	김 억	은진기	호종진
김영석	윤재학		김영수	이상종	홍영남
김영수	이동원		김요안	이영진	홍완진
김용군	이문국		김정환	이영환	황찬익
김윤영	이상기		김 찬	이진우	
김일호	이상만		문길권	이태연	
김창도	이성철		박용범	이평수	
김현도	이암중		박창원	이현성	
김 호	이종우		방종열	전호기	
노재경	이현걸		백고창	정명복	
박경진	이흥순		서봉석	정태삼	
박수진	임남규		서영수	조관철	
박승용	장중진		서이석	조병휘	

	7반			8반	
권순길	안재선	정영수	김기훈	유홍렬	정윤성
김구중	오석환	조명환	김동제	유희문	정태학
김기봉	오현환	조승원	김석호	윤령환	조중회
김명진	원유신	주광정	김인석	이경원	주수철
김봉철	원종각	주백현	김치연	이경호	주 열
김승룡	이경식	지인기	김해현	이광연	최문환
김시환	이관성	차종현	김형석	이기태	최창관
김영환	이관표	허필성	문대흥	이병철	한상욱
김정만	이덕희	홍병일	박경수	이연우	홍연표
김종갑	이상원		박관수	이영관	
김형일	이상은		박금출	이임돈	
김휴종	이세훈		박세열	이철주	
노영래	이승익		박재우	이형식	
민병수	이영모		방내윤	이홍현	
박경선	이재선		백기유	임용순	
박영선	이종석		백명석	임윤묵	
반성준	이종옥		서동석	장대열	
배승민	이진수		성기원	장세현	
서호직	이해창		송원섭	전두희	
송순만	임동철		신순철	정덕기	
신원태	임명호		안병극	정문교	
심재철	정명국		유일모	정석조	

■ 편집을 마치며

김진환 편집위원장

뭔가 새로운 것을 기획하고 도모하는 일은 가슴 설레는 일이다.

특히 뜻을 함께 하는 사람들과 교류하며 십시일반 힘을 결집해 만들어나가는 일이라면 더더욱 의미 있는 일이라 하겠다.

사실 졸업 50주년 기념 작품집 발간 얘기가 나왔을 때 걱정부터 앞섰다. 모두 살아온 과정이 다양하고 세월만큼의 경험치가 제각각 일진데 그 인생을 그대로 드러내고 감정을 표출해 낸다는 것은 색다른 도전이자 모험이라 아니할 수 없다.

원고를 청탁하고 발간 취지를 일일이 안내하며 한 사람 한 사람 접하다 보니 의욕만 가지고는 무리가 아닐까 하는 생각도 들었다. '내가 글을 써봤어야지.' '내 인생은 그리 내세울 만한 것이 없어.' '취지는 공감하고 동참하고는 싶은데 내게는 아무래도 무리일 것 같아.' 등등 어찌 두렵고 멈칫할 수밖에 없는 사연과 사정이 왜 없었겠는가!

그러나 웬걸… 작품이 하나둘 쌓이는 것을 읽으면서 계속 입을 다물 수가 없었다. 그 내용이 너무 흥미로웠으며, 진솔한 표현과 전개,

다양한 의지와 감성들로 인해 친구들을 다시 생각해 보는 계기가 되었다.

처음 우려했던 것은 장르 개별의 작품성, 표현의 전개나 독창성, 제작 의도에 따른 적절한 호흡, 섹션 구분에 따른 통일성과 조화, 그리고 작지만 맞춤법이나 띄어쓰기 등이었는데, 결과적으로 볼 때 우려할 필요조차 없는 작품들이었다. 제출된 글에 대해서는 일체 손을 대지 않겠다는 내 생각이 맞아떨어지는 순간이었다.

모름지기 글은 '꼴'과 '격'이 갖추어져야 한다고 나는 늘 생각한다. '꼴'은 형식과 틀이 장르 본연의 격식에 맞느냐는 것이고, '격'은 품격과 가치를 지니고 있느냐는 것을 의미한다. 작품집에 실린 글들은 모두 '꼴'과 '격'이 제대로 갖추어졌을 뿐 아니라 그 수준 또한 대단했다. 모두가 작가이자 훌륭한 예술가였다.

학창시절 '문학의 밤'에 찬조 문인으로 와주신 고 '손소희 (소설가, 김동리 선생님의 부인)' 여사께서 "여자는 방 안에서 외투를 입고 있어도 허전한 법이다"라고 하셨다. 당신이 여성이어서 그리 표현을 하신 것이겠지만 그 저간에는 우리의 작품들이 많이 미진하다는 안쓰러움이고 쓴소리를 시작하시겠다는 애정의 표현이셨으리라. 하지만 나는 지금 전혀 허전하지가 않다. 작품을 내주신 동기 여러분들에게 찬사와 경의를 표하고 싶은 마음뿐이다.

이제 우리는 졸업 50주년이라는 인생의 또 다른 분기점이 서 있다. 그 중요한 시기에 이 작품집이 동기들에게 힘이 되고 격려가 되며 삶의 활력소로 자리매김하기를 기대해 본다. 나 또한 기쁘고 자랑스런 마음으로 더불어 함께 할 것이다.

아름다운 만남, 소중한 인연 50년
성동고등학교 23회 동기회 졸업 50주년 기념 작품집

초판 1쇄 인쇄 | 2024년 01월 29일
초판 1쇄 발행 | 2024년 02월 13일

지은이 | 성동고등학교 23회 동기회
펴낸이 | 김용길
펴낸곳 | 작가교실
편집디자인 | 최병윤, 편집디자인실 외곽
출판등록 | 제 2018-000061호 (2018. 11. 17)

주소 | 서울시 동작구 양녕로 25라길 36, 103호
전화 | (02) 334-9107
팩스 | (02) 334-9108
이메일 | book365@hanmail.net

인쇄 | 하정문화사